Fred Vargas

Die schöne Diva von Saint-Jacques

Kriminalroman

*Aus dem Französischen
von Tobias Scheffel*

Aufbau Taschenbuch Verlag

Titel der Originalausgabe
Debout les morts

ISBN 3-7466-1519-4

5. Auflage 2000
© Aufbau Taschenbuch Verlag GmbH, Berlin 1999
Debout les morts © Éditions Viviane Hamy, Paris 1995
Umschlaggestaltung und Bildbearbeitung
Preuße & Hülpüsch Grafik Design
unter Verwendung eines Fotos von Ingo Scheffler
Satz LVD GmbH, Berlin
Druck Elsnerdruck GmbH, Berlin
Printed in Germany

www.aufbau-taschenbuch.de

Für meinen Bruder

1

»Pierre, im Garten stimmt was nicht«, sagte Sophia.
Sie öffnete das Fenster und musterte das Fleckchen Erde, auf dem sie jeden Grashalm kannte. Was sie sah, ließ sie frösteln.

Pierre las die Zeitung beim Frühstück. Vielleicht sah Sophia deshalb so häufig aus dem Fenster. Um zu sehen, was für Wetter war. Das macht man ja oft, wenn man aufsteht. Und jedes Mal, wenn es draußen häßlich war, mußte sie natürlich an Griechenland denken. Bei diesen Betrachtungen stiegen mit den Jahren immer häufiger nostalgische Erinnerungen in ihr hoch, die sich an manchen Morgen bis zu Groll steigerten. Dann war es wieder vorbei. Aber heute morgen stimmte etwas nicht im Garten.

»Pierre, im Garten steht ein Baum.«
Sie setzte sich neben ihn.
»Pierre, sieh mich an.«
Pierre hob den Kopf und sah seine Frau gelangweilt an. Sophia legte ihren Schal ordentlich um den Hals, eine Gewohnheit, die sie aus ihrer Zeit als Sängerin bewahrt hatte. Die Stimme warm halten. Zwanzig Jahre zuvor hatte Pierre auf den steinernen Sitzreihen des römischen Theaters in Orange ein gewaltiges Gebirge aus Liebesschwüren und Beteuerungen errichtet. Unmittelbar vor einer Vorstellung.

Sophia streckte die Hand aus und zog das freudlose Gesicht des Zeitungslesers zu sich.
»Was ist mit dir, Sophia?«
»Ich habe etwas gesagt.«

»Ja?«
»Ich habe gesagt: ›Im Garten steht ein Baum.‹«
»Das habe ich gehört. Das scheint mir normal, oder?«
»Da steht ein Baum im Garten, der gestern noch nicht da stand.«
»Und weiter? Was geht mich das an?«

Sophia war beunruhigt. Sie wußte nicht, ob es die Zeitung war oder der gelangweilte Blick oder der Baum, aber es war klar, daß irgend etwas nicht stimmte.

»Pierre, erklär mir, wie ein Baum es anstellt, ganz allein in einen Garten zu kommen.«

Pierre zuckte mit den Schultern. Es war ihm vollständig egal.

»Was hat das für eine Bedeutung? Bäume pflanzen sich fort. Ein Samenkorn, ein Trieb, ein Wurzelschößling, und das war's schon. Später werden in unseren Breiten große Wälder draus. Ich vermute mal, das weißt du.«

»Es ist kein Trieb. Es ist ein Baum! Ein junger, gerader Baum mit Ästen und allem, was dazugehört. Ganz von selbst einen Meter vor die hintere Mauer gepflanzt. Also?«

»Also hat der Gärtner ihn gepflanzt.«

»Der Gärtner ist für zehn Tage in Ferien, und ich habe ihm auch keinen Auftrag gegeben. Es war nicht der Gärtner.«

»Das ist mir egal. Glaub ja nicht, daß ich mich wegen eines kleinen, geraden Baums vor der hinteren Mauer aufregen werde.«

»Willst du nicht wenigstens aufstehen und ihn dir ansehen? Wenigstens das?«

Pierre stand schwerfällig auf. Mit der Lektüre war es sowieso vorbei.

»Siehst du ihn?«
»Natürlich sehe ich ihn. Es ist ein Baum.«
»Gestern stand er noch nicht hier.«
»Vielleicht.«
»Ganz sicher. Was sollen wir tun? Hast du eine Idee?«
»Warum eine Idee?«

»Dieser Baum macht mir angst.«

Pierre lachte. Er deutete sogar eine zärtliche Geste an. Aber nur flüchtig.

»Es stimmt, Pierre. Er macht mir angst.«

»Mir nicht«, sagte er und setzte sich wieder. »Ich finde den Besuch dieses Baums eher sympathisch. Man sollte ihn in Ruhe lassen, und Schluß damit. Und *du* solltest *mich* damit in Ruhe lassen. Wenn sich jemand im Garten geirrt hat, hat er halt Pech gehabt.«

»Aber er ist nachts gepflanzt worden, Pierre!«

»Um so wahrscheinlicher, daß sich jemand im Garten geirrt hat. Oder es ist ein Geschenk. Hast du das schon in Erwägung gezogen? Einer deiner Bewunderer wollte dich diskret zu deinem fünfzigsten Geburtstag ehren. Bewunderer neigen zu derlei Skurrilitäten, vor allem die hartnäckigen, mausartigen Bewunderer, die nicht erkannt sein wollen. Geh und sieh nach, ob vielleicht eine Nachricht dranhängt.«

Sophia dachte nach. Die Idee war nicht ganz abwegig. Pierre hatte die Bewunderer in zwei große Kategorien unterteilt. Es gab die mausartigen Bewunderer: Sie waren ängstlich, hektisch, stumm und nicht zu vertreiben. Pierre hatte einmal eine Maus erlebt, die im Laufe eines Winters einen kompletten Reisbeutel in einen Gummistiefel befördert hatte. Korn für Korn. Auf die gleiche Weise gingen auch die mausartigen Bewunderer vor. Und es gab die rhinozerosartigen Bewunderer, in ihrer Art ebenfalls furchtbar: lärmig, brüllend und sehr von sich überzeugt. Innerhalb dieser beiden Kategorien hatte Pierre einen Haufen von Unterkategorien aufgestellt. Sophia erinnerte sich nicht mehr genau. Pierre verachtete die Bewunderer, die es vor ihm gegeben hatte, und jene, die nach ihm gekommen waren, mit anderen Worten alle. Mit dem Baum konnte er aber recht haben. Vielleicht, aber nicht sicher. Sie hörte Pierre, wie er »Auf Wiedersehen – bis heute abend – mach dir keine Sorgen« sagte, und blieb allein zurück.

Mit dem Baum.

Sie ging zu ihm hin, um ihn sich anzusehen. Aber vorsichtig, als ob er explodieren könnte.

Natürlich hing keine Nachricht dran. Am Fuß des jungen Baums war eine runde Fläche frisch umgegrabener Erde. Was war das eigentlich für ein Baum? Sophia umkreiste ihn mehrmals schmollend und mit feindseligem Blick. Sie tendierte zu einer Buche. Sie tendierte auch dazu, ihn wieder brutal herauszureißen, aber sie war ein bißchen abergläubisch und wagte es nicht, sich an einem lebenden Wesen zu vergreifen, und sei es eine Pflanze. Tatsächlich reißen nur wenige Menschen gerne einen Baum aus, der ihnen nichts getan hat.

Sie brauchte lange, bis sie ein Buch zu diesem Thema gefunden hatte. Neben der Oper, der Beschäftigung mit dem Leben der Esel und den Mythen hatte Sophia nicht die Zeit gehabt, viel zu lernen. Eine Buche? Schwer zu sagen ohne Blätter. Sie durchsuchte das Stichwortverzeichnis des Buches, um zu sehen, ob ein Baum vielleicht *Sophia irgendwas* hieß. Als eine versteckte Ehrung, genau auf der Linie eines verkrampften mausartigen Bewunderers. Das wäre beruhigend. Nein, es gab nichts über Sophia. Oder eine Art *Stelyos irgendwas*? Das wäre alles andere als angenehm. Stelyos hatte nichts Mausartiges, auch nichts Rhinozerosartiges. Und er verehrte Bäume. Nachdem Pierre sein Gebirge von Schwüren auf den steinernen Rängen von Orange errichtet hatte, hatte Sophia sich gefragt, auf welche Weise sie Stelyos verlassen sollte, und sie hatte weniger gut gesungen als sonst. Und diesem verrückten Griechen war nichts Besseres eingefallen, als kurzerhand ins Wasser zu gehen. Man hatte ihn, keuchend auf dem Wasser treibend wie ein Idiot, wieder aus dem Mittelmeer gezogen. Als Jugendliche hatten Sophia und Stelyos es geliebt, mit Eseln, Ziegen und all dem Kram Delphi zu verlassen und die Pfade entlangzuziehen. Sie nannten das »die alten Griechen spielen«. Und dieser Idiot wollte sich ertränken. Zum Glück gab es das Gebirge von Pierres Gefühlen. Heute kam es bisweilen vor, daß Sophia unwillkürlich ein paar vereinzelte Brocken davon suchte. Stelyos? Eine Drohung? Würde Stelyos so etwas tun? Ja, dazu wäre er fähig. Das Mittelmeer hatte wie ein Peitschenhieb auf ihn gewirkt. Als er wieder an Land war, hatte er wie ein Verrückter herumgeschrien. Sophias Herz schlug zu schnell, sie mußte sich anstrengen, um aufzustehen, ein Glas Wasser zu trinken, einen Blick aus dem Fenster zu werfen.

Dieser Blick beruhigte sie sofort. Was war nur in sie gefahren? Sie holte tief Luft. Ihre Manie, die sie manchmal überkam, sich aus einem Nichts heraus eine Welt logisch aufeinanderfolgender Schrecken aufzubauen, war belastend. Es war – sie war fast sicher – eine Buche, eine junge Buche ohne jede Bedeutung. Aber wo war der Pflanzer letzte Nacht mit dieser verdammten Buche hergekommen? Sophia zog sich rasch an, verließ das Haus, prüfte das Schloß am Gittertor. Nichts zu bemerken. Allerdings war es ein so einfaches Schloß, daß man es mit einem Schraubenzieher sicherlich in Nullkommanichts öffnen konnte, ohne Spuren zu hinterlassen.

Frühlingsanfang. Es war feucht, und sie begann zu frieren, während sie dort stand und mißtrauisch der Buche die Stirn bot. Eine Buche. Ein Wesen? Sophia schob diesen Gedanken beiseite. Sie haßte es, wenn ihre griechische Seele mit ihr durchging, und dann gleich zweimal an einem Morgen. Und Pierre würde sich nie für den Baum interessieren. Warum auch? War es normal, daß er derart gleichgültig war?

Sophia hatte keine Lust, den ganzen Tag mit dem Baum allein zu bleiben. Sie nahm ihre Handtasche und verließ das Haus. Auf der schmalen Straße stand ein junger Typ, Anfang Dreißig oder älter, und spähte durch den Zaun des Nachbarhauses. »Haus« war ein vornehmes Wort. Pierre sagte immer »die Bruchbude«. Er fand, daß diese Bruchbude, in der seit Jahren niemand mehr wohnte, in ihrer vornehmen Straße mit den gepflegten Häusern einen schmuddeligen Eindruck machte. Bis zu diesem Moment hatte Sophia nie daran gedacht, Pierre könne mit zunehmendem Alter vielleicht zum Kretin werden.

Diese Vorstellung setzte sich jetzt in ihr fest. Die erste unselige Wirkung des Baums, dachte sie böswillig. Pierre hatte sogar die Mauer zwischen den Grundstücken höher machen lassen, um sich vor der Bruchbude zu schützen. Jetzt konnte man sie nur noch von den Fenstern des zweiten Stocks aus sehen. Der junge Typ schien die Fassade mit den kaputten Fenstern eher zu bewundern. Er war schlank, hatte schwarze Haare und war schwarz gekleidet, eine Hand starrte vor breiten Silberringen. Er hatte ein eckiges Gesicht, das er zwischen zwei Stäbe des rostigen Zauns klemmte.

Exakt die Sorte Mensch, die Pierre nicht mochte. Pierre war ein Verfechter des Maßvollen und der Zurückhaltung. Und dieser junge Typ war elegant, ein bißchen prosaisch und ein bißchen protzig. Schöne Hände, die um die Gitterstäbe griffen. Sophia beobachtete ihn und empfand dabei einen gewissen Trost. Sicher war das auch der Grund, weshalb sie ihn fragte, was das dort hinten seiner Ansicht nach für ein Baum sei. Der junge Typ löste seine Stirn vom Gitter, das ein wenig Rost in seinem glatten schwarzen Haar zurückließ. Er mußte schon ein Weilchen dort an das Gitter gelehnt gestanden haben. Ohne Erstaunen, ohne Fragen zu stellen folgte er Sophia, die ihm den jungen Baum zeigte, den man von der Straße aus recht gut erkennen konnte.

»Das ist eine Buche, Madame«, sagte der junge Typ.

»Sind Sie sicher? Entschuldigen Sie, aber das ist sehr wichtig.«

Der junge Typ sah noch einmal genau hin. Mit seinen dunklen, noch nicht freudlosen Augen.

»Da gibt es keinerlei Zweifel, Madame.«

»Ich danke Ihnen, Monsieur. Sehr freundlich von Ihnen.«

Sie lächelte ihn an und ließ ihn stehen. Der junge Typ ging, mit der Fußspitze einen kleinen Stein vor sich her kickend, nun ebenfalls seiner Wege.

Sie hatte also recht. Es war eine Buche. Nur eine Buche.

Mist.

2

Na bitte.
 Genau das heißt in der Scheiße stecken. Wie lange schon? Sagen wir mal zwei Jahre.
 Und dann, nach zwei Jahren Scheiße, plötzlich die Sache mit dem Licht am Ende des Tunnels. Marc kickte mit der Fußspitze einen Stein vor sich her und beförderte ihn sechs Meter vorwärts. Es ist nicht leicht, auf den Bürgersteigen von Paris einen Stein zu finden, den man vor sich her kicken kann. Auf dem Land schon. Aber auf dem Land ist einem der Stein egal. Während man es in Paris ab und zu braucht, einen ordentlichen Stein vor sich her kicken zu können. So ist das. Gerade vor einer Stunde hatte Marc das Glück gehabt, einen absolut korrekten Stein zu finden, kurzer Lichtblick in der Scheiße. Also kickte er ihn vor sich her und folgte ihm.
 Das hatte ihn bis in die Rue Saint-Jacques geführt – nicht ohne einige Schwierigkeiten. Den Stein mit den Händen zu berühren war verboten, nur der Fuß war erlaubt. Also sagen wir zwei Jahre. Keine Stelle mehr, keine Kohle, keine Frau. Keine Besserung in Aussicht. Höchstens vielleicht diese Baracke. Gestern morgen hatte er sie entdeckt. Vier Stockwerke, wenn man den Dachstuhl mitzählte, ein kleines Gärtchen, in einer völlig abgelegenen Straße und in elendem Zustand. Überall Löcher, keine Heizung und das Klo im Garten, mit Holzriegel. Wenn man die Augen zusammenkniff, etwas Wunderbares. Wenn man sie wieder öffnete, ein Desaster. Aller-

dings wollte ihr Besitzer nur eine lächerlich geringe Miete dafür – unter der Bedingung, daß Marc das Ganze herrichtete. Mit der Baracke könnte er aus der Scheiße rauskommen. Und den Paten könnte er auch unterbringen. In der Nähe der Baracke hatte eine Frau ihn was Merkwürdiges gefragt. Was war das noch gleich? Ach ja. Nach einem Baum. Komisch, wie wenig die Leute von den Bäumen wissen, obwohl sie nicht ohne sie auskommen können. Im Grunde haben sie vielleicht recht. Er kannte sich zwar in Bäumen aus – aber wohin hatte ihn das gebracht?

In der Rue Saint-Jacques kam der Stein aus der Bahn. Steine mögen keine ansteigenden Straßen. Er hatte sich in den Rinnstein verzogen, und das auch noch direkt hinter der Sorbonne. Schluß mit dem Mittelalter, adieu. Adieu Klerus, Adel und Bauern. Adieu. Marc ballte die Hände in den Taschen. Keine Stelle mehr, keine Kohle, keine Frau und kein Mittelalter. So was Fieses. Geschickt beförderte Marc den Stein aus dem Rinnstein wieder auf den Bürgersteig. Es gibt einen Trick, um einen Stein wieder auf den Bürgersteig springen zu lassen. Marc kannte ihn gut, so gut wie das Mittelalter, schien ihm. Bloß nicht mehr ans Mittelalter denken. Auf dem Land steht man nie vor der Herausforderung, einen Stein wieder auf den Bürgersteig befördern zu müssen. Deswegen hat man auf dem Land auch nie das Bedürfnis, Steine vor sich her zu kicken, wo es sie doch tonnenweise gibt. Mit Bravour überquerte Marcs Stein die Rue Soufflot und nahm nun ohne allzu große Probleme den schmaleren Teil der Rue Saint-Jacques in Angriff.

Sagen wir zwei Jahre. Und nach zwei Jahren bleibt als einziger Reflex eines Mannes, der in der Scheiße sitzt, sich auf die Suche nach einem anderen Mann zu machen, der in der Scheiße sitzt.

Denn mit denen Kontakt zu pflegen, die es geschafft haben, wenn man selbst mit fünfunddreißig vollkommen gescheitert ist, das verbittert. Sicher, anfangs ist es noch unterhaltsam, es läßt einen träumen und macht

Mut. Dann fängt es an zu nerven, und schließlich verbittert es. Man kennt das ja. Und Marc wollte vor allem nicht verbittert werden. Sowas ist häßlich und riskant, vor allem für einen Mediävisten. Nach einem kräftigen Tritt erreichte der Stein das Val-de-Grâce.

Es gab da jemanden, von dem er gehört hatte, daß er ebenfalls in der Scheiße saß. Und nach neuesten Informationen schien Mathias Delamarre schon geraume Zeit so richtig authentisch in der Scheiße zu sitzen. Marc mochte ihn, ja sogar sehr. Aber er hatte ihn in den besagten zwei Jahren nicht mehr gesehen. Vielleicht machte Mathias ja bei dem Vorhaben mit, die Baracke zu mieten. Denn die lächerliche Miete konnte Marc im Augenblick nur zu einem Drittel beschaffen. Und man mußte schnell zusagen.

Seufzend kickte Marc den Stein bis zu einer Telefonzelle. Wenn Mathias mitmachen würde, könnte er sich das Geschäft vielleicht sichern. Mit Mathias gab es nur ein großes Problem. Er war Prähistoriker. Für Marc war damit alles gesagt. Aber war das jetzt der Moment, sektiererisch zu werden? Trotz des gewaltigen Grabens, der sie trennte, mochten sie sich. Das war merkwürdig. Er sollte lieber an diese Merkwürdigkeit denken und weniger an Mathias' absurde Entscheidung für die abstoßende Epoche der Jäger und Sammler mit den Feuersteinen. Marc fiel seine Telefonnummer wieder ein. Jemand antwortete ihm, daß Mathias nicht mehr dort wohne, und gab ihm eine neue Nummer. Entschlossen wählte er erneut. Mathias war zu Hause. Als Marc seine Stimme hörte, atmete er auf. Daß ein Typ von fünfunddreißig Jahren an einem Mittwoch um fünfzehn Uhr zwanzig zu Hause ist, ist der faßbare Beweis dafür, daß er in einer erstklassigen Scheiße sitzt. Schon mal eine gute Nachricht. Und wenn der Typ ohne weitere Erklärung einwilligt, dich in einer halben Stunde in einem trostlosen Café in der Rue du Faubourg-Saint-Jacques zu treffen, ist er bereit, alles zu akzeptieren.

Obwohl ...

3

Obwohl ... Man konnte mit dem Typ nicht machen, was man wollte. Mathias war eigensinnig und stolz. Genauso stolz wie er selbst? Womöglich noch schlimmer. Jedenfalls der Prototyp eines Jägers und Sammlers, der seinen Auerochsen bis zur Erschöpfung verfolgt und eher seinen Stamm verläßt, als ohne Beute zurückzukehren. Nein. Das war das Porträt eines Blöden, und Mathias war fein und gewandt. Aber er war fähig, zwei Tage lang nichts zu sagen, wenn das Leben einer seiner Ideen widersprach, wahrscheinlich zu kompakten Ideen oder vielleicht nicht anpassungsfähigen Wünschen. Marc, der das Reden bis zur Kunst der Haarspalterei trieb und sein Publikum damit häufig ermüdete, hatte angesichts dieses blonden Riesen mehr als einmal schweigen müssen, angesichts dieses großen Jägers und Sammlers mit den blauen Augen, der verloren seiner Jagd nach dem Auerochsen nachging und dem man in den Gängen der Universität begegnete, wo er schweigsam auf einer Bank saß und langsam seine großen Hände aneinander rieb, als ob er die widrigen Geschicke zermalmen wollte. Vielleicht war er ja Normanne? Marc fiel auf, daß er ihn in den vier Jahren, die sie nebeneinander verbracht hatten, nie gefragt hatte, wo er herkomme. Was sollte das auch für eine Rolle spielen? Es hatte Zeit.

In dem Café gab es nichts zu tun, und so wartete Marc. Mit dem Finger skizzierte er Ansichten einer Statue auf den kleinen Tisch. Seine Hände waren mager und lang. Er mochte ihren klaren Knochenbau mit den deutlich hervortretenden Venen. Ansonsten hatte er ernsthafte Zweifel. Warum daran denken? Weil er den großen blonden Jäger wiedersehen würde? Na und? Er selbst, Marc, von mittlerer Größe, extrem schmal, mit eckigem Körper und Gesicht, wäre natürlich nicht der ideale Typ für die Jagd nach dem Auerochsen gewesen. Man hätte ihn eher losgeschickt, um auf Bäume zu klettern und das Obst herunterzuschütteln. Sammler halt. Nervös und feinfühlig. Und was weiter? Feinfühligkeit brauchte man. Keine Kohle mehr. Es blieben ihm seine Ringe, vier breite Silberringe, von denen zwei mit ein paar Goldfäden durchzogen waren, auffallende und komplizierte Ringe, halb afrikanisch, halb karolingisch, die die Finger seiner linken Hand umschlossen. Sicher hatte ihn seine Frau wegen eines Typen mit breiteren Schultern verlassen, ganz sicher. Und sicher war der auch dümmer. Sie würde es eines Tages merken, damit rechnete Marc. Aber dann wäre es zu spät.

Mit einer raschen Handbewegung löschte Marc seine gesamte Zeichnung aus. Er hatte seine Statue vermurkst. Ein Anfall von Wut. Immer wieder diese plötzliche Wut und jähzornige Ohnmacht. Es war leicht, sich über Mathias lustig zu machen. Aber er selbst? Was war er anderes als einer dieser dekadenten Mediävisten, dieser eleganten, grazilen und zähen kleinen Braunhaarigen, ein Prototyp dieser Erforscher des Unnützen, ein Luxusprodukt mit zerschlagenen Hoffnungen, das seine vermurksten Träume an ein paar Silberringen aufhängte, an Visionen aus dem Jahr Tausend, an Bauern, die den Pflug führten und seit Jahrhunderten tot waren, an einer vergessenen romanischen Sprache, für die sich niemand interessierte, an einer Frau, die ihn sitzengelassen hatte? Marc hob den Kopf. Auf der anderen Straßenseite sah er eine riesige Autowerkstatt. Marc mochte keine Autowerkstätten. Sie stimmten ihn trübsinnig. Von dort, an der Mauer der Autowerkstatt entlang, kam mit ruhigen, großen Schritten der Jäger und Sammler auf ihn zu. Marc lächelte. Mathias erschien zu der Verabredung. Noch immer blond, das Haar zu widerspenstig, um ordentlich gekämmt zu sein, mit seinen ewigen Ledersandalen, die Marc haßte. Noch immer nackt unter seiner Kleidung. Niemand wußte, wie Mathias es schaffte, den Eindruck zu erwecken, daß er nackt war unter seiner Kleidung. Pulli auf der bloßen Haut, Hose über den bloßen Schenkeln, Sandalen an den bloßen Füßen.

Jedenfalls trafen sie – der eine bäurisch, der andere elegant, der eine breit, der andere schmal – in einem dreckigen Café an einem Tisch zusammen. Was besagt, daß das gar nichts miteinander zu tun hat.

»Du hast deinen Bart abgenommen?« fragte Marc. »Machst du keine Ur- und Frühgeschichte mehr?«

»Doch«, erwiderte Mathias.

»Wo?«

»Im Kopf.«

Marc nickte bedächtig. Man hatte ihn nicht belogen, Mathias saß in der Scheiße.

»Was hast du mit deinen Händen gemacht?«

Mathias betrachtete seine schwarzen Fingernägel.

»Ich habe als Mechaniker gearbeitet. Man hat mich rausgeschmissen. Sie haben gesagt, ich hätte kein Gefühl für Motoren. Ich hab in einer einzigen Woche drei Stück schrottreif gemacht. Motoren sind kompliziert. Vor allem, wenn man sie reparieren muß.«

»Und jetzt?«

»Jetzt verkaufe ich allen möglichen Ramsch, Plakate, an der Metrostation Châtelet.«

»Bringt das was ein?«

»Nein. Und du?«

»Nichts. Ich war Schreiber in einem Verlag.«

»Mittelalter?«

»Liebesromane auf achtzig Seiten. Der Mann ist ein Raubtier und sehr erfahren, die Frau strahlend und unverdorben. Am Ende lieben sie sich wie verrückt, und man findet's zum Kotzen langweilig. Die Geschichte sagt nichts darüber, wann sie sich trennen.«

»Klar ...«, sagte Mathias. »Hast du aufgehört?«

»Ich bin entlassen worden. Ich hab in den letzten Korrekturabzügen noch Sätze geändert. Aus Verbitterung und weil es mich nervte. Sie haben es gemerkt ... Bist du verheiratet? Gibt's bei dir eine Frau? Hast du Kinder?«

»Nichts«, sagte Mathias.

Die beiden Männer lehnten sich zurück und sahen sich an.

»Wie alt sind wir jetzt?« fragte Mathias.

»Mitte Dreißig. Normalerweise ist man in dem Alter ein Mann.«

»Angeblich ja. Hast du's immer noch mit dem verdammten Mittelalter?«

Marc nickte.

»Bescheuert«, bemerkte Mathias. »Was das angeht, warst du nie vernünftig.«

»Red nicht davon, Mathias, das bringt jetzt nichts mehr. Wo wohnst du?«

»In einem Zimmer, das ich in zehn Tagen aufgebe. Mit den Plakaten kann ich meine zwanzig Quadratmeter nicht mehr behalten. Sagen wir mal, ich steige ab.«

Mathias preßte seine Hände gegeneinander.

»Ich zeig dir eine Baracke«, sagte Marc. »Wenn du mitmachst, überwinden wir vielleicht die dreißigtausend Jahre, die uns trennen.«

»Und der Haken an der Sache?«

»Weiß ich noch nicht. Kommst du mit?«

Obwohl Mathias allem, was sich nach 10 000 vor Christus hatte ereignen können, gleichgültig und eher feindselig gegenüberstand, hatte er bei dem schlanken, stets schwarzgekleideten Mediävisten mit dem silbernen Gürtel immer eine unbegreifliche Ausnahme gemacht. Um die Wahrheit zu sagen: Er sah diese freundschaftliche Schwäche eher als eine Geschmacksverirrung. Aber seine Zuneigung zu Marc, seine Wertschätzung für den wendigen und scharfen Geist dieses Typen hatten ihn gezwungen, die Augen vor der empörenden Entscheidung zu verschließen, die sein Freund zugunsten dieser degenerierten Epoche der Menschheitsgeschichte getroffen hatte. Trotz dieses schockierenden Fehlers neigte er dazu, Marc zu vertrauen, und hatte sich sogar häufig dazu hinreißen lassen, ihm in seine albernen Phantasien eines verarmten Feudalherrn zu folgen. Selbst heute, wo klar war, daß dieser verarmte Feudalherr eindeutig vom Pferd geworfen war und nichts mehr besaß als den Pilgerstab, kurz, daß er in einer der seinen völlig gleichwertigen Scheiße saß (was ihm übrigens Vergnügen bereitete), selbst in diesem Zustand hatte Marc jenen Anflug von liebenswürdiger und überzeugender Majestät nicht verloren. Gewiß, ein bißchen Bitterkeit in den Augenwinkeln, auch etwas Kummer, Erschütterungen und Kräche, die er sicherlich lieber nicht erlebt hätte, das alles ja. Aber trotzdem noch Charme und Reste von Träumen, die er, Mathias, längst in den Metrogängen der Station Châtelet verloren hatte.

Sicher, Marc erweckte nicht den Eindruck, als hätte er das Mittelalter aufgegeben. Trotzdem würde Mathias ihn bis zu der Baracke begleiten, von der Marc ihm auf dem Weg erzählte, während er mit seiner beringten Hand durch die graue Luft fuchtelte. Also, eine runtergekommene Baracke mit vier Stockwerken, wenn man den Dachstuhl mitzählte, und einem Garten. Mathias war nicht abgeneigt. Versuchen, die Miete zusammenzubringen. Feuer im Kamin machen. Den Patenonkel von Marc mit dort unterbringen. Was war das für eine Geschichte mit dem alten Paten? Unmöglich, ihn allein zu lassen, entweder mit ihm oder gar nicht. Aha, gut. Unwichtig. Das war Mathias schnurz. Langsam verblaßte die Station Châtelet. Er folgte Marc durch die Straßen, zufrieden, daß auch Marc in der Scheiße saß, zufrieden mit der betrüblichen Nutzlosigkeit dieses arbeitslosen Mediävisten, zufrieden mit der Manieriertheit der Kleidung seines Freundes, zufrieden mit der Baracke, in der sie sicher vor Kälte umkommen würden, denn es war erst März. So zufrieden, daß er, als sie schließlich in einer dieser unauffindbaren Straßen von Paris an dem verrotteten Gitter angekommen waren, durch das man die Baracke inmitten von hohem Gras sah, nicht in der Lage war, die Baufälligkeit des Gebäudes objektiv zu beurteilen. Er fand das alles tadellos. Er wandte sich wieder Marc zu und schüttelte ihm die Hand. Der Handel war perfekt. Aber das, was er mit dem Verkaufen von Ramsch verdiente, würde nicht ausreichen. Marc, der am Gitter lehnte, stimmte mit ihm überein. Beide wurden wieder ernst. Lange Stille. Sie überlegten. Noch ein Verrückter in der Scheiße? Mathias schlug einen Namen vor. Lucien Devernois. Marc schrie auf.

»Das ist doch nicht dein Ernst, Mathias? Devernois? Weißt du noch, was der Typ macht? Was er ist?«

»Ja«, seufzte Mathias. »Weltkriegshistoriker. 14–18.«

»Na also! Du drehst ja wohl völlig ab ... Uns bleibt nicht mehr viel, wir müssen über Kleinigkeiten hinwegsehen, ich weiß. Aber es bleibt uns ein bißchen Vergangenheit, um noch von der Zukunft zu träumen. Und was schlägst du vor? Den Ersten Weltkrieg? Einen Zeitgeschichtler? Was denn noch alles? Ist dir eigentlich klar, was du sagst?«

»Schon gut«, erwiderte Mathias, »aber der Typ ist wirklich kein Arschloch.«

»Mag sein. Trotzdem. Daran ist nicht zu denken. Alles hat seine Grenzen, Mathias.«

»Es schmerzt mich genauso wie dich. Obwohl Mittelalter und Zeitgeschichte für mich eigentlich keinen großen Unterschied machen.«

»Paß auf, was du sagst.«

»Ja, ja. Aber ich glaube, daß Devernois zwar ein kleines Gehalt hat, aber trotzdem in der Scheiße sitzt.«

Marc kniff die Augen zusammen.

»In der Scheiße?« fragte er.

»Genau das. Er hat seine Stelle an einem staatlichen Gymnasium im Departement Nord-Pas-de-Calais aufgegeben. Jetzt hat er eine jämmerliche halbe Stelle in einer kirchlichen Privatschule in Paris. Überdruß, Enttäuschung, Schreiben und Einsamkeit.«

»Dann sitzt er also echt in der Scheiße ... Hättest du das nicht gleich sagen können?«

Marc blieb ein paar Sekunden stehen. Er überlegte rasch.

»Nun, das ändert alles!« begann er wieder. »Beeilung, Mathias. Erster Weltkrieg hin oder her, Augen zu und durch, treib ihn auf und überzeug ihn. Wir treffen uns alle zusammen mit dem Besitzer hier um sieben. Das muß heute abend unterschrieben werden. Beeilung, und streng dich an. Zu dritt in der Scheiße – warum sollten wir da kein vollständiges Desaster hinkriegen.«

Sie nickten einander zu und trennten sich, Marc rannte, Mathias entfernte sich mit großen Schritten.

4

Es war ihr erster Abend in der Baracke der Rue Chasle. Der Weltkriegshistoriker war aufgetaucht, hatte rasch Hände geschüttelt, war in den vier Stockwerken herumgewirbelt und dann wieder verschwunden.

Nachdem die ersten Augenblicke der Erleichterung nach Unterzeichnung des Mietvertrages vorüber waren, spürte Marc wieder schlimmste Befürchtungen in sich aufsteigen. Dieser nervöse, bleichgesichtige Zeitgeschichtler, der da aufgetaucht war, mit braunen Haaren und einer Strähne, die ihm unaufhörlich über die Augen fiel, mit seiner eng gebundenen Krawatte, dem grauem Sakko und seinen abgelaufenen, aber englischen Schuhen machte ihm schwer Sorgen. Dieser Typ war – von der Katastrophe, die seine Spezialisierung auf den Weltkrieg bedeutete, mal ganz abgesehen – nicht zu fassen, er oszillierte zwischen Steifheit und großer Nachgiebigkeit, zwischen Schaumschlägerei und Ernsthaftigkeit, zwischen jovialer Ironie und hartnäckigem Zynismus und schien sich mit kurzen Anfällen von Wut und guter Laune abwechselnd von einem Extrem zum anderen zu bewegen. Besorgniserregend. Unmöglich zu wissen, wie sich das entwickeln würde. Mit einem Zeitgeschichtler in Krawatte zusammenzuleben war absolutes Neuland. Marc beobachtete Mathias, der mit besorgter Miene in einem leeren Raum herumlief.

»Hast du ihn leicht überreden können?«
»Ganz schnell. Er ist aufgestanden, hat seine Krawatte

gerichtet, hat mir die Hand auf die Schulter gelegt und gesagt: ›Verbrüderung über den Gräben, da gibt's keine Diskussion. Ich bin dein Mann.‹ Ein bißchen theatralisch. Auf dem Weg hat er mich gefragt, wer wir sind, was wir machen. Ich habe ein bißchen erzählt, von Ur- und Frühgeschichte, Plakaten, Mittelalter, Liebesromanen und Automotoren. Er hat ein Gesicht gezogen, vielleicht wegen dem Mittelalter. Aber er hat sich wieder gefangen, hat was über die soziale Verschmelzung im Schützengraben oder so gemurmelt, und das war's.«

»Und jetzt ist er verschwunden.«

»Er hat seine Tasche dagelassen. Das ist kein schlechtes Zeichen.«

Dann war der Erste-Weltkrieg-Typ mit einer Kiste voll Brennholz auf der Schulter wieder aufgetaucht. Marc hätte ihn nicht für so kräftig gehalten. Immerhin war er offenbar zu etwas nutze.

So drängten sich die drei in der Scheiße sitzenden Forscher nach einem kurzen Abendessen, das sie auf den Knien eingenommen hatten, gemeinsam um ein großes Feuer. Der vor Dreck starrende Kamin war beeindruckend. »Das Feuer«, dozierte Lucien Devernois lächelnd, »ist ein gemeinsamer Ausgangspunkt. Ein bescheidener, aber doch gemeinsamer Ausgangspunkt. Oder eine mögliche Zufluchtsstätte, ganz nach Belieben. Abgesehen von der Scheiße ist das bislang unser einziger bekannter Bündnispunkt. Bündnisse dürfen nie vernachlässigt werden.«

Lucien machte eine emphatische Geste. Marc und Mathias sahen ihn an, sie versuchten gar nicht erst, ihn zu verstehen, und wärmten ihre Hände am Feuer.

»Ganz einfach«, fuhr Lucien lauter fort. »Unserem robusten Prähistoriker Mathias Delamarre ist das Feuer sowieso vertraut … Kleine Gruppen behaarter Menschen, die fröstelnd am Rand der Grotte um die wohltuende Flamme vereint sind, die die wilden Tiere fernhält, kurz, der Krieg um das Feuer.«

»*Der Krieg des Feuers*«, bemerkte Mathias, »ist ein Titel...«

»Völlig unwichtig!« unterbrach ihn Lucien. »Laß deine Bildung beiseite, die mir, was die Höhlen angeht, vollkommen egal ist, und laß dem prähistorischen Feuer seinen Ehrenplatz. Gehen wir weiter. Ich komme zu Marc Vandoosler, der sich damit abmüht, die mittelalterliche Bevölkerung nach ›Feuerstellen‹ zu zählen... Ein ganz schönes Problem für die Mediävisten. Man verstrickt sich leicht darin... Weiter. Wenn man die Leiter der Zeit hinaufklettert, so gelangt man schließlich zu mir, zu mir und zum Feuersturm des Weltkriegs. Krieg um das Feuer, Feuer des Krieges. Bewegend, nicht wahr?«

Lucien lachte, zog geräuschvoll die Nase hoch und legte Holz nach, indem er mit dem Fuß ein großes Scheit in den Kamin schob. Marc und Mathias lächelten kurz. Mit diesem unmöglichen, aber für das fehlende Drittel der Miete unentbehrlichen Typen würde man sich abfinden müssen.

»Wenn unsere Differenzen zu schwerwiegend und die zeitlichen Abgründe unüberbrückbar werden«, schloß Marc und drehte seine Ringe, »brauchen wir folglich nur ein Feuer zu machen. Ist das so?«

»Das kann helfen«, erwiderte Lucien zustimmend.

»Ein weises Programm«, fügte Mathias hinzu.

Und sie redeten nicht mehr von der Zeit und wärmten sich. Um die Wahrheit zu sagen, war das Beunruhigendste an diesem und an den kommenden Abenden das Wetter. Wind war aufgekommen, es regnete heftig, und Feuchtigkeit drang in das Haus. Die drei Männer sahen sich um und ermaßen nach und nach das Ausmaß der notwendigen Arbeiten. Noch waren die Räume leer, als Stühle hatten sie Kisten benutzt. Morgen würde jeder seine Sachen herbringen. Es mußte gegipst und gezimmert werden, die elektrischen Leitungen und alle Rohre mußten erneuert werden. Und Marc würde seinen alten Paten mitbringen. Er würde ihnen die Sache später erklären. Was das für ein Typ sei? Na, eben sein alter Pate, das sei alles. Gleichzeitig auch sein Onkel. Was denn sein alter Paten-Onkel so mache? Nichts mehr, pensioniert. Wie pensioniert? Von einer Arbeit halt. Was für einer Arbeit? Lucien ging einem mit seinen Fragen auf die Nerven. Eine Arbeit als Beamter halt. Er würde ihnen das später erklären.

5

Der Baum war ein bißchen gewachsen.

Seit mehr als einem Monat stellte sich Sophia jeden Tag an das Fenster im zweiten Stock, um die neuen Nachbarn zu beobachten. Das interessierte sie. Was sollte daran schlecht sein? Drei ziemlich junge Männer, keine Frauen, keine Kinder. Nur drei Männer. Sofort hatte sie den wiedererkannt, der sich die Stirn am Gitter rostig gemacht und ihr gesagt hatte, daß es eine Buche sei. Sie hatte sich gefreut, ihn da wiederzusehen. Er hatte zwei andere, ganz unterschiedliche Typen mitgebracht. Einen großen Blonden in Sandalen und einen Hektiker in grauem Anzug. Inzwischen kannte sie die drei bereits ganz gut. Sophia fragte sich, ob es schicklich sei, so zu spionieren. Schicklich oder nicht, es zerstreute sie, es beruhigte, und es brachte sie auf eine Idee. Sie machte also weiter. Den ganzen April hatten die Typen herumgefuhrwerkt. Bretter, Eimer, Säcke voller irgendwas auf Schubkarren und Kisten auf so Dingern transportiert. Wie hießen diese Dinger aus Eisen mit Rädern drunter? Das hatte doch einen Namen. Ach, ja, Sackkarren. Kisten, die sie auf Sackkarren transportierten. Gut. Renovierungsarbeiten also. Sie waren häufig kreuz und quer durch den Garten gelaufen, und auf diese Weise hatte Sophia ihre Vornamen aufschnappen können, wenn sie das Fenster einen Spalt aufließ. Der schwarzgekleidete Schmale war Marc. Der langsame Blonde hieß Mathias. Und die Krawatte war Lucien.

Selbst wenn er Löcher in die Wände bohrte, behielt er seine Krawatte um. Sophia fuhr sich mit der Hand an den Schal. Na ja, jedem sein Ding.

Durch das Seitenfenster einer kleinen Kammer im zweiten Stock konnte Sophia auch sehen, was sich im Inneren der Baracke abspielte. Die reparierten Fenster hatten keine Vorhänge, und sie dachte sich, daß wohl auch nie welche dort hinkommen würden. Jeder schien ein Stockwerk besetzt zu haben. Ein Problem war, daß der Blonde in seinem Stockwerk halb nackt arbeitete, oder fast nackt, oder eben ganz nackt, je nachdem. Vollkommen ungezwungen, so wirkte es jedenfalls. Unangenehm. Er war schön anzusehen, der Blonde, da lag das Problem nicht. Das Problem war, daß sich Sophia auf diese Weise nicht ganz im Recht fühlte, wenn sie sich in die kleine Kammer begab und ihn beobachtete. Abgesehen von den Arbeiten, die den jungen Männern bisweilen über den Kopf zu wachsen schienen, die sie aber mit Besessenheit ausführten, wurde da drüben viel gelesen und geschrieben. Regale waren mit Büchern gefüllt worden. Sophia, die auf den Steinen von Delphi geboren und allein durch ihre Stimme in die Welt getragen worden war, bewunderte jeden, der unter einer kleinen Lampe an einem Tisch saß und las.

Dann war letzte Woche noch jemand anderes gekommen. Noch ein Mann, aber sehr viel älter. Sophia hielt ihn erst für einen Besucher. Aber nein, der ältere Mann hatte sich eingerichtet. Für lange? Jedenfalls war er da, im Dachgeschoß. Das war doch merkwürdig. Er schien gar nicht übel auszusehen. Er war bei weitem der schönste der vier. Aber auch der älteste. Sechzig, siebzig. Man hätte meinen können, aus diesem Mann würde eine Donnerstimme kommen, aber im Gegenteil, er hatte eine so sanfte und leise Stimme, daß Sophia noch kein einziges Wort hatte aufschnappen können von dem, was er sagte. Eine aufrechte, hohe Gestalt, ganz wie ein entthronter Feldherr, der bei den Arbeiten nicht mit Hand anlegte. Er überwachte alles und redete viel.

Unmöglich, seinen Namen herauszubekommen. Einstweilen nannte Sophia ihn Alexander den Großen, oder auch die alte Nervensäge, das hing ganz von ihrer Laune ab.

Am häufigsten hörte man den Typen mit der Krawatte, Lucien. Seine erregte Stimme trug weit, und er schien Vergnügen daran zu finden, mit lauter Stimme Kommentare abzugeben und alle möglichen Ratschläge zu erteilen, die von den zwei anderen kaum befolgt wurden. Sie hatte versucht, mit Pierre darüber zu sprechen, aber er hatte sich für die Nachbarn genausowenig interessiert wie für den Baum. Solange die Nachbarn keinen Lärm in der Bruchbude machten, das war alles, was er dazu zu sagen hatte. O. k., Pierre war sehr eingespannt mit seinen sozialen Geschichten. O. k., er hatte sich Tag für Tag durch Aktenstapel mit schrecklichen Fällen von minderjährigen Müttern unter den Brücken, Rausgeworfenen, zwölfjährigen Straßenkindern und in ihrer Mansarde röchelnden Alten zu wühlen und mußte das alles für den Staatssekretär ordnen. Und Pierre war schon jemand, der seine Arbeit gewissenhaft erledigte. Auch wenn Sophia es haßte, wie er manchmal von »seinen« Bedürftigen redete, die er in Typen und Untertypen unterteilte, so wie er auch ihre Bewunderer unterteilt hatte. Wo hätte Pierre wohl sie selbst eingeordnet, als sie mit zwölf Jahren den Touristen in Delphi bestickte Taschentücher feilbot? Eine Bedürftige welcher Kategorie? Na ja. Man konnte verstehen, daß ihm mit all dem am Hals ein Baum oder vier neue Nachbarn schnurzegal waren. Aber trotzdem. Warum nicht ein einziges Mal darüber reden? Nur eine Minute?

6

Als Marc hörte, wie Lucien von seinem Ausguck im dritten Stock Generalalarm oder ähnliches ausrief, hob er nicht einmal den Kopf. Im großen und ganzen fand sich Marc mit dem Weltkriegshistoriker ab, der zum einen einen beträchtlichen Teil Arbeit in der Baracke weggeschaufelt hatte und zum anderen zu extrem langen Phasen arbeitsamer Stille fähig war. Sehr intensiven Phasen. Wenn er sich im weiten Abgrund des Weltkrieges vergraben hatte, hörte er nichts mehr. Er hatte alle elektrischen Leitungen überholt und sich um die gesamten Installateurarbeiten gekümmert, und Marc, der davon keine Ahnung hatte, war ihm auf ewig dankbar. Er hatte auch dafür gesorgt, daß sich das Dachgeschoß in eine weiträumige Zweizimmerwohnung verwandelt hatte, die überhaupt nichts Kaltes oder Düsteres mehr an sich hatte und in der der Onkel sich wohl fühlte. Er sorgte für ein Drittel der Miete und war von überströmender Freigebigkeit, dank der die Baracke von Woche zu Woche wohnlicher wurde. Genauso großzügig war er auch mit Worten und lärmenden Reden. Ironisierende Militärtiraden, Übertreibungen aller Art, beißende Urteile im Überfluß. Er war in der Lage, eine geschlagene Stunde wegen einer winzigen Kleinigkeit herumzuschreien. Marc lernte, Luciens Tiraden an sich vorüberziehen zu lassen wie harmlose Ungeheuer. Dabei war Lucien nicht einmal Militarist. Unerbittlich und entschlossen jagte er dem Wesen des Ersten Weltkrieges hinterher, ohne es je fassen zu können. Vielleicht war das der Grund für sein Geschrei. Nein, sicher lag es an etwas anderem. An diesem Abend gegen sechs Uhr überkam es ihn jedenfalls wieder. Er stürzte sogar die Treppe herunter und trat ohne zu klopfen bei Marc ein.

»Generalalarm«, rief er. »In die Unterstände. Die Nachbarin ist im Anmarsch.«

»Welche Nachbarin?«

»Die von der Westfront. Die Nachbarin von rechts, wenn dir das lieber ist. Die reiche Frau mit dem Schal. Keinen Ton mehr. Wenn sie klingelt, bewegt sich keiner. Die Parole lautet: leeres Haus. Ich rede mit Mathias.«

Bevor Marc seine Meinung hätte sagen können, stieg Lucien bereits in die erste Etage hinunter.

»Mathias!« rief Lucien und öffnete die Tür. »Alarm. Parole lee...«

Marc hörte, wie Lucien mitten im Wort abbrach. Er lächelte und ging hinter ihm hinunter.

»Scheiße«, sagte Lucien, »du mußt dich doch nicht völlig ausziehen, um ein Regal aufzubauen! Was nützt dir das? Verdammt noch mal, ist dir denn nie kalt?«

»Ich habe mich nicht völlig ausgezogen, ich habe meine Sandalen an«, antwortete Mathias bedächtig.

»Du weißt ganz genau, daß die Sandalen nichts ändern. Und wenn es dir Vergnügen bereitet, hier auf Urmensch zu machen, solltest du dir vielleicht besser einhämmern, daß der prähistorische Mensch, was immer ich über ihn denke, sicherlich weder blöd noch primitiv genug war, um völlig nackt zu leben.«

Mathias zuckte mit den Schultern.

»Das weiß ich besser als du«, sagte er. »Es hat nichts mit dem Urmenschen zu tun.«

»Womit dann?«

»Mit mir. Kleidung engt mich ein. So fühle ich mich wohl. Was soll ich noch sagen? Ich verstehe nicht, wie dich das stören könnte, wenn ich auf meinem Stockwerk bin. Du brauchst nur zu klopfen, bevor du reinkommst. Was ist los? Etwas Dringendes?«

Der Begriff der Dringlichkeit war bei Mathias nicht vorgesehen. Marc betrat lächelnd den Raum.

»Wenn die Schlange einen nackten Menschen sieht«, sagte er, »bekommt sie Angst und flieht, so schnell sie kann; wenn sie den Menschen angekleidet sieht, wird sie ihn ohne die geringste Furcht angreifen. Zitat, 13. Jahrhundert.«

»Da sind wir ein ganzes Stück weiter«, bemerkte Lucien.

»Was ist los?« fragte Mathias erneut.

»Nichts. Lucien hat gesehen, wie die Nachbarin von der Westfront sich in unsere Richtung auf den Weg gemacht hat. Und er hat beschlossen, nicht zu reagieren, wenn sie klingelt.«

»Die Klingel ist noch nicht repariert«, sagte Mathias.

»Schade, daß es nicht die Nachbarin von der Ostfront ist«, bemerkte Lucien. »Sie ist hübsch, die Nachbarin im Osten. Ich habe das Gefühl, daß man sich mit der Ostfront verbünden könnte.«

»Woher willst du das wissen?«

»Ich habe ein paar taktische Erkundungsoperationen durchgeführt. Der Osten ist interessanter und zugänglicher.«

»Nun, es ist aber die im Westen«, sagte Marc bestimmt, »und ich sehe keinen Grund, weshalb wir nicht öffnen sollten. Ich mag sie, wir haben mal ein paar Worte gewechselt. Jedenfalls liegt es in unserem Interesse, von der Umgebung akzeptiert zu werden. Schlicht eine Frage der Strategie.«

»Natürlich«, sagte Lucien. »Wenn du es unter diplomatischen Gesichtspunkten siehst.«

»Sagen wir lieber unter Gesichtspunkten des Umgangs. Unter menschlichen Gesichtspunkten, wenn dir das lieber ist.«

»Sie klopft«, bemerkte Mathias. »Ich geh runter und mach auf.«

»Mathias!« rief Marc und hielt ihn zurück.

»Was denn? Du warst doch gerade einverstanden.«

Marc sah ihn an und machte eine kurze Handbewegung.

»Oh, Mist«, sagte Mathias. »Was anzuziehen, ich brauche was anzuziehen.«

»Genau das, Mathias. Du brauchst was anzuziehen.«

Er schnappte sich einen Pullover und eine Hose, während Marc und Lucien hinuntergingen.

»Ich habe ihm doch schon erklärt, daß Sandalen nicht ausreichen«, bemerkte Lucien.

»Du hältst die Klappe«, sagte Marc zu Lucien.

»Du weißt, daß es nicht leicht ist, die Klappe zu halten.«

»Das ist richtig«, erwiderte Marc zustimmend. »Aber laß mich machen. Ich kenne die Nachbarin, ich mache auf.«

»Woher kennst du sie?«

»Ich hab's schon gesagt, wir haben uns mal unterhalten. Über einen Baum.«

»Was für einen Baum?«

»Eine junge Buche.«

7

Sophia saß sehr aufrecht und etwas betreten auf dem Stuhl, den man ihr angeboten hatte. Von ihrer Zeit in Griechenland abgesehen, hatte das Leben sie daran gewöhnt, Besucher zu empfangen oder Journalisten und Bewunderer abzuwehren, nicht aber daran, einfach bei anderen zu klingeln. Es mußte gut und gern zwanzig Jahre her sein, daß sie zuletzt bei irgend jemandem einfach so, ohne Ankündigung, geklopft hatte. Jetzt, wo sie in diesem Raum saß und die drei Typen um sie herumstanden, fragte sie sich, was sie wohl über diesen lästigen Vorstoß der Nachbarin denken mochten, die vorbeikam, um guten Tag zu sagen. Sowas machte man doch nicht mehr. Daher hatte sie das Bedürfnis, sich sofort zu erklären. Ob das mit ihnen ging, so wie sie sich das auf ihrem Beobachtungsposten im zweiten Stock vorgestellt hatte? Wenn man die Menschen aus der Nähe sieht, kann das anders sein. Marc betrachtete sie ohne Ungeduld, halb auf dem großen Holztisch sitzend, halb angelehnt, die schlanken Beine gekreuzt, eine anmutige Haltung, ein recht hübsches Gesicht. Mathias saß vor ihr, er hatte ebenfalls schöne Gesichtszüge, die nach unten zu ein bißchen schwer wurden, aber das klare Blau in den Augen war wie ein ruhiges Meer ohne Tücken. Lucien war damit beschäftigt, Gläser und Flaschen hervorzuholen, während er immer wieder ruckartig seine Haare nach hinten warf – das Gesicht eines Kindes, die Krawatte eines Mannes. Sie fühlte sich beruhigt. Denn warum war sie schließlich hergekommen, wenn nicht, weil sie Angst hatte?

»Nun«, sagte sie und nahm das Glas, das ihr Lucien lächelnd hinstreckte. »Ich bin untröstlich, aber ich bräuchte jemanden, der mir einen Gefallen erweist.«

Zwei Augenpaare blickten sie wartend an. Jetzt mußte sie es erklären. Aber wie sollte man von einer derart lächerlichen Sache reden? Lucien hörte nicht zu. Er kam und ging und schien das Garen eines recht komplizierten Gerichts in der Küche zu überwachen, das seine ganze Energie in Anspruch nahm.

»Es ist eine ganz lächerliche Geschichte. Aber ich bräuchte jemanden, der mir einen Gefallen erweist«, wiederholte Sophia.

»Was für eine Art Gefallen?« fragte Marc sanft, um ihr zu helfen.

»Das ist schwer zu sagen, und ich weiß, daß Sie diesen Monat schon viel gearbeitet haben. Es würde darum gehen, ein Loch in meinem Garten auszuheben.«

»Schonungsloser Vorstoß an der Westfront«, murmelte Lucien.

»Natürlich«, fuhr Sophia fort, »würde ich Sie bezahlen, wenn wir uns einig werden. Sagen wir ... dreißigtausend Francs für Sie drei.«

»Dreißigtausend Francs?« murmelte Marc. »Für ein Loch?«

»Korruptionsversuch durch den Feind«, brummte Lucien unhörbar.

Sophia war nicht wohl dabei. Aber trotzdem dachte sie sich, daß sie hier richtig sei. Daß sie fortfahren müsse.

»Ja. Dreißigtausend Francs für ein Loch – und für Ihr Schweigen.«

»Aber«, begann Marc, »Madame ...«

»Relivaux, Sophia Relivaux. Ich bin Ihre Nachbarin rechts.«

»Nein«, sagte Mathias sanft. »Nein.«

»Doch«, sagte Sophia. »Ich bin Ihre Nachbarin rechts.«

»Das stimmt«, fuhr Mathias leise fort, »aber Sie sind

nicht Sophia Relivaux. Sie sind die Frau von Monsieur Relivaux. Aber Sie sind Sophia Simeonidis.«

Marc und Lucien sahen Mathias überrascht an. Sophia lächelte.

»Lyrischer Sopran«, fuhr Mathias fort. »*Manon Lescaut, Madame Butterfly, Aida, Desdemona, La Bohème, Elektra* ... Und seit sechs Jahren singen Sie nicht mehr. Erlauben Sie mir, Ihnen zu sagen, wie geehrt ich mich fühle, Sie zur Nachbarin zu haben.«

Mathias nickte leicht mit dem Kopf, ein angedeuteter Gruß. Sophia sah ihn an und dachte, daß sie hier wirklich richtig war. Sie seufzte erleichtert auf, ihre Augen wanderten durch den großen gefliesten, gipsverputzten Raum, der noch hallte, weil erst wenige Möbel darin standen. Die drei hohen Fenster, die auf den Garten hinausgingen, hatten Rundbogen. Das erinnerte ein wenig an das Refektorium eines Klosters. Durch eine niedrige Tür, ebenfalls mit Bogen, kam Lucien mit einem Holzlöffel und verschwand wieder. In einem Kloster kann man alles sagen, vor allem im Refektorium, wenn man nur leise spricht.

»Da er schon alles gesagt hat, muß ich mich nicht mehr vorstellen«, sagte Sophia.

»Aber wir«, erwiderte Marc, der beeindruckt war. »Das hier ist Mathias Delamarre ...«

»Nicht nötig«, unterbrach ihn Sophia. »Ich bin etwas beschämt, Sie bereits zu kennen, aber von einem Garten zum anderen hört man viel, ohne es zu wollen.«

»Ohne es zu wollen?« fragte Lucien.

»Na ja, ein bißchen Willen war schon dabei, das stimmt. Ich habe zugesehen und zugehört, aufmerksam sogar. Das gebe ich zu.«

Sophia machte eine Pause. Sie fragte sich, ob Mathias wohl auch klar war, daß sie ihn von dem kleinen Fenster aus gesehen hatte.

»Ich habe Sie nicht ausspioniert. Sie haben mich interessiert. Ich dachte daran, daß ich Sie vielleicht brauche. Was würden Sie sagen, wenn in Ihrem Garten eines Morgens ein frischgepflanzter Baum stehen würde, ohne daß Sie irgend etwas damit zu tun hätten?«

»Offengestanden«, sagte Lucien, »weiß ich nicht, ob uns das in unserem Garten auffallen würde.«

»Darum geht es nicht«, bemerkte Marc. »Sie reden sicher von der kleinen Buche?«

»So ist es«, erwiderte Sophia. »Eines Morgens war sie da. Ohne ein Wort. Ich weiß nicht, wer sie gepflanzt hat. Es ist kein Geschenk. Es war auch nicht der Gärtner.«

»Was denkt Ihr Mann darüber?« fragte Marc.

»Es ist ihm gleichgültig. Er ist ein vielbeschäftigter Mann.«

»Wollen Sie damit sagen, daß es ihm scheißegal ist?« fragte Lucien.

»Schlimmer. Er will nicht einmal mehr, daß ich davon rede. Es macht ihn verrückt.«

»Merkwürdig«, sagte Marc.

Lucien und Mathias nickten langsam mit dem Kopf.

»Finden Sie das merkwürdig? Wirklich?« fragte Sophia.

»Wirklich«, erwiderte Marc.

»Ich auch«, murmelte Sophia.

»Verzeihen Sie meine Unkenntnis«, sagte Marc. »Waren Sie eine sehr berühmte Sängerin?«

»Nein«, antwortete Sophia. »Keine sehr große. Ich hatte gewisse Erfolge. Aber man hat mich nie ›*die* Simeonidis‹ genannt. Nein. Wenn Sie an einen leidenschaftlichen Verehrer denken, wie auch mein Mann vermutet hat, so ist das eine falsche Fährte. Ich hatte Bewunderer, aber ich habe keine Leidenschaften hervorgerufen. Fragen Sie Ihren Freund Mathias, er weiß ja offenbar Bescheid.«

Mathias begnügte sich mit einer vagen Geste.

»Na ja, schon ein bißchen mehr als das«, murmelte er. Es herrschte Stille. Gewandt füllte Lucien erneut die Gläser.

»In Wahrheit haben Sie Angst«, stellte Lucien fest und fuchtelte mit seinem Holzlöffel herum. »Sie verdächtigen Ihren Mann nicht, Sie verdächtigen niemanden, Sie wollen vor allem an nichts denken, aber Sie haben Angst.«

»Ich finde einfach keine Ruhe mehr«, murmelte Sophia.

»Weil ein gepflanzter Baum Erde bedeutet«, fuhr Lucien fort. »Und zwar Erde, die sich darunter befindet. Erde, die keiner mehr bewegen wird, weil ein Baum draufsteht. Versiegelte Erde. Um es direkt zu sagen: ein Grab. Nicht uninteressant als Problem.«

Lucien war brutal und machte nicht viel Federlesens, wenn es um das Äußern von Ansichten ging. Im vorliegenden Fall hatte er recht.

»Sagen wir, ohne so weit gehen zu wollen, daß ich sicher sein will«, sagte Sophia noch immer leise. »Ich will wissen, ob etwas darunter ist.«

»Oder jemand«, ergänzte Lucien. »Haben Sie Anlaß, an jemand Bestimmten zu denken? Ihr Mann? Dunkle Geschäfte? Eine lästige Geliebte?«

»Es reicht, Lucien«, sagte Marc. »Niemand hat dich gebeten, hier so vorzupreschen. Madame Simeonidis ist zu uns gekommen, weil ein Loch ausgehoben werden soll, und wegen nichts anderem. Bleiben wir dabei, sei so gut. Wir sollten nicht sinnlos Schaden anrichten. Im Augenblick geht es nur darum, zu graben, oder?«

»Ja«, antwortete Sophia. »Dreißigtausend Francs.«

»Warum soviel Geld? Das ist natürlich verlockend. Wir sind völlig blank.«

»Das habe ich gemerkt«, sagte Sophia.

»Aber das ist kein Grund, Ihnen so eine Summe abzuverlangen, nur um ein Loch auszuheben.«

»Nun, man weiß ja nie«, erklärte Sophia. »Nach dem Loch... Falls danach noch etwas kommt, ist es mir vielleicht lieber, daß Sie schweigen. Und das kostet.«

»Verstehe«, sagte Mathias. »Aber sind alle hier einverstanden damit, zu graben, egal mit welchen Folgen?«

Erneut Schweigen. Kein einfaches Problem. In ihrer Lage war die Summe natürlich verlockend. Andererseits wurde man durch die Kohle zu Komplizen. Zu wessen Komplizen eigentlich?

»Natürlich muß gegraben werden«, sagte eine sanfte Stimme.

Alle drehten sich um. Der alte Patenonkel betrat den Raum, schenkte sich etwas zu trinken ein, als ob nichts wäre, und begrüßte Madame Simeonidis. Sophia sah ihn sich an. Von nahem betrachtet war er nicht Alexander der Große. Er wirkte nur groß, weil er schlank war und sich sehr aufrecht hielt. Aber das Gesicht. Eine verblaßte Schönheit, die noch immer wirkte. Nicht hart, aber mit klaren Linien, eine Hakennase, unregelmäßige Lippen, leicht dreieckige Augen und ein voller Blick, alles war dafür geschaffen, zu bezaubern, und zwar schnell zu bezaubern. Sophia musterte dieses Gesicht und ließ ihm in Gedanken Gerechtigkeit widerfahren. Intelligenz, Brillanz, Sanftmut, vielleicht Doppelzüngigkeit. Der Alte fuhr sich mit der Hand durch sein Haar, das nicht grau war, sondern halb schwarz, halb weiß, und das etwas zu lang in Locken in den Nacken fiel, und setzte sich. Er hatte gesprochen. Sie würden das Loch graben. Niemand würde daran denken, ihm zu widersprechen.

»Ich habe an der Tür gelauscht«, sagte er. »Madame hat ja auch an den Fenstern gelauscht. Bei mir ist es ein Tick, eine alte Gewohnheit. Es stört mich überhaupt nicht.«

»Das ist ja nett«, sagte Lucien.

»Madame hat in allen Punkten recht«, fuhr der Alte fort. »Es muß gegraben werden.«

Verlegen stand Marc auf.

»Das ist mein Onkel«, sagte er, als ob er dessen Indiskretion auf diese Weise verringern könnte. »Mein Pate, Armand Vandoosler. Er wohnt hier.«

»Er sagt gern zu allem seine Meinung«, murmelte Lucien.

»Schluß jetzt, Lucien«, sagte Marc. »Du hältst die Klappe, das war vereinbart.«

Vandoosler machte lächelnd eine beschwichtigende Handbewegung.

»Reg dich nicht auf«, sagte er. »Lucien hat ganz recht. Ich sage gern zu allem meine Meinung. Vor allem, wenn ich recht habe. Er macht das übrigens auch gern. Selbst wenn er nicht recht hat.«

Marc, der noch immer stand, gab seinem Onkel mit einem Blick zu verstehen, daß es besser wäre, jetzt zu gehen, und daß er in diesem Gespräch nichts verloren hätte.

»Nein«, sagte Vandoosler und sah Marc an. »Ich habe meine Gründe, hierzubleiben.«

Sein Blick verharrte kurz auf Lucien, dann auf Mathias und auf Sophia Simeonidis und kehrte schließlich zu Marc zurück.

»Du solltest ihnen besser die Sache erklären, wie sie ist, Marc«, meinte er lächelnd.

»Das ist jetzt nicht der richtige Moment. Du nervst«, sagte Marc leise.

»Für dich wird es nie einen richtigen Moment geben«, entgegnete Vandoosler.

»Dann red doch selbst, wenn dir soviel daran liegt. Es ist deine Scheiße, nicht meine.«

»Jetzt reicht's!« unterbrach ihn Lucien und fuchtelte mit seinem Holzlöffel herum. »Der Onkel von Marc ist ein ehemaliger Bulle, und das war's auch schon! Wir werden doch nicht die ganze Nacht damit zubringen, oder?«

»Woher weißt du das?« fragte Marc, während er sich mit einem Ruck zu Lucien umdrehte.

»Oh ... ein paar kleine Beobachtungen, während ich im Dachstuhl gearbeitet habe.«

»Offenbar schnüffeln hier alle«, sagte Vandoosler.

»Man ist doch kein Historiker, wenn man nicht schnüffeln kann«, antwortete Lucien achselzuckend.

Marc war außer sich. Wieder so ein verdammter Ärger. Sophia saß aufmerksam und ruhig da, genau wie Mathias. Sie warteten.

»Zeitgeschichte scheint ja wirklich ein hübsches Fach

zu sein«, sagt Marc langsam. »Und was hast du noch so herausgefunden?«

»Kleinkram. Daß dein Patenonkel bei der Drogenfahndung war und beim illegalen Glücksspiel ...«

»... und siebzehn Jahre lang Kommissar bei der Kripo«, fuhr Vandoosler ruhig fort. »Daß man mich rausgeworfen und degradiert hat. Degradiert, ohne einen Orden – nach achtundzwanzig Dienstjahren. Kurz: Rüge, Schimpf und Schande und öffentliche Mißbilligung.«

Lucien nickte langsam mit dem Kopf.

»Das ist eine gute Zusammenfassung«, sagte er.

»Phantastisch«, knurrte Marc mit zusammengebissenen Zähnen und starrte Lucien an. »Und warum hast du nichts davon gesagt?«

»Weil's mir scheißegal ist«, erwiderte Lucien.

»Na, Klasse. Dich, Onkel, hat niemand darum gebeten, herunterzukommen oder zu lauschen, und dich, Lucien, hat niemand gebeten zu schnüffeln und erst recht nicht, dich hier darüber zu verbreiten. Das hätte warten können, oder?«

»Eben nicht«, erwiderte Vandoosler. »Madame Simeonidis braucht euch in einer heiklen Angelegenheit, da ist es besser, wenn sie weiß, daß ein ehemaliger Bulle im Dachstuhl haust. Jetzt kann sie ihr Angebot zurückziehen oder fortfahren. Das ist fairer.«

Marc sah Mathias und Lucien herausfordernd an.

»Na, Klasse«, wiederholte er noch lauter. »Armand Vandoosler ist ein verkommener Ex-Bulle. Aber immer noch Bulle und immer noch verkommen, da könnt ihr Gift drauf nehmen. Und er arrangiert sich immer mit der Justiz und dem Leben. Bloß schlägt das manchmal auch zurück.«

»Meistens schlägt es zurück«, stellte Vandoosler klar.

»Und damit habe ich noch nicht alles gesagt«, fuhr Marc fort. »Macht jetzt daraus, was ihr wollt. Aber ich warne euch, er ist mein Pate, und er ist mein Onkel. Der Bruder meiner Mutter, also da gibt's nichts zu diskutieren. Das ist so. Und wenn ihr die Baracke nicht mehr wollt...«

»Die Bruchbude«, sagte Sophia Simeonidis. »So wird sie hier im Viertel genannt.«

»O. k. ... Wenn ihr die Bruchbude nicht mehr wollt, weil der Pate auf seine ganz persönliche Art und Weise Bulle war, dann braucht ihr euch nur zu verziehen. Der Alte und ich werden schon allein zurechtkommen.«

»Warum regt er sich denn so auf?« fragte Mathias mit seinen immer noch ruhigen blauen Augen.

»Ich weiß es nicht«, erwiderte Lucien und zuckte mit den Achseln. »Er ist so ein Nervöser, so ein Phantasievoller. So sind sie halt im Mittelalter, weißt du. Meine Großtante hat in den Schlachthöfen von Montereau gearbeitet, und ich mach deswegen nicht so ein Theater.«

Marc senkte den Kopf und verschränkte, plötzlich beruhigt, die Arme. Er warf einen kurzen Blick auf die Sängerin von der Westfront. Wie würde sie sich entscheiden, jetzt, wo ein degradierter alter Bulle im Haus oder, besser gesagt, in der Bruchbude saß?

Sophia hing ihren Gedanken nach.

»Es stört mich nicht, daß er da ist«, sagte sie.

»Nichts ist vertrauenswürdiger als ein verkommener Bulle«, sagte Vandoosler der Ältere. »Der hat den Vorteil, lauschen und Sachen rausfinden zu wollen und doch gezwungen zu sein, das Maul zu halten. In gewisser Weise perfekt.«

»Sogar als fragwürdiger Bulle«, fügte Marc mit etwas leiserer Stimme hinzu, »war mein Onkel ein großer Bulle. Das kann von Nutzen sein.«

»Mach dir keine Sorgen«, sagte Vandoosler und wandte sich wieder Sophia zu. »Madame Simeonidis wird darüber entscheiden. Natürlich nur, wenn es Probleme gibt. Und was die drei hier angeht, das sind keine Blödmänner. Sie können ebenfalls von Nutzen sein.«

»Ich habe nicht gesagt, daß sie Blödmänner sind«, erwiderte Sophia.

»Es ist manchmal gut, die Dinge klar und deutlich zu

bezeichnen«, antwortete Vandoosler. »Über meinen Neffen Marc weiß ich einiges. Ich habe ihn in Paris aufgenommen, als er zwölf Jahre alt war ... Das heißt, er war ein fast fertiger Mensch. Konfus, eigensinnig, exaltiert und schon zu pfiffig, um friedfertig zu sein. Ich habe nicht mehr viel machen können, außer ihm noch ein paar gesunde Grundsätze über das unentbehrliche Chaos einzutrichtern, das man beständig bewirken muß. Er war geschickt. Die beiden anderen lerne ich erst seit einer Woche kennen, und im Augenblick entwickelt sich das nicht allzu schlecht. Seltsame Zusammenstellung, und jeder einzelne an seinem großen Werk. Das ist lustig. Wie dem auch sei, es ist das erste Mal, daß ich von einem Fall wie dem Ihren höre. Sie haben mit dem Baum schon zu lange gewartet.«

»Was hätte ich tun können?« fragte Sophia. »Die Polizei hätte mich ausgelacht.«

»Ohne Zweifel«, erwiderte Vandoosler.

»Und ich wollte meinen Mann nicht aufregen.«

»Die Klugheit selbst.«

»Also habe ich gewartet ... bis ich die drei besser kennengelernt hatte. Die drei hier.«

»Wie können wir vorgehen?« fragte Marc. »Ohne Ihren Mann zu beunruhigen?«

»Ich habe gedacht, Sie könnten sich als städtische Arbeiter ausgeben«, erklärte Sophia. »Überprüfung alter elektrischer Leitungen oder sowas. Irgendwas, was einen kleinen Graben erforderlich macht. Einen Graben, der natürlich unter dem Baum durchgeht. Ich werde Ihnen das zusätzliche Geld besorgen für die Arbeitskleidung, für die Werkzeuge und den Lieferwagen, den sie ausleihen müssen.«

»Gut«, sagte Marc.

»Machbar«, sagte Mathias.

»Sobald es um Gräben geht«, fügte Lucien hinzu, »bin ich dabei. Ich werde mich in der Schule krank melden. Für die Arbeit müssen wir gut und gern zwei Tage rechnen.«

»Wären Sie kaltblütig genug, die Reaktion Ihres Mannes zu beobachten, wenn die drei mit dem Grabenplan bei ihm ankommen?« fragte Vandoosler.

»Ich werde es versuchen«, antwortete Sophia.

»Kennt er sie?«

»Ich bin mir sicher, daß er sie nicht kennt. Sie interessieren ihn nicht im geringsten.«

»Sehr schön«, sagte Marc. »Heute ist Donnerstag. Zeit genug, alle Einzelheiten vorzubereiten ... Montag früh klingeln wir bei Ihnen.«

»Danke«, sagte Sophia. »Es ist komisch, jetzt bin ich mir sicher, daß unter dem Baum nichts ist.«

Sie öffnete ihre Handtasche.

»Hier ist das Geld«, sagte sie. »Die gesamte Summe.«

»Jetzt schon?« fragte Marc.

Vandoosler der Ältere lächelte. Sophia Simeonidis war eine eigenartige Frau. Verschüchtert, unentschlossen, aber für das Geld hatte sie schon gesorgt. War sie so sicher gewesen, daß sie sie überzeugen würde? Das fand er interessant.

8

Nachdem Sophia Simeonidis gegangen war, lief jeder etwas planlos durch den großen Raum. Vandoosler der Ältere zog es vor, in seinen Gemächern direkt unter dem Himmel zu Abend zu essen. Bevor er das Zimmer verließ, beobachtete er die anderen kurz. Jeder der drei Männer hatte sich seltsamerweise an eines der drei großen Fenster gelehnt und sah in den nächtlichen Garten hinaus. Unter den Rundbogen hätte man sie für drei zum Fenster gedrehte Statuen halten können. Die Statue von Mathias zur Linken, die von Marc in der Mitte, die von Lucien zur Rechten. Matthäus, Markus, Lukas, jeder versteinert in einer Nische. Merkwürdige Typen und merkwürdige Heilige. Marc hatte die Hände auf dem Rücken verschränkt und hielt sich starr, die Beine leicht gespreizt. Vandoosler hatte in seinem Leben viel Mist gebaut, Vandoosler empfand viel Zuneigung zu seinem Patensohn. Er hatte ihn nie getauft.

»Essen wir«, sagte Lucien. »Ich habe eine Pastete gebacken.«

»Was für eine?« fragte Mathias.

Die drei Männer hatten sich nicht gerührt und redeten von einem Fenster zum anderen miteinander, während sie in den Garten sahen.

»Eine Hasenpastete. Eine richtig magere Hasenpastete. Ich glaube, sie ist gut.«

»Hase ist teuer«, bemerkte Mathias.

»Marc hat den Hasen heute morgen geklaut und ihn mir geschenkt«, erwiderte Lucien.

»Das ist ja nett«, bemerkte Mathias. »Ganz der Onkel. Warum hast du den Hasen geklaut, Marc?«

»Weil Lucien sich einen wünschte und weil Hase zu teuer ist.«

»Natürlich«, sagte Mathias. »So gesehen. Sag mal, wie kommt es, daß du Vandoosler heißt, genau wie dein Onkel mütterlicherseits?«

»Weil meine Mutter nicht verheiratet war, du Idiot.«

»Essen wir«, sagte Lucien. »Warum nervst du ihn?«

»Ich nerv ihn nicht. Ich frage ihn. Was hat Vandoosler angestellt, um degradiert zu werden?«

»Er hat einem Mörder zur Flucht verholfen.«

»Natürlich ...«, wiederholte Mathias. »Was ist Vandoosler für ein Name?«

»Ein belgischer. Anfangs schrieb sich das Van Dooslaere. Unpraktisch. Mein Großvater ist 1915 nach Frankreich gekommen.«

»Aha«, sagte Lucien. »War er an der Front? Hat er Aufzeichnungen hinterlassen? Briefe?«

»Ich habe keine Ahnung«, antwortete Marc.

»Der Frage müßte man nachgehen«, meinte Lucien, ohne sich von seinem Fenster zu rühren.

»Vorher müssen wir erst noch ein Loch graben«, sagte Marc. »Ich weiß nicht, wo wir da reingeraten sind.«

»In die Scheiße«, erwiderte Mathias. »Eine Frage der Gewohnheit.«

»Essen wir«, sagte Lucien. »Tun wir so, als wären wir schon wieder raus.«

9

Vandoosler kam vom Markt zurück. Für die Einkäufe zu sorgen fiel immer mehr in seinen Aufgabenbereich. Das störte ihn nicht, ganz im Gegenteil. Er mochte es, durch die Straßen zu schlendern, die Leute zu beobachten, Gesprächsfetzen zu erhaschen, sich einzumischen, auf Bänken zu sitzen, beim Fischpreis zu feilschen. Bullengewohnheiten, Reflexe eines Verführers, Verirrungen eines Lebens. Er lächelte. Das neue Viertel gefiel ihm. Die neue Baracke auch. Seine alte Wohnung hatte er verlassen, ohne sich ein einziges Mal umzudrehen, froh, etwas Neues beginnen zu können. Die Idee des Neubeginns hatte ihn schon immer sehr viel stärker gereizt als die des Weitermachens.

Als er in Sichtweite der Rue Chasle gekommen war, blieb Vandoosler stehen und musterte sein neues Lebensumfeld gründlich und mit Vergnügen. Wie war er hierhergekommen? Eine Folge von Zufällen. Wenn er darüber nachdachte, hatte er den Eindruck, daß sein Leben eine logische Abfolge war, die sich trotzdem aus spontanen Einfällen zusammensetzte, die im einzelnen Moment sehr deutlich waren, auf lange Sicht aber jede Kontur verloren. Große Projekte, einfallsreiche Ideen hatte er bei Gott viele gehabt. Kein einziges aber, das er zu Ende geführt hätte. Kein einziges. Immer hatte er erlebt, wie seine festesten Entschlüsse bei der ersten dringlichen Bitte dahinschmolzen, wie sich seine aufrichtigsten Versprechungen beim geringsten Anlaß verflüchtigten, wie seine mitreißendsten Worte sich vor der Wirklichkeit auflösten. So war das. Er hatte sich daran gewöhnt und hatte nichts Besonderes mehr dagegen einzuwenden. Es reichte aus, auf der Höhe zu sein. Nur im Augenblick war er erfolgreich und häufig sogar brillant – auf mittlere Frist, das wußte er, scheiterte er. Diese seltsam provinzielle Rue Chasle war genau richtig. Wieder ein neuer Ort. Für wie lange? Ein Mann ging an ihm vorbei und warf ihm einen Blick zu. Sicher fragte er sich, weshalb er hier auf dem Bürgersteig mit seinem Einkaufskorb herumstand. Vandoosler vermutete, daß dieser Typ sicher erklären könnte, warum er hier lebte, und daß er problemlos in der Lage wäre, ein Bild seiner Zukunft zu entwerfen. Er selbst hätte schon ziemliche Probleme gehabt, sein vergangenes Leben zusammenzufassen. Er sah es als ein phantastisches Netz von Vorfällen, kurzen Ereignissen, die aufeinander gefolgt waren, von gescheiterten oder gelungenen Untersuchungen, wahrgenommenen Gelegenheiten, verführten Frauen, herausragenden Ereignissen, von denen kein einziges lange angedauert hatte, und glücklicherweise viel zu vielen verschiedenen Pfaden, um auch nur eine Synthese zu versuchen. Natürlich hatte es auch Scherben gegeben. Das ist unvermeidlich. Altes muß beseitigt werden, um Platz für Neues zu machen.

Bevor er in die Baracke zurückging, setzte sich der Ex-Kommissar auf das Mäuerchen gegenüber. Ein paar Aprilsonnenstrahlen, die sollte man nutzen. Er vermied es, in Richtung Sophia Simeonidis zu blicken, wo drei städtische Arbeiter seit gestern verbissen damit beschäftigt waren, einen Graben auszuheben. Er sah in Richtung der anderen Nachbarin. Wie sagte der heilige Lukas? Die Ostfront. Ein Besessener. Was hatte der nur immer mit seinem Krieg? Na ja, jedem sein Ding. An der Ostfront also war Vandoosler vorangekommen. Er hatte ein paar kleine Auskünfte eingeholt, hier und da. Bullentaktik. Die Nachbarin hieß Juliette Gosselin, sie wohnte mit ihrem Bruder Georges zusammen, einem schweigsamen Dicken. Mal sehen. Alles war für Armand Vandoosler gut, um mal zu sehen. Gestern hatte die Nachbarin im Osten gegärtnert. Frühlingsanfang. Er hatte ein paar Worte mit ihr gewechselt, nur so. Vandoosler lächelte. Er war achtundsechzig und hatte einige Gewißheiten zu relativieren. Er hätte sich ungern einen Korb geben lassen. Also Vorsicht und Bedachtsamkeit. Aber die Phantasie schweifen zu lassen kostete nichts. Er hatte diese Juliette genau beobachtet, sie schien ihm hübsch und energisch, etwa vierzig Jahre, und er hatte sich gedacht, daß sie mit einem alten Bullen sicher nichts zu tun haben wollte. Auch wenn er noch schön war, wie es hieß. Er selbst hatte nie begriffen, was die anderen an seinem Gesicht fanden. Zu mager, zu verzerrt, nicht klar genug für seinen Geschmack. In keiner Weise hätte er sich in einen Typ seiner Art verlieben können. Aber andere ja, oft sogar. Als Polizist hatte ihm das große Dienste geleistet, vom Rest mal abgesehen. Es hatte natürlich auch Scherben gegeben. Armand Vandoosler mochte es nicht, wenn seine Gedanken bei diesem Punkt, bei den Scherben, ankamen. Es war bereits das zweite Mal in einer Viertelstunde. Zweifellos, weil er wieder einmal sein Leben änderte, seinen Ort, seine Umgebung. Oder vielleicht, weil ihm am Fischstand Zwillinge über den Weg gelaufen waren.

Er rutschte ein Stück weiter, um seinen Korb in den Schatten zu stellen, und kam damit der Ostfront ein Stück näher. Warum, verdammt noch mal, mußten seine Gedanken jetzt da ankommen? Er brauchte doch einfach nur auf das Erscheinen der Nachbarin zur Linken zu warten und sich um den Fisch für die drei Erdarbeiter kümmern. Scherben? Ja, und? Er war nicht der einzige, zum Teufel. Einverstanden, er hatte sich häufig ziemlich mies verhalten. Vor allem ihr und den Zwillingen gegenüber, die er eines Tages in Nullkommanichts verlassen hatte. Die Zwillinge waren damals drei Jahre alt. Aber er hing an Lucie. Er hatte sogar gesagt, er würde immer auf sie aufpassen. Schließlich und endlich dann aber doch nicht. Er hatte ihnen zugesehen, wie sie sich auf einem Bahnsteig entfernten. Vandoosler seufzte. Er hob langsam den Kopf und warf die Haare zurück. Die Kleinen waren jetzt vierundzwanzig. Wo waren sie? Richtig Scheiße. Richtig gemein. Weit weg oder in der Nähe? Und sie? Unnötig, daran zu denken. Nicht schlimm. Keinerlei Bedeutung. Liebe wächst überall, sie ist immer gleich, man muß sich nur bücken. So. Nicht schlimm. Falsch, daß manche besser sind als andere, falsch. Vandoosler erhob sich, nahm seinen Korb und näherte sich dem Garten der Nachbarin im Osten, Juliette. Immer noch niemand. Und wenn er noch ein Stück weiter suchen würde? Wenn er richtig informiert war, führte sie das kleine Restaurant *Le Tonneau*, zwei Straßen weiter unten. Vandoosler wußte sehr wohl, wie der Fisch zubereitet werden mußte, aber es kostete ja nichts, nach einem Rezept zu fragen. Was riskierte man dabei?

10

Die drei Erdarbeiter waren so erschöpft, daß sie ihren Fisch aßen und nicht einmal bemerkten, daß es Zander war.

»Nichts!« sagte Marc und schenkte sich ein. »Nicht das Geringste! Unglaublich. Wir sind schon dabei, das Loch wieder zuzuschütten. Heute abend sind wir fertig.«

»Was hast du denn erwartet?« fragte Mathias. »Eine Leiche? Hast du wirklich eine Leiche erwartet?«

»Na ja, durch das ständige Drandenken...«

»Dann zwing dich, nicht zu denken. Man denkt schon genug, ohne es zu wollen. Unter dem Baum ist nichts, und das war's.«

»Sicher?« fragte Vandoosler mit dumpfer Stimme.

Marc hob den Kopf. Diese dumpfe Stimme kannte er. Wenn der Pate so im Tran war, dann hatte er wieder mal gedacht.

»Sicher«, antwortete Mathias. »Derjenige, der den Baum gepflanzt hat, hat nicht sehr tief gegraben. In siebzig Zentimeter Tiefe waren die Bodenschichten unberührt. Eine Art Aufschüttung vom Ende des 18. Jahrhunderts, aus der Zeit, in der das Haus gebaut wurde.«

Mathias zog das Bruchstück einer weißen Tonpfeife aus seiner Tasche, deren Kopf voll Erde war, und legte sie auf den Tisch. Ende 18. Jahrhundert.

»Da«, sagte er. »Für die Kunstliebhaber. Sophia Simeonidis kann jetzt ruhig schlafen. Und ihr Mann hat sich nicht gerührt, als wir davon gesprochen haben, bei ihm zu graben. Ruhiger Mensch.«

»Vielleicht«, sagte Vandoosler. »Aber das erklärt noch nicht den Baum.«

»Ganz richtig«, bemerkte Marc. »Das erklärt ihn nicht.«

»Der Baum ist doch völlig egal«, sagte Lucien. »Es wird eine Wette oder sowas gewesen sein. Wir haben dreißigtausend Franc, und alle sind zufrieden. Jetzt wird zugeschüttet, und heute abend gehen wir um neun ins Bett. Rückzug in die Etappe. Ich bin völlig erledigt.«

»Nein«, sagte Vandoosler. »Heute abend gehen wir aus.«

»Kommissar«, sagte Mathias, »Lucien hat recht, wir sind völlig gerädert. Gehen Sie aus, wenn Sie wollen, aber wir gehen schlafen.«

»Eine minimale Anstrengung, heiliger Matthäus.«

»Ich heiße nicht heiliger Matthäus, verdammt noch mal!«

»Natürlich nicht«, sagte Vandoosler achselzuckend. »Aber was macht das schon? Mathias oder Matthäus, Lucien oder Lukas ... ist doch alles gleich. Und mich amüsiert es. In meinem hohen Alter bin ich umzingelt von Evangelisten. Und wo ist der vierte, na? Nirgends. Das ist es ... ein Auto mit drei Rädern, ein Wagen mit drei Pferden. Wirklich komisch.«

»Komisch? Weil er im Graben landet?« fragte Marc entnervt.

»Nein«, erwiderte Vandoosler. »Weil er nie dahin fährt, wo man möchte, dahin, wo er hinsollte. Also unvorhersehbar. Das ist komisch. Nicht wahr, heiliger Matthäus?«

»Wie Sie wollen«, antwortete Mathias seufzend, während er seine Hände aneinanderpreßte. »Jedenfalls wird auch das aus mir keinen Engel machen.«

»Entschuldigung«, sagte Vandoosler, »aber es gibt nicht den geringsten Zusammenhang zwischen einem Evangelisten und einem Engel. Aber lassen wir das.

Heute abend gibt die Nachbarin einen zwanglosen Umtrunk. Die im Osten. Anscheinend überkommt sie das häufiger. Sie ist festfreudig. Ich habe zugesagt und auch, daß wir alle vier kommen.«

»Ein zwangloser Umtrunk?« fragte Lucien. »Kommt gar nicht in Frage. Pappbecher, saurer Weißwein, Pappteller voller salziger Schweinereien. Kommt gar nicht in Frage. Selbst in der Scheiße, verstehen Sie, Kommissar, *vor allem* in der Scheiße, kommt das gar nicht in Frage. Selbst auf Ihrem von drei Pferden gezogenen wackligen Wagen kommt das gar nicht in Frage. Entweder großer, prachtvoller Empfang oder gar nichts. Scheiße oder Größe, aber kein Kompromiß. Keinen goldenen Mittelweg. Auf dem goldenen Mittelweg verliere ich alle meine Möglichkeiten und bin über mich selbst erschüttert.«

»Es findet nicht bei ihr statt«, sagte Vandoosler. »Sie besitzt das Restaurant ein Stück weiter unten, *Le Tonneau*. Sie würde Sie gern auf ein Glas einladen. Was soll daran schlecht sein? Die Juliette aus dem Osten ist einen Blick wert, und ihr Bruder arbeitet im Verlagswesen. Das kann noch mal nützlich sein. Vor allem sind Sophia Simeonidis und ihr Mann da. Sie kommen immer. Und mich interessiert es, das zu sehen.«

»Sind Sophia und die Nachbarin befreundet?«

»Sehr.«

»Verbindungen zwischen West- und Ostfront«, sagte Lucien. »Wir laufen Gefahr, eingekesselt zu werden, wir müssen einen Durchbruch wagen. Pappbecher hin oder her.«

»Wir entscheiden das heute abend«, sagte Marc, den die wechselnden und herrischen Wünsche seines Paten ermüdeten. Was wollte Vandoosler der Ältere? Eine Zerstreuung? Eine Untersuchung? Die Untersuchung war doch zu Ende, bevor sie begonnen hatte.

»Wir haben dir gesagt, daß unter dem Baum nichts ist«, nahm Marc das Gespräch wieder auf. »Vergiß die Idee mit heute abend.«

»Ich sehe den Zusammenhang nicht«, sagte Vandoosler.

»Entschuldigung, aber du siehst ihn sehr wohl. Du willst etwas suchen. Egal was und egal wo, Hauptsache, du suchst.«

»Na und?«

»Also erfinde nicht, was es nicht gibt, nur weil du das verloren hast, was es gibt. Wir gehen jetzt wieder zuschütten.«

11

Schließlich hatte Vandoosler die drei Evangelisten um neun Uhr abends zum *Tonneau* kommen sehen. Der Graben war zugeschüttet, die Kleidung gewechselt, sie waren vergnügt und frisch gekämmt im Restaurant erschienen. »Als Freiwillige gemeldet«, hatte Lucien dem Kommissar ins Ohr geflüstert. Juliette hatte für fünfundzwanzig Personen Essen vorbereitet und das Restaurant für andere Gäste geschlossen. Es war ein wirklich schöner Abend gewesen, weil Juliette, indem sie von einem Tisch zum andern ging, Vandoosler sagte, seine drei Neffen seien hinreißend, und dieser hatte die Botschaft weitergetragen und dabei noch ausgeschmückt. Das hatte Luciens Meinung über seine gesamte Umgebung schlagartig verändert. Marc war für das Kompliment auch sehr empfänglich, und Mathias genoß es sicher schweigend.

Vandoosler hatte Juliette erklärt, daß unter den dreien nur einer wirklich sein Neffe sei, und zwar der in Schwarz, Gold und Silber, aber Juliette interessierte sich nicht allzusehr für derlei technische und familiäre Details. Sie gehörte zu den Frauen, die lachen, bevor sie das Ende einer guten Geschichte kennen. Sie lachte also oft, und das gefiel Mathias. Ein sehr hübsches Lachen. Sie erinnerte ihn an seine ältere Schwester. Sie half dem Kellner, das Essen zu servieren, und blieb selten sitzen, mehr aus Takt denn aus Notwendigkeit. Im Gegensatz dazu war Sophia Simeonidis die Ruhe selbst. Von Zeit zu Zeit beobachtete sie die drei Erdarbeiter und lächelte. Ihr Mann saß neben ihr. Vandooslers Blick ruhte eine Weile auf diesem Mann, und Marc fragte sich, was sein Onkel wohl zu entdecken hoffte. Häufig tat Vandoosler, als ob. Tat so, als fände er etwas. Bullentaktik.

Mathias dagegen beobachtete Juliette. In Abständen redete sie immer wieder kurz mit Sophia. Die beiden schienen sich gut zu amüsieren. Ohne besonderen Grund wollte Lucien wissen, ob Juliette Gosselin einen Freund, Lebensgefährten oder sonst etwas dieser Art hätte. Da er viel von dem Wein trank, der Gnade vor seinen Augen gefunden hatte, fiel es ihm auch gar nicht schwer, die Frage ganz direkt zu stellen. Das brachte Juliette zum Lachen, sie sagte, das habe sie verpaßt, ohne zu wissen, wie ihr das gelungen sei. Sie war eben ganz allein im Leben. Und das brachte sie zum Lachen. Tolle Einstellung, sagte sich Marc und beneidete sie. Er hätte den Trick gern gekannt. Immerhin hatte er in Erfahrung gebracht, daß das Restaurant seinen Namen *Le Tonneau*, »das Faß«, von der Form der Kellertür hatte, deren steinerne Pfosten bogenförmig ausgeschnitten worden waren, damit sehr große Fässer hindurchpaßten. Schöne Stücke. Von 1732, wie die Jahreszahl auf dem Türsturz wohl verriet. Der Keller allein mußte interessant sein. Wenn der Vorstoß an der Ostfront weiter vorankäme, dann würde er mal einen Blick hineinwerfen.

Der Vorstoß kam voran. Keiner wußte wie, aber nachdem die meisten müde waren und das *Tonneau* verlassen hatten, blieben gegen drei Uhr morgens nur noch Juliette, Sophia und die von der Bruchbude übrig, alle saßen sie mit aufgestützten Ellbogen um denselben Tisch, der voller Gläser und Aschenbecher stand. Mathias saß plötzlich neben Juliette, und Marc dachte, daß er das ebenso unauffällig wie absichtlich getan hatte. So ein Idiot. Sicher, Juliette konnte einen verwirren, auch wenn sie fünf Jahre älter war als sie – Vandoosler hatte sich über ihr Alter informiert und die Information weitergegeben. Weiße Haut, volle Arme, ziemlich enganliegendes Kleid, rundes Gesicht, langes helles Haar, und vor allem ihr Lachen. Aber sie versuchte nicht, jemanden zu verführen, das war sofort klar. Sie schien vollkommen glücklich in ihrer Bistrot-Einsamkeit, genau wie sie vorhin gesagt hatte. Mathias mußte verrückt sein. Nicht sehr, aber doch ein bißchen. Wenn man in der Scheiße saß, war es nicht sehr schlau, die erste dahergelaufene Nachbarin zu begehren, so angenehm sie auch sein mochte. Das konnte das Leben nur komplizierter machen, und außerdem war jetzt nicht der richtige Augenblick dafür. Und dann blieb es ja auch nicht ohne Folgen. Marc wußte ein Lied davon zu singen. Na ja, vielleicht täuschte er sich. Mathias könnte ja auch durchaus verwirrt sein, ohne daß es Folgen hätte.

Juliette, der nicht auffiel, daß Mathias sie stumm beobachtete, erzählte Geschichten, wie zum Beispiel die von dem Gast, der seine Chips mit der Gabel aß, oder von dem Typen, der immer dienstags kam und sich während des gesamten Mittagessens in einem Taschenspiegel betrachtete. Um drei Uhr morgens wird man tolerant gegenüber Geschichten – denen, die man hört, und denen, die man erzählt. So ließ man also Vandoosler den Älteren ein paar Kriminalstorys zum besten geben. Er erzählte bedächtig und mit eindringlicher Stimme. Das lullte sie alle ordentlich ein. Luciens Bedenken hinsichtlich der Offensiven von der Ost- und der Westfront verschwanden. Mathias holte Wasser und setzte sich wieder, diesmal aber nicht im direkten Blickfeld von Juliette. Das überraschte Marc, der sich in Gefühlsdingen selten täuschte, mochten sie noch so flüchtig und vorübergehend sein. Mathias war offenbar nicht so leicht durchschaubar wie andere. Vielleicht war er verschlüsselt. Juliette flüsterte Sophia etwas ins Ohr. Sophia schüttelte den Kopf. Juliette drängte. Man konnte nichts hören, aber Mathias sagte:

»Wenn Sophia Simeonidis nicht singen will, soll man sie nicht zwingen.«

Juliette war überrascht, und Sophia änderte plötzlich ihre Meinung. Es kam nun zu einem höchst seltenen Ereignis: Sophia Simeonidis sang in ganz privatem Kreis für vier Männer, die um drei Uhr morgens in einem Bistrot versammelt waren, am Klavier begleitet von Juliette, die ein gewisses Talent hatte, aber ganz offensichtlich vor allem geübt war, Sophia zu begleiten. Vermutlich gab Sophia an manchen Abenden, wenn das Lokal bereits geschlossen war, solche kleinen Konzerte im verborgenen, weitab von der Bühne, nur für sich allein und ihre Freundin.

Nach einem solchen einzigartigen Augenblick weiß man nie, was man eigentlich sagen soll. Müdigkeit überkam die Erdarbeiter. Sie standen auf und zogen ihre Jacken an. Das Restaurant wurde geschlossen, und alle machten sich in dieselbe Richtung auf. Erst als sie bereits vor ihrem Haus angekommen waren, sagte Juliette, daß zwei Tage zuvor ein Kellner gegangen sei, ohne sie vorher zu informieren. Juliette zögerte, bevor sie fortfuhr. Sie habe vorgehabt, tags darauf eine Anzeige aufzugeben, aber da sie den Eindruck habe, daß ... da sie gehört habe, daß ...

»Daß wir in der Scheiße sitzen«, ergänzte Marc.

»Ja, genau«, sagte Juliette, deren Gesicht wieder lebendig wurde, weil die größte Klippe überwunden war. »Heute abend, als ich Klavier spielte, habe ich gedacht, daß die Stelle schließlich, wenn man schon arbeiten muß, auch einen von Ihnen interessieren könnte. Wenn man studiert hat, ist ein Job als Kellner nicht gerade der Traum, aber als Zwischenlösung ...«

»Woher wissen Sie, daß wir studiert haben?« fragte Marc.

»Das merkt man schnell, wenn man selbst nicht studiert hat«, erwiderte Juliette und lachte in die Nacht.

Marc wußte nicht recht warum, aber er fühlte sich ein bißchen befangen. Ertappt, durchschaut, ein bißchen gekränkt.

»Und das Klavierspiel?« fragte er.

»Das mit dem Klavier ist etwas anderes«, antwortete Juliette. »Mein Großvater hatte einen Bauernhof und war musikbegeistert. Er kannte sich ausgezeichnet aus mit Rüben, Flachs, Weizen, mit Musik, mit Roggen und Kartoffeln. Er hat mich fünfzehn Jahre lang gezwungen, Musikunterricht zu nehmen. Das war so eine fixe Idee von ihm ... Als ich nach Paris kam, bin ich putzen gegangen, und mit dem Klavier war Schluß. Erst sehr viel später habe ich wieder anfangen können, weil er mir bei seinem Tod viel Geld hinterlassen hat. Großvater hatte viele Hektar Land und viele fixe Ideen. Es gab eine Bedingung, um das Erbe antreten zu können: Er hatte gefordert, daß ich wieder mit dem Klavierspielen anfange ... Natürlich«, fuhr Juliette lachend fort, »hat der Notar mir gesagt, daß die Bedingung, juristisch betrachtet, keine Gültigkeit habe. Aber ich wollte Großvaters fixe Idee respektieren. Ich habe das Haus, das Restaurant und ein Klavier gekauft. So kam das.«

»Stehen deshalb so häufig Rüben auf der Karte?« fragte Marc lächelnd.

»Ja, genau deshalb«, erwiderte Juliette. »Rüben in jeder Form.«

Fünf Minuten später war Mathias eingestellt. Er strahlte und preßte seine Hände aneinander. Als sie später die Treppe hinaufstiegen, fragte er Marc, warum er gelogen habe, als er sagte, er könne den Job nicht annehmen, er habe etwas in Aussicht.

»Weil es stimmt«, sagte Marc.

»Es stimmt nicht. Du hast nichts in Aussicht. Warum hast du den Job nicht genommen?«

»Als erster nimmt, wer als erster sieht«, erwiderte Marc.

»Der was sieht? ... Oh, mein Gott, wo ist Lucien?« fragte er plötzlich.

»Scheiße, ich glaube, wir haben ihn unten gelassen.«

Lucien, der den Inhalt von annähernd zwanzig Pappbechern getrunken hatte, war nicht über die erste Etappe hinausgekommen und auf der fünften Stufe eingeschlafen. Marc und Mathias packten ihn jeder unter einem Arm.

Vandoosler, der in ausgezeichneter Verfassung war und Sophia bis zu ihrer Tür gebracht hatte, kam herein.

»Hübsches Gemälde«, bemerkte er. »Die drei Evangelisten klammern sich aneinander und proben den unmöglichen Aufstieg.«

»Verdammt«, sagte Mathias und hob Lucien an, »warum haben wir ihn bloß im dritten Stock untergebracht?«

»Wir haben ja nicht ahnen können, daß er saufen kann wie ein Loch«, antwortete Marc. »Und denk dran, daß es keine andere Möglichkeit gab. Zunächst einmal die Chronologie: Im Erdgeschoß das Unbekannte, das Mysterium des Ursprungs, das allgemeine Chaos, der schwelende Misthaufen, kurz, die Gemeinschaftsräume. Im ersten Stock leichte Überwindung des Chaos, kümmerliches Gestammel, der nackte Mensch richtet sich schweigend auf, kurz, du, Mathias. Wenn man dann die Leiter der Zeit weiter hinaufsteigt ...«

»Was brüllt denn der so?« fragte Vandoosler der Ältere.

»Er deklamiert«, erklärte Mathias. »Das ist sein gutes Recht. Es gibt keine bestimmte Zeit für Redner.«

»Wenn man die Leiter der Zeit weiter hinaufsteigt,« fuhr Marc fort, »die Antike überspringt und ohne Umschweife das ruhmvolle zweite Jahrtausend erreicht, kommen die Gegensätze, die Kühnheiten, die Mühsal des Mittelalters, kurz, ich, im zweiten Stock. Darüber dann der beginnende Verfall, der Niedergang, die Zeitgeschichte. Kurz, der hier«, fuhr Marc fort und schüttelte Lucien am Arm. »Er in seinem dritten Stock, der mit dem schmählichen Weltkrieg die Stufenfolge der Geschichte wie auch des Treppenhauses abschließt. Noch weiter oben dann der Pate, der nach wie vor auf seine ganz besondere Weise in der Gegenwart wütet.«

Marc hielt inne und seufzte.

»Verstehst du, Mathias, selbst wenn es praktischer

wäre, den Typen im ersten Stock unterzubringen, können wir es uns nicht erlauben, die Chronologie umzustürzen, die Stufenfolge der Treppe umzuwerfen. Die Leiter der Zeit ist alles, was uns bleibt, Mathias! Wir können dieses Treppenhaus nicht verhunzen, es ist das einzige, was wir in eine richtige Reihenfolge gebracht haben. Das einzige, Mathias! Wir können es nicht auf den Kopf stellen.«

»Du hast recht«, sagte Mathias. »Der Weltkrieg muß bis zum dritten Stock geschleppt werden.«

»Wenn ich meine Meinung sagen darf«, unterbrach Vandoosler sie mit sanfter Stimme, »dann seid ihr einer so besoffen wie der andere, und es wäre mir lieb, wenn ihr den heiligen Lukas nun endlich bis zu der ihm entsprechenden historischen Schicht schleppen würdet, damit ich die verkommenen Zeitebenen erreichen kann, auf denen ich wohne.«

Am nächsten Tag um halb zwölf sah Lucien zu seiner großen Überraschung, wie Mathias sich mehr recht als schlecht fertig machte, um zur Arbeit zu gehen. Von den letzten Ereignissen des Abends, vor allem von Mathias' Anstellung als Kellner bei Juliette Gosselin, hatte er keinen Schimmer.

»Doch«, sagte Mathias, »du hast Sophia Simeonidis sogar zweimal in die Arme genommen, um dich dafür zu bedanken, daß sie gesungen hat. Das war ein bißchen sehr vertraulich, Lucien.«

»Ich erinnere mich an nichts mehr«, erwiderte Lucien. »Du gehst also an die Ostfront? Und ziehst zufrieden ins Feld? Mit der Blume im Gewehr? Weißt du, daß man immer glaubt, man überwindet die Scheiße in vierzehn Tagen, in Wirklichkeit aber dauert es endlos?«

»Du hast wirklich getrunken wie ein Loch«, bemerkte Mathias.

»Wie ein Granatloch«, präzisierte Lucien. »Viel Glück, Soldat.«

12

Mathias gab sich große Mühe an der Ostfront. Wenn Lucien nicht unterrichtete, überquerte er mit Marc die Frontlinie, und sie gingen gemeinsam ins *Tonneau* essen, um Mathias aufzumuntern und weil sie sich dort wohl fühlten. Donnerstags aß auch Sophia Simeonidis dort zu Mittag. Schon seit Jahren jeden Donnerstag.

Mathias servierte bedächtig, Tasse für Tasse, ohne großes Jonglieren. Drei Tage später hatte er den Gast identifiziert, der seine Chips mit der Gabel aß. Sieben Tage später hatte Juliette sich angewöhnt, ihm das zuviel Gekaufte aus der Küche mitzugeben, und die Abendessen in der Bruchbude waren abwechslungsreicher geworden. Neun Tage später lud Sophia Marc und Lucien zu ihrem Donnerstagsessen ein. Am Donnerstag darauf, sechzehn Tage später, war Sophia verschwunden.

Auch am nächsten Tag sah sie niemand. Beunruhigt fragte Juliette den heiligen Matthäus, ob sie nach Feierabend mit dem alten Kommissar sprechen könne. Mathias ärgerte sich, daß Juliette ihn den heiligen Matthäus nannte, aber seit Vandoosler der Ältere diese idiotischen, geschwollenen Namen genannt hatte, als er zum ersten Mal die drei Männer erwähnte, mit denen er zusammenwohnte, gingen sie ihr nicht mehr aus dem Kopf. Nachdem Juliette das *Tonneau* abgeschlossen hatte, begleitete sie Mathias zur Bruchbude. Er hatte ihr das System der chronologischen Schichten in den Stockwerken erklärt, damit sie nicht schockiert wäre, daß der Älteste in der obersten Etage untergebracht war.

Beim raschen Hinaufsteigen in den vierten Stock war Juliette außer Atem geraten. Sie setzte sich Vandoosler gegenüber, dessen Gesicht sofort aufmerksam wurde. Juliette schien die Evangelisten zu mögen, aber sie zog die Meinung des alten Kommissars vor. Mathias, der sich an einen Balken lehnte, dachte, daß sie in Wirklichkeit die Visage des alten Kommissars vorzog, was ihn ein wenig ärgerte. Je aufmerksamer der Alte war, desto schöner sah er aus.

Lucien, der aus Reims zurückgekehrt war, wo er zu einem gutbezahlten Vortrag über den »Stillstand der Front« einberufen worden war, verlangte eine Kurzfassung der Ereignisse. Sophia war nicht wieder aufgetaucht. Juliette war zu Pierre Relivaux gegangen, der gemeint hatte, sie solle sich keine Sorgen machen, Sophia würde schon wiederkommen. Er schien besorgt, aber doch ziemlich sicher. Was vermuten ließ, daß Sophia etwas gesagt hatte, bevor sie gegangen war. Aber Juliette verstand nicht, daß sie nicht informiert worden war. Lucien zuckte mit den Achseln. Er wollte Juliette nicht verletzen, aber nichts verpflichtete Sophia, sie über alles auf dem laufenden zu halten. Juliette beharrte jedoch darauf. Nie hatte Sophia einen Donnerstag ausfallen lassen, ohne ihr Bescheid zu geben. Extra für sie wurde im *Tonneau* Kalbsgeschnetzeltes mit Champignons zubereitet. Lucien brummte. Als ob ein Kalbsgeschnetzeltes angesichts eines unvorhersehbaren Notfalls viel zählte. Aber für Juliette war das Kalbsgeschnetzelte natürlich wichtiger. Dabei war sie intelligent. Aber es ist immer dasselbe: Bis man seine Gedanken erst mal aus dem Alltagstrott herausgerissen hat, aus dem eigenen Denken und dem Kalbsgeschnetzelten, hat man schon irgendwelchen Blödsinn geredet. Sie hoffte, der alte Kommissar könnte Pierre Relivaux zum Reden bringen. Auch wenn sie den Eindruck hatte, daß Vandoosler nicht gerade eine Empfehlung war.

»Trotzdem«, sagte Juliette. »Ein Bulle bleibt ein Bulle.«
»Nicht unbedingt«, erwiderte Marc. »Ein gefeuerter

Bulle kann zum Anti-Bullen werden, vielleicht zum Werwolf.«

»War sie das Kalbsgeschnetzelte nicht irgendwann leid?« fragte Vandoosler.

»Ganz und gar nicht«, antwortete Juliette. »Sie ißt es sogar auf ganz erstaunliche Weise. Sie reiht die kleinen Champignons aneinander wie Noten auf einem Notenblatt und ißt ihren Teller sehr gleichmäßig, Takt für Takt, leer.«

»Eine ordentliche Frau«, sagte Vandoosler. »Nicht der Typ, der ohne Erklärung verschwindet.«

»Wenn ihr Mann sich keine Sorgen macht«, bemerkte Lucien, »dann wird er gute Gründe dafür haben. Er ist doch nicht gezwungen, sein Privatleben auszupacken, nur weil seine Frau desertiert und ein Kalbsgeschnetzeltes verpaßt. Lassen wir's sein. Niemand verbietet einer Frau, sich für einige Zeit zu verdrücken, wenn sie das will. Ich verstehe nicht, warum wir ihr jetzt nachjagen sollten.«

»Trotzdem«, wandte Marc ein. »Juliette denkt an etwas, was sie uns nicht sagt. Es ist nicht nur das Kalbsgeschnetzelte, nicht wahr, Juliette?«

»Das stimmt«, antwortete Juliette.

Sie sah hübsch aus in dem schwachen Licht, das den Dachstuhl erhellte. Sie war ganz mit ihren Sorgen beschäftigt und achtete nicht auf ihre Haltung. Sie saß vorgebeugt, die Hände verschränkt, ihr Kleid fiel locker um ihren Körper, und Marc bemerkte, daß Mathias sich ihr direkt gegenüber hingestellt hatte. Schon wieder diese starre Verwirrung. Man mußte zugeben, daß sie auch Anlaß dazu gab. Ein weißer, voller Körper, runder Nacken, freie Schultern.

»Aber wenn Sophia morgen wiederkommt«, fuhr Juliette fort, »dann würde ich mir Vorwürfe machen, daß ich ihre kleinen Geschichtchen einfachen Nachbarn erzählt habe.«

»Man kann Nachbar sein, ohne einfach zu sein«, bemerkte Lucien.

»Und außerdem gibt's da den Baum«, sagte Vandoosler sanft. »Der Baum zwingt zum Reden.«

»Der Baum? Was für ein Baum?«

»Später«, sagte Vandoosler. »Erzählen Sie, was Sie wissen.«

Es war schwer, der klangvollen Stimme des alten Bullen zu widerstehen. Es gab keinen Grund, weshalb Juliette eine Ausnahme hätte sein sollen.

»Sie ist damals mit einem Freund aus Griechenland gekommen«, begann Juliette. »Er hieß Stelyos. Ein Getreuer, ein Beschützer, wie sie sagte, aber wenn ich es richtig verstanden habe, ein Fanatiker, sehr verführerisch und verletzlich, der niemanden an sie heranließ. Sophia wurde von Stelyos auf Händen getragen, verhätschelt und bewacht. Bis sie Pierre begegnete und ihren Gefährten verließ. Anscheinend löste das ein schreckliches Drama aus, und Stelyos versuchte sich umzubringen, oder sowas. Ja, genau, er wollte sich ertränken, aber es hat nicht geklappt. Dann hat er getobt, wild herumgestikuliert und gedroht, und schließlich hat sie nie wieder was von ihm gehört. Das ist alles. Also nichts Spektakuläres. Seltsam ist nur die Art und Weise, in der Sophia davon redet. Irgendwie beunruhigt. Sie glaubt, daß Stelyos eines Tages zurückkommen wird und daß dann niemand mehr etwas zu lachen hat. Sie sagt, er sei ›sehr griechisch‹, vollgestopft mit alten griechischen Geschichten, glaube ich, und das würde nie aufhören. Die Griechen waren wer, früher. Sophia meint, das vergißt man nur allzu leicht. Kurz und gut, vor drei Monaten, nein, dreieinhalb Monaten hat sie mir eine Karte gezeigt, die sie aus Lyon bekommen hat. Auf der Karte war nur ein Stern, außerdem nicht mal gut gezeichnet. Ich fand das nicht sonderlich interessant, aber Sophia hat es völlig durcheinandergebracht. Ich habe gedacht, der Stern könnte Schnee oder Weihnachten bedeuten, aber sie war überzeugt davon, es wäre ein Zeichen von Stelyos und würde nichts Gutes verheißen. Anscheinend hat Stelyos immer Sterne gezeichnet. Die Griechen haben wohl die Vorstellung erfunden, daß die Sterne eine Bedeutung haben. Dann aber ist nichts passiert, und sie hat's vergessen. Das ist alles. Nur, jetzt mache ich mir Sorgen. Ich frage mich, ob Sophia eine weitere Karte bekommen hat. Vielleicht hatte sie gute Gründe, Angst zu haben. Das sind so Sachen, die man nicht verstehen kann. Die Griechen waren wer.«

»Wie lange ist sie schon mit Pierre verheiratet?« fragte Marc.

»Lange ... Fünfzehn Jahre, zwanzig Jahre ...«, antwortete Juliette. »Offen gestanden, ich halte es für unwahrscheinlich, daß ein Typ sich zwanzig Jahre später rächen will. Man hat doch anderes im Leben zu tun, als an seinen Enttäuschungen herumzukauen. Stellen Sie sich das mal vor! Wenn alle Verlassenen dieser Welt auf ihrer Sache herumkauen würden, um sich zu rächen, wäre die Erde ein richtiges Schlachtfeld. Eine Wüste ... Oder?«

»Manchmal kann man noch lange danach an jemanden denken«, sagte Vandoosler.

»Ich kann ja verstehen, daß man jemanden sofort umbringt«, fuhr Juliette fort, ohne zuzuhören. »Sowas kommt vor. Heißblütigkeit. Aber sich zwanzig Jahre später so zu erregen, da komm ich nicht mit. Doch Sophia scheint an solche Reaktionen zu glauben. Das muß griechisch sein, keine Ahnung. Ich erzähl es nur, weil Sophia dem soviel Bedeutung beimißt. Ich denke, daß sie sich Vorwürfe macht, weil sie ihren griechischen Freund verlassen hat; da Pierre sie enttäuscht hat, war das vielleicht ihre Art, sich an Stelyos zu erinnern. Sie hat zwar gesagt, sie habe Angst vor ihm, aber ich glaube, daß sie immer gern an Stelyos gedacht hat.«

»Pierre hat sie enttäuscht?« fragte Mathias.

»Ja«, antwortete Juliette. »Pierre achtet auf gar nichts mehr, na ja, zumindest nicht mehr auf sie. Er redet mit ihr, aber mehr nicht. Er führt Konversation, wie Sophia sagt, und liest stundenlang seine Zeitungen, ohne auch nur den Kopf zu heben, wenn sie vorbeigeht. Anscheinend fängt das schon morgens an. Ich habe ihr gesagt, das wäre normal, aber sie findet es traurig.«

»Also?« fragte Lucien. »Also? Wenn sie mit ihrem griechischen Freund abgehauen ist, geht uns das doch nichts an!«

»Aber das Kalbsgeschnetzelte«, wandte Juliette bockig ein. »Sie hätte mir Bescheid gegeben. Jedenfalls würde ich's gerne wissen. Es würde mich beruhigen.«

»Es ist weniger das Kalbsgeschnetzelte als der Baum«, bemerkte Marc. »Ich weiß nicht, ob wir da untätig zusehen können: Eine Frau verschwindet, ohne etwas zu sagen, den Ehemann läßt das kalt, und dann noch der Baum. Das ist ein bißchen viel. Was denkst du darüber, Kommissar?«

Armand Vandoosler hob sein schönes Gesicht. Jetzt hatte er wieder seinen Polizistenkopf. Der konzentrierte Blick unter den Augenbrauen, die mächtige, angriffslustige Nase, Marc kannte das. Der Pate hatte ein sehr wandlungsfähiges Gesicht, an dem man die verschiedenen Register seiner Gedanken gut ablesen konnte. Hinter den finstern Zügen verbargen sich seine Zwillinge und die irgendwohin verschwundene Frau, hinter den sachlichen Zügen irgendeine Recherche, hinter leuchtenden Zügen ein zu verführendes Mädchen. Um es zu vereinfachen. Manchmal mischte sich alles, und die Sache wurde komplizierter.

»Ich mache mir Sorgen«, sagte Vandoosler. »Aber ganz allein kann ich nicht viel ausrichten. Soweit ich neulich abend mitbekommen habe, wird Pierre Relivaux dem erstbesten dahergelaufenen Ex-Bullen gar nichts sagen. Ganz gewiß nicht. Er ist ein Mann, der sich nur Autoritäten beugt. Trotzdem sollten wir Bescheid wissen.«

»Worüber?« fragte Marc.

»Wissen, ob Sophia ihrem Mann einen Grund für ihr Verschwinden genannt hat und wenn ja, welchen, und wissen, ob etwas unter dem Baum ist.«

»Fängt das schon wieder an!« rief Lucien. »Unter dem

verdammten Baum ist nichts! Nur Tonpfeifen aus dem 18. Jahrhundert! Außerdem noch kaputte.«

»Unter dem Baum *war* nichts«, präzisierte Vandoosler. »Aber ... heute?«

Juliette sah verständnislos von einem zum anderen.

»Was ist denn das für eine Geschichte mit dem Baum?« fragte sie.

»Die junge Buche«, antwortete Marc ungeduldig. »Vor der hinteren Mauer in ihrem Garten. Sie hatte uns gebeten, darunter zu graben.«

»Die Buche? Die kleine, neugepflanzte?« fragte Juliette. »Aber Pierre hat mir selbst gesagt, daß er sie hat pflanzen lassen, um die Mauer zu kaschieren!«

»So, so«, sagte Vandoosler. »Sophia hat er etwas anderes gesagt.«

»Was für ein Interesse sollte ein Mann haben, nachts einen Baum zu pflanzen, ohne es seiner Frau zu sagen? Um sie grundlos in Angst zu versetzen? Das wäre dumm und gemein«, sagte Marc.

Vandoosler wandte sich Juliette zu.

»Hat Sophia sonst nichts gesagt? Über Pierre? Irgendeine Rivalin in Sicht?«

»Sie hat keine Ahnung«, antwortete Juliette. »Pierre verschwindet manchmal samstags oder sonntags für längere Zeit. Um an die frische Luft zu gehen. Die Sache mit der frischen Luft glaubt ihm keiner so recht. Sie stellt sich schon Fragen – wie alle anderen auch. Also, für mich ist das keine Frage, die mir Sorgen bereiten würde. Na ja, bei mir gibt's auch keinen Grund, auch ein Vorteil.«

Sie lachte. Mathias sah sie noch immer reglos an.

»Wir müssen das rauskriegen«, sagte Vandoosler. »Ich werde versuchen, mit dem Ehemann ins Gespräch zu kommen. Hast du morgen Unterricht, heiliger Lukas?«

»Er heißt Lucien«, murmelte Mathias.

»Morgen ist Samstag«, sagte Lucien. »Ein freier Tag für alle Heiligen, Soldaten auf Urlaub und einen Teil der restlichen Bevölkerung.«

»Du und Marc, ihr beschattet Pierre Relivaux. Er ist

ein vielbeschäftigter und vorsichtiger Mann. Wenn es eine Geliebte gibt, dann wird er ihr klassischerweise das Samstag-Sonntag-Feld reserviert haben. Habt ihr schon mal jemanden beschattet? Wißt ihr, wie man das macht? Natürlich nicht. Kaum habt ihr eure historischen Forschungen aufgegeben, seid ihr zu nichts mehr nütze. Trotzdem sollten drei Forscher, die in der Lage sind, ihre Netze auszuwerfen, um eine nicht mehr faßbare Vergangenheit heraufzuholen, auch in der Lage sein, die Gegenwart in den Griff zu kriegen. Oder widert euch die Gegenwart womöglich an?«

Lucien verzog das Gesicht.

»Und Sophia?« fragte Vandoosler. »Ist die euch egal?«

»Natürlich nicht«, erwiderte Marc.

»Gut. Heiliger Lukas und heiliger Markus, ihr verfolgt das ganze Wochenende die Fährte von Relivaux. Ohne ihn eine Minute aus den Augen zu lassen. Der heilige Matthäus arbeitet, er soll mit Juliette im *Tonneau* bleiben und die Ohren offenhalten, man weiß nie. Was den Baum angeht...«

»Was sollen wir mit dem machen?« fragte Marc. »Wir können doch nicht noch mal das Spiel mit den städtischen Arbeitern spielen. Du denkst doch nicht im Ernst, daß...«

»Alles ist möglich«, entgegnete Vandoosler. »Was den Baum angeht, so müssen wir da auf jeden Fall ran. Leguennec wird die Sache übernehmen. Der hat die nötige Ausdauer.«

»Wer ist Leguennec?« fragte Juliette.

»Ein Typ, mit dem ich früher phantastisch gut Karten gespielt habe«, antwortete Vandoosler. »Wir hatten ein neues Spiel erfunden, das ›Walfangboot‹ hieß. Phantastisch. Auf dem Meer kannte er sich aus, er war in seiner Jugend Fischer gewesen. Hochseefischerei, Irische See und so weiter. Phantastisch.«

»Und was sollen wir mit deinem Kartenspieler von der Irischen See?« fragte Marc.

»Der Fischer und Kartenspieler ist Bulle geworden.«

»So einer wie du?« fragte Marc. »So ein kulanter?«

»Keineswegs. Der Beweis: er ist noch immer Bulle. Heute ist er sogar leitender Inspektor im Kommissariat des 13. Arrondissements. Er war einer der wenigen, die versucht haben, mich zu verteidigen, als man mich entlassen hat. Aber ich kann ihn nicht selbst benachrichtigen, das würde ihn in eine heikle Situation bringen. Der Name Vandoosler ist in dem Bereich immer noch ein bißchen verschrien. Der heilige Matthäus wird sich darum kümmern.«

»Unter welchem Vorwand?« fragte Mathias. »Was soll ich diesem Leguennec sagen? Daß eine Dame nicht nach Hause gekommen ist und ihr Mann sich keine Sorgen macht? Bis auf weiteres ist jeder Erwachsene frei, zu gehen, wohin er will, ohne daß die Polizei sich einmischt, verdammt noch mal.«

»Der Vorwand? Nichts einfacher als das. Da sind doch vor vierzehn Tagen drei Typen aufgetaucht, die im Garten der Dame einen Graben ausgehoben und sich als städtische Arbeiter vorgestellt haben. Vortäuschung falscher Tatsachen. Ein ausgezeichneter Vorwand. Du lieferst ihm die weiteren Informationen, und Leguennec wird zwischen den Zeilen lesen können. Dann beißt er an.«

»Dankeschön«, sagte Lucien. »Erst fordert der Kommissar uns zum Graben auf, und dann hetzt er uns die Bullen auf den Hals. Große Klasse.«

»Jetzt denk mal nach, heiliger Lukas. Ich hetze euch Leguennec auf den Hals, das ist ein kleiner Unterschied. Mathias muß die Namen der drei Arbeiter ja nicht nennen.«

»Wenn dieser Leguennec so stark ist, wird er sie rauskriegen!«

»Ich habe nicht gesagt, daß er stark ist, ich habe gesagt, er hat Ausdauer. Aber er wird die Namen tatsächlich herausfinden, weil ich sie ihm nämlich selbst sagen werde – aber erst später. Falls es nötig ist. Ich werde dir sagen, wann du loslegen sollst, heiliger Matthäus. Jetzt aber, glaube ich, ist Juliette erst mal müde.«

»Das stimmt«, erwiderte sie und richtete sich auf. »Ich geh jetzt nach Hause. Muß bei der Sache wirklich die Polizei eingeschaltet werden?«

Juliette sah Vandoosler an. Seine Worte schienen sie beruhigt zu haben. Sie lächelte ihn an. Marc warf Mathias einen Blick zu. Die Schönheit des Paten war eine gealterte Schönheit, sie hatte viel genutzt, aber sie wirkte noch immer. Was vermochten die statischen Züge von Mathias gegen eine alte, verbrauchte, aber noch immer wirkungsvolle Schönheit auszurichten?

»Ich glaube«, sagte Vandoosler, »daß wir vor allem erst mal schlafen gehen müssen. Morgen früh werde ich Pierre Relivaux besuchen. Danach lösen der heilige Lukas und der heilige Markus mich ab.«

»Mission wird ausgeführt«, sagte Lucien.

Und er lächelte.

13

Vandoosler war auf einen Stuhl geklettert, hatte den Kopf durch ein Oberlicht gesteckt und verfolgte das Erwachen des rechten Nachbarhauses. Die Westfront, wie Lucien sagte. Wirklich ein Besessener. Aber es schien, er hatte sehr ordentliche Bücher über eine Menge unbekannter Aspekte dieser Weltkriegsgeschichte geschrieben. Wie konnte man sich nur für diesen alten Kram interessieren, wo in jedem Garten so viele neue spannende Sachen auftauchen konnten? Na ja, vielleicht war es im großen und ganzen dieselbe Arbeit.

Er sollte vielleicht dran denken, sie nicht mehr heiliger Soundso und heiliger Dingsbums zu nennen. Das ärgerte sie, und das war verständlich. Sie waren ja keine Kinder mehr. Ihn aber amüsierte es. Mehr als das. Und bis dahin hatte Vandoosler noch nie auf etwas verzichtet, was ihm Vergnügen verschaffte. Er würde also sehen, was die drei Historiker ihm über die Gegenwart zu sagen hätten. Forschen, sammeln, um zu sammeln – wo lag der Unterschied zwischen dem Leben der Jäger und Sammler, der Zisterziensermönche, der Landser und dem von Sophia Simeonidis? Einstweilen erst einmal die Westfront überwachen, feststellen, wann Pierre Relivaux aufstand. Es dürfte jetzt nicht mehr lange dauern. Relivaux war kein Typ, der lange im Bett rumlag. Er war ein Arbeitswütiger, eine ziemlich nervige Gattung.

Gegen halb zehn hatte Vandoosler nach einigem erahnten Hin und Her im Haus den Eindruck, daß Pierre Relivaux nun bereit sei. Bereit für ihn, Armand Vandoosler. Er stieg die vier Stockwerke hinunter in den Gemeinschaftsraum und grüßte die bereits dort versammelten Evangelisten. Die Evangelisten Seite an Seite beim Frühstück: vielleicht war es der Kontrast zwischen ihren Worten und ihren Taten, der ihm gefiel. Vandoosler ging und klingelte beim Nachbarn.

Pierre Relivaux schätzte solcherart Eindringen nicht. Vandoosler hatte es erwartet und sich für den direkten Angriff entschieden: ehemaliger Polizist, Besorgnis über das Verschwinden seiner Frau, ein paar Fragen, drinnen wäre es sicher besser. Pierre Relivaux antwortete, was Vandoosler erwartet hatte, nämlich daß das nur ihn allein etwas anginge.

»Das ist schon richtig«, sagte Vandoosler und nahm in der Küche Platz, ohne dazu aufgefordert worden zu sein, »aber die Sache hat einen Haken. Womöglich wird die Polizei Ihnen einen kleinen Besuch abstatten, weil sie denkt, daß sie das etwas angeht. Darum dachte ich, ein paar Ratschläge eines ehemaligen Polizisten könnten Ihnen im Vorfeld nützlich sein.«

Wie erwartet, runzelte Pierre Relivaux die Stirn.

»Die Polizei? Mit welcher Begründung? Meine Frau hat doch das Recht, wegzufahren, soviel ich weiß?«

»Selbstverständlich. Aber es ist zu einer mißlichen Verknüpfung verschiedener Umstände gekommen. Erinnern Sie sich an die drei Arbeiter, die vor etwa vierzehn Tagen hier waren, um einen Graben in Ihrem Garten auszuheben?«

»Natürlich. Sophia hat mir gesagt, sie würden alte elektrische Leitungen überprüfen. Ich habe dem keinerlei Bedeutung beigemessen.«

»Das ist bedauerlich«, entgegnete Vandoosler. »Denn es handelte sich weder um Arbeiter von der Stadt noch von den Elektrizitätswerken, noch von sonst irgendeiner seriösen Behörde. In Ihrem Garten hat es nie eine elektrische Leitung gegeben. Die drei Typen haben gelogen.«

»Das ist doch völlig absurd!« rief Relivaux. »Was ist das für ein Blödsinn? Und was hat das mit der Polizei oder mit Sophia zu tun?«

»Genau hier verknüpft sich alles«, sagte Vandoosler und schien dies aufrichtig zu bedauern. »Jemand aus dem Viertel, ein Schnüffler, einer, der Sie nicht unbedingt mag, hat den Betrug aufgedeckt. Ich vermute, daß er einen der Arbeiter erkannt und ausgefragt hat. Jedenfalls hat er die Bullen benachrichtigt. Ich habe davon erfahren, weil ich noch ein paar diskrete Verbindungen zur Polizei habe.«

Vandoosler log mit Leichtigkeit und Vergnügen. Jetzt fühlte er sich wohler.

»Die Polizei hat gelacht und die Sache ad acta gelegt«, fuhr er fort. »Als derselbe Zeuge aber verärgert weiter geschnüffelt und sie darüber informiert hat, daß Ihre Frau ›ohne Ankündigung verschwunden‹ ist, wie es im Viertel schon heißt, hat sie schon weniger gelacht. Außerdem ist der unzulässige Graben von Ihrer eigenen Frau in Auftrag gegeben worden und zwar so, daß er genau unter der jungen Buche verlief, die Sie da hinten sehen.«

Vandoosler deutete auf den Baum, indem er nachlässig seinen Finger zum Fenster streckte.

»Das war Sophia?« fragte Relivaux.

»Das war sie. Sagt der Zeuge. Damit weiß die Polizei, daß Ihre Frau beunruhigt darüber war, daß jemand ihr einen Baum vor die Nase gesetzt hat. Und daß sie darunter hat graben lassen. Und daß sie seitdem verschwunden ist. Für die Polizei ist das ein bißchen zuviel für vierzehn Tage. Das muß man verstehen. Sie sind wegen jeder Kleinigkeit beunruhigt. Sie werden anrücken, um Sie zu befragen, gar kein Zweifel.«

»Wer ist dieser ›Zeuge‹?«

»Anonym. Die Menschen sind feige.«

»Und was haben Sie mit all dem zu tun? Was geht Sie das an, wenn die Polizei zu mir kommt?«

Diese schlichte Frage hatte Vandoosler ebenfalls erwartet. Pierre Relivaux war ein gewissenhafter, starrsinniger Mensch ohne sichtbare Spur von Originalität. Das war übrigens der Grund, weshalb der Ex-Kommissar auf eine Samstag-Sonntag-Geliebte tippte. Vandoosler sah ihn an. Eine Halbglatze, halb dicklich, halb sympathisch, alles halb. Einstweilen nicht allzu kompliziert zu lenken.

»Sagen wir, es würde sie sicherlich beruhigen, wenn ich Ihre Version der Fakten bestätigen könnte. Die kennen mich noch immer.«

»Warum sollten Sie mir einen Gefallen tun? Was wollen Sie von mir? Geld?«

Vandoosler schüttelte den Kopf und lächelte. Relivaux war auch noch halb ein Arschloch.

»Mir scheint doch«, fuhr Relivaux hartnäckig fort, »daß in der Bruchbude, in der Sie wohnen – entschuldigen Sie, wenn ich mich irre –, Sie alle so aussehen, als ob sie ganz gehörig...«

»In der Scheiße säßen«, ergänzte Vandoosler. »Das stimmt. Ich sehe, daß Sie besser informiert sind, als es den Anschein hat.«

»Soziale Absteiger sind mein Beruf«, erwiderte Relivaux. »Außerdem hat Sophia es mir gesagt. Also, warum?«

»Die Bullen haben mir mal unnötig Ärger gemacht. Wenn es sie einmal packt, kann das lange so gehen, sie hören nicht mehr auf. Seitdem neige ich dazu, dafür zu sorgen, daß anderen dieser Unsinn erspart bleibt. Eine kleine Rache, wenn Sie so wollen. Eine Anti-Bullen-Vorkehrung. Und außerdem habe ich auf diese Weise ein bißchen Beschäftigung. Umsonst.«

Vandoosler ließ Pierre Relivaux Zeit, über dieses trügerische und schlecht begründete Motiv nachdenken. Er schien es zu schlucken.

»Was wollen Sie wissen?« fragte Relivaux.

»Dasselbe wie die Bullen.«

»Das heißt?«

»Wo ist Sophia?«

Pierre Relivaux erhob sich, breitete die Arme aus und ging in der Küche auf und ab.

»Sie ist weggefahren. Sie wird zurückkommen. Kein Grund, die Pferde scheu zu machen.«

»Sie werden wissen wollen, warum Sie die Pferde nicht scheu machen wollen.«

»Weil ich keine Pferde habe. Weil Sophia mir gesagt hat, daß sie wegfährt. Sie hat von einer Verabredung in Lyon erzählt. Das ist doch nicht das Ende der Welt!«

»Die Polizei ist nicht verpflichtet, Ihnen zu glauben. Seien Sie genau, Monsieur Relivaux. Es geht um Ihre Ruhe, an der Ihnen, glaube ich, viel liegt.«

»Die Sache ist völlig unbedeutend«, sagte Relivaux. »Dienstag hat Sophia eine Postkarte erhalten. Sie hat sie mir gezeigt. Darauf war ein gekritzelter Stern und eine Verabredung zu der und der Zeit in dem und dem Hotel in Lyon. Hinfahrt mit dem und dem Zug am nächsten Abend. Keine Unterschrift. Anstatt ruhig zu bleiben, ist Sophia losgestürzt. Sie hat sich in den Kopf gesetzt, daß die Karte von einem früheren Freund von ihr stammt, einem Griechen, Stelyos Koutsoukis. Wegen des Sterns. Vor meiner Heirat habe ich mit dem Typen mehrfach zu tun gehabt. Ein Anhänger der impulsiv-rhinozerosartigen Gattung.«

»Wie bitte?«

»Ach, nichts. Ein ergebener Bewunderer von Sophia.«

»Ihr ehemaliger Geliebter.«

»Gewiß«, sagte Pierre Relivaux. »Ich habe Sophia die Fahrt auszureden versucht. Wenn die Karte von wer weiß wem stammte, konnte sie Gott weiß was erwarten. Wenn die Karte von Stelyos stammte, wäre es kaum besser. Aber es war nichts zu machen, sie hat ihre Tasche genommen und ist gefahren. Ich muß gestehen, daß ich gestern mit ihrer Rückkehr gerechnet habe. Mehr weiß ich nicht.«

»Und der Baum?« fragte Vandoosler.

»Was soll ich Ihnen über den Baum erzählen? Sophia hat eine große Geschichte daraus gemacht! Ich habe nicht geahnt, daß das so weit geht, daß sie darunter graben lassen würde. Was sie sich dabei wohl gedacht hat? Unaufhörlich redet sie sich Geschichten ein ... Der Baum wird ein Geschenk sein, das ist alles. Sie wissen vielleicht, daß Sophia recht bekannt war, bevor sie sich von der Bühne zurückgezogen hat. Sie hat gesungen.«

»Ich weiß. Aber Juliette Gosselin sagt, daß Sie den Baum gepflanzt hätten.«

»Ja, das habe ich ihr erzählt. Eines Morgens hat mich Juliette am Gartentor gefragt, was das für ein neuer Baum sei. Angesichts von Sophias Beunruhigung hatte ich keine Lust, ihr zu erklären, daß wir nicht wüßten, woher er kommt, weil das dann im ganzen Viertel die Runde gemacht hätte. Wie Sie ganz richtig verstanden haben, liegt mir sehr an meiner Ruhe. Ich habe einfach das Nächstliegende erzählt. Um das Thema zu beenden, habe ich gesagt, daß ich Lust gehabt hätte, eine Buche zu pflanzen. Das hätte ich übrigens auch Sophia sagen sollen. Es hätte uns eine Menge Ärger erspart.«

»Das ist alles ganz wunderbar«, sagte Vandoosler, »aber Sie sind der einzige, der das sagt. Es wäre gut, wenn Sie mir die Postkarte zeigen könnten. Damit wir Sophia erreichen können.«

»Bedaure«, erwiderte Relivaux. »Sophia hat sie wegen der Hinweise, die sie befolgen sollte, mitgenommen. Das sollte Ihnen einleuchten.«

»Ah ja. Das ist ärgerlich, aber nicht allzu schlimm. All das hat Hand und Fuß.«

»Natürlich hat es Hand und Fuß! Warum sollte man mir etwas vorwerfen?«

»Sie wissen sehr gut, was die Bullen von einem Ehemann denken, dessen Frau verschwindet.«

»Das ist absurd.«

»Ja, absurd.«

»Soweit wird die Polizei nicht gehen«, sagte Relivaux und schlug mit einer Hand hart auf den Tisch. »Ich bin nicht irgend jemand.«

»Ja«, wiederholte Vandoosler sanft. »Wie alle anderen.«

Vandoosler erhob sich langsam.

»Sollte die Polizei zu mir kommen, werde ich mich in Ihrem Sinne äußern«, fügte er hinzu.

»Nicht nötig. Sophia wird zurückkommen.«

»Hoffen wir es.«

»Ich mache mir keine Sorgen.«

»Na, um so besser. Und danke für Ihre Offenheit.«

Vandoosler durchquerte den Garten, um nach Hause zu gehen. Pierre Relivaux sah ihm nach und dachte: »In was mischt der sich ein, diese Schmeißfliege?«

14

Erst Sonntag abend kamen die Evangelisten mit etwas Konkreterem zurück. Samstag hatte Pierre Relivaux das Haus nur verlassen, um Zeitungen zu kaufen. Marc hatte zu Lucien gesagt, daß Relivaux sicherlich »die Presse« und nicht »Zeitungen« sagen würde und daß man das eines Tages überprüfen müsse, nur so zum Spaß. Sonst hatte er sich nicht gerührt, er hatte sich mit seiner Presse zu Hause eingeschlossen. Vielleicht fürchtete er den Besuch der Polizei. Da nichts geschah, kehrte seine Entschlossenheit zurück. Marc und Lucien hefteten sich ihm an die Fersen, als er gegen elf Uhr morgens das Haus verließ. Er führte sie bis zu einem kleinen Wohnhaus im 15. Arrondissement.

»Voll ins Schwarze«, erklärte Marc, als er Vandoosler Bericht erstattete. »Das Mädchen wohnt im vierten Stock. Sie ist ganz nett, etwas weichlich, sanfter Typ, passiv, nicht kleinlich.«

»Sagen wir der Typ ›lieber irgendeine als keine‹«, präzisierte Lucien. »Ich persönlich stelle sehr hohe Ansprüche an die Qualität und mißbillige daher diese Panik, die dazu führt, daß einer sich mit allem und jedem begnügt.«

»So hohe Ansprüche, daß du allein bist. Stellen wir das mal fest«, erwiderte Marc.

»Absolut richtig«, sagte Lucien. »Aber das steht heute abend nicht auf der Tagesordnung. Mach weiter mit deinem Bericht, Soldat.«

»Das ist alles. Das Mädchen ist abgesichert und wird ausgehalten. Sie arbeitet nicht, wir haben uns im Viertel erkundigt.«

»Relivaux hat also eine Geliebte. Ihre Vorahnung war richtig«, sagte Lucien zu Vandoosler.

»Das war keine Vorahnung«, entgegnete Marc. »Der Kommissar hat Erfahrung.«

Pate und Patensohn tauschten einen kurzen Blick.

»Kümmere du dich um deine Angelegenheiten, heiliger Markus«, sagte Vandoosler. »Seid ihr sicher, daß es sich wirklich um eine Geliebte handelt? Es könnte auch eine Schwester sein oder eine Cousine.«

»Wir haben uns hinter die Tür gestellt und gelauscht«, erklärte Marc. »Ergebnis: es ist nicht seine Schwester. Relivaux hat sie gegen sieben Uhr verlassen. Dieser Typ ist nach meinem Eindruck ein hochgradig jämmerlicher Wicht.«

»Nicht so eilig«, bemerkte Vandoosler.

»Unterschätzen wir den Feind nicht«, ergänzte Lucien.

»Ist der Sammler und Jäger noch nicht zurück?« fragte Marc. »Noch immer im *Tonneau*?«

»Ja«, erwiderte Vandoosler. »Und Sophia hat nicht angerufen. Wenn sie ihre Sache geheimhalten und trotzdem ihre Umgebung beruhigen wollte, so hätte sie Juliette benachrichtigt. Aber nichts, kein Zeichen. Es ist jetzt vier Tage her. Morgen früh ruft der heilige Matthäus bei Leguennec an. Heute abend gehe ich seinen Text mit ihm durch. Der Baum, der Graben, die Geliebte, die verschwundene Gattin. Leguennec wird sich in Bewegung setzen. Er wird herkommen, um sich zu erkundigen.«

Mathias telefonierte. Mit teilnahmsloser Stimme schilderte er die Fakten.

Leguennec setzte sich in Bewegung.

Noch am selben Nachmittag machten sich zwei Bullen unter Leguennecs Anleitung über die Buche her. Leguennec, der Relivaux in seiner Nähe behielt, verhörte ihn nicht wirklich, weil das Ganze schon etwas außerhalb der Legalität war, das wußte er. Er folgte seinen Impulsen und gedachte, den Ort so schnell wie möglich zu räumen, wenn nichts dabei herauskommen würde. Die beiden Bullen, die hier gruben, waren ihm ergeben. Sie würden den Mund halten.

Hinter dem Fenster des mittelalterlichen zweiten Stocks drängten sich Marc, Mathias und Lucien und sahen zu.

»Die Buche hat es sicher bald satt«, bemerkte Lucien.

»Halt's Maul«, sagte Marc. »Kapierst du nicht, daß das hier ernst ist? Kapierst du nicht, daß sie jeden Augenblick Sophia da drunter finden können? Und du amüsierst dich noch? Wo ich seit fünf Tagen keinen Satz mit ein bißchen Niveau mehr herausbringe? Keinen Satz mit mehr als sieben Wörtern?«

»Ich habe es bemerkt«, erwiderte Lucien. »Du enttäuschst mich.«

»Und du könntest dich ein bißchen zurückhalten. Nimm dir ein Beispiel an Mathias. Der ist zurückhaltend. Er hält die Klappe.«

»Bei Mathias ist das ganz natürlich. Und es wird auch irgendwann böse für ihn ausgehen. Hörst du, Mathias?«

»Ich höre. Ist mir scheißegal.«

»Du hörst nie jemandem zu. Du hörst immer nur so vage hin. Das ist falsch.«

»Sei doch ruhig, Lucien«, rief Marc. »Ich sage dir, es ist ernst. Ich habe Sophia Simeonidis gemocht. Wenn sie da gefunden wird, kotz ich und zieh aus. Ruhe! Einer der Bullen sieht sich was an. Nein ... Er macht weiter.«

»Was bedeutet das denn?« sagte Mathias. »Dein Pate kreuzt hinter Leguennec auf. Was macht der da? Könnte der sich nicht einmal ruhig verhalten?«

»Unmöglich, der Pate will immer überall sein«, erwiderte Marc. »Überall existieren. Das ist übrigens genau das, was er im Leben macht. Jeder Ort, an dem er nicht existiert, erscheint ihm wie ein trostloser Raum, der ihm die Arme hinstreckt. Weil er sich vierzig Jahre lang so vervielfältigt hat, weiß er schon nicht mehr recht, wo er sich befindet, niemand weiß es mehr. Der Pate ist eigentlich ein Konglomerat aus Tausenden von Paten, die in denselben Typen gestopft worden sind. Er redet normal, er geht, er kauft ein, aber in Wirklichkeit weißt du nicht, was rauskommt, wenn du da reinlangst. Ein Schrotthändler, ein Bulle, ein Verräter, ein Straßenverkäufer, ein Schöpfer, ein Retter, ein Zerstörer, ein Seemann, ein Pionier, ein Penner, ein Mörder, ein Beschützer, ein Faulenzer, ein Prinz, ein Dilettant, ein Phantast, kurz, alles was du willst. In gewisser Weise ist das sehr praktisch. Nur, daß niemals du derjenige bist, der aussucht. Sondern er.«

»Ich hatte gedacht, wir sollten den Mund halten«, bemerkte Lucien.

»Ich bin nervös«, sagte Marc. »Ich habe das Recht zu reden. Schließlich bin ich in meinem Stockwerk.«

»Apropos Stockwerk, hast du die Seiten hingekritzelt, die ich da auf deinem Schreibtisch gelesen habe? Über den Handel in den Dörfern zu Anfang des 11. Jahrhunderts? Sind das deine Überlegungen? Ist das überprüft?«

»Niemand hat dir erlaubt, das zu lesen. Wenn's dir nicht paßt, aus deinen Schützengräben herauszukommen, zwingt dich auch keiner dazu.«

»Doch. Es hat mir nämlich gefallen. Was macht dein Pate da?«

Vandoosler hatte sich leise den Männern genähert, die mit Graben beschäftigt waren. Er hatte sich hinter Leguennec gestellt, den er um Kopfeslänge überragte. Leguennec war ein kleiner Bretone, untersetzt, mit kräftigem Haar und breiten Händen.

»Salut, Leguennec«, sagte Vandoosler mit sanfter Stimme.

Der Inspektor fuhr zusammen und drehte sich um. Er starrte Vandoosler überrascht an.

»Ja wie?« fragte Vandoosler. »Hast du deinen Chef vergessen?«

»Vandoosler ...«, sagte Leguennec langsam. »Also ... du steckst hinter dieser Sache?«

Vandoosler lächelte.

»Natürlich«, antwortete er. »Es ist mir ein Vergnügen, dich wiederzusehen.«

»Mir auch«, erwiderte Leguennec, »aber ...«

»Ich weiß. Ich werde mich nicht zu erkennen geben. Nicht sofort. Das würde keinen guten Eindruck machen. Mach dir keine Sorgen, ich werde genauso schweigen, wie auch du schweigen solltest, wenn du nichts findest.«

»Warum hast du ausgerechnet mich anrufen lassen?«

»Es schien mir genau das Richtige für dich zu sein. Und außerdem ist es dein Sektor. Und außerdem warst du früher von Natur aus neugierig. Du hast gerne Fische und sogar Meeresspinnen gefangen.«

»Glaubst du wirklich, daß die Frau ermordet worden ist?«

»Ich habe keine Ahnung. Aber ich bin mir sicher, daß irgendwas nicht stimmt. Sicher, Leguennec.«

»Was weißt du?«

»Nicht mehr, als was dir heute morgen am Telefon gesagt worden ist. Ein Freund von mir. Übrigens, müh dich nicht ab, die Typen zu suchen, die den ersten Graben ausgehoben haben. Auch Freunde. Das erspart dir Zeit. Kein Wort zu Relivaux. Er glaubt, ich will ihm helfen. Eine Wochenend-Geliebte im 15. Arrondissement. Ich geb dir die Adresse, falls es nötig wird. Ansonsten gibt es keinen Grund, ihm weiter auf den Wecker zu fallen, wir lassen's bleiben und schlagen die Sache nieder.«

»Natürlich«, sagte Leguennec.

»Ich verschwinde jetzt. Das ist klüger für dich. Geh das Risiko nicht ein, mich deswegen zu benachrichtigen«, sagte Vandoosler und deutete auf das Loch unter dem Baum. »Ich kann alles sehen, was passiert, ich wohne nebenan. Dort unterm Himmel.«

Vandoosler machte eine kurze Handbewegung in Richtung Wolken und verschwand.

»Sie buddeln wieder zu!« sagte Mathias. »Es war nichts drunter.«

Marc stieß einen Seufzer tiefer Erleichterung aus.

»Vorhang«, sagte Lucien.

Er rieb sich Arme und Beine, die ganz steif geworden waren von der langen Zeit am Fenster, wo er zwischen dem Jäger und Sammler und dem Mediävisten eingeklemmt gestanden hatte. Marc schloß das Fenster.

»Ich sag's Juliette«, sagte Mathias.

»Kann das nicht warten?« fragte Marc. »Du arbeitest doch heute abend dort?«

»Nein, heute ist Montag. Montags ist zu.«

»Ach, stimmt. Na, mach, was du willst.«

»Es erscheint mir doch angemessen«, sagte Mathias, »sie darüber zu informieren, daß ihre Freundin nicht unter dem Baum liegt, oder? Wir haben uns so schon genug Sorgen gemacht. Es ist angenehmer zu wissen, daß sie irgendwo herumbummelt.«

»Ja. Mach, was du willst.«

Mathias verschwand.

»Was denkst du?« fragte Marc Lucien.

»Ich denke, daß Sophia eine Karte von diesem Stelyos bekommen hat, daß sie den Typ wiedergesehen und sich entschlossen hat, mit dem Griechen abzuhauen, weil sie von ihrem Mann enttäuscht ist und sich in Paris langweilt und nach ihrer Heimat sehnt. Ein guter Entschluß. Ich ginge auch nicht gern mit Relivaux ins Bett. In zwei Monaten, wenn die erste Aufregung sich gelegt hat, wird sie sich melden. Eine kleine Postkarte aus Athen.«

»Nein, ich rede von Mathias. Mathias und Juliette, was denkst du darüber? Hast du nichts bemerkt?«

»Nichts Besonderes.«

»Aber so Kleinigkeiten? Hast du nicht so Kleinigkeiten bemerkt?«

»Doch, Kleinigkeiten schon. Weißt du, so Kleinigkeiten gibt es überall. Kein Grund zur Aufregung. Stört dich das? Wolltest du sie haben?«

»Ach, was«, entgegnete Marc. »In Wirklichkeit denke ich gar nichts darüber. Ich rede dummes Zeug. Vergiß es.«

Sie hörten, wie der Kommissar die Treppe heraufkam. Im Vorbeigehen rief er, er habe nichts zu melden.

»Einstellung der Kampfhandlungen«, sagte Lucien.

Bevor er ging, beobachtete er Marc, der immer noch vor seinem Fenster stand. Der Tag neigte sich.

»Du tätest besser daran, dich wieder an deinen Dorfhandel zu machen«, sagte er. »Es gibt nichts mehr zu sehen. Sie ist auf einer griechischen Insel. Sie spielt. Die Griechen sind sehr spielerisch veranlagt.«

»Woher hast du diese Information?«

»Ich habe sie gerade erfunden.«

»Du hast sicher recht. Sie ist bestimmt abgehauen.«

»Gingest du gern mit Relivaux ins Bett?«

»Erbarmen«, erwiderte Marc.

»Na also, da siehst du's. Sie ist abgehauen.«

15

Lucien heftete die Angelegenheit im Fegefeuer seines Geistes ab. Alles, was einmal sein Fegefeuer durchlaufen hatte, fiel schließlich nach ziemlich kurzer Zeit in die unzugänglichen Schubladen seines Gedächtnisses. Er machte sich wieder an sein Kapitel über die Propaganda im Krieg, das unter den Aufregungen der vergangenen vierzehn Tage gelitten hatte. Marc und Mathias nahmen die Arbeit an Werken wieder auf, die kein Verleger je von ihnen verlangt hatte. Sie sahen sich in diesen Tagen nur bei den Mahlzeiten, und Mathias, der nachts vom Dienst im *Tonneau* zurückkam, begrüßte seine Freunde wortkarg und stattete dem Kommissar einen kurzen Besuch ab. Unverändert stellte Vandoosler ihm jedesmal die Frage:

»Was Neues?«

Und Mathias schüttelte den Kopf, bevor er wieder in seinen ersten Stock hinunterstieg.

Vandoosler ging nicht schlafen, bevor Mathias zurück war. Er war wahrscheinlich der einzige, der weiter wartete, ebenso wie Juliette, die vor allem am Donnerstag immer wieder besorgt zur Restauranttür sah. Aber Sophia kam nicht zurück.

Tags darauf strahlte eine erfreuliche Maisonne vom Himmel. Nach all dem, was seit einem Monat an Regen heruntergekommen war, wirkte das belebend auf Juliette. Um drei machte sie wie gewöhnlich das Restaurant zu, während Mathias sein Kellnerhemd auszog und mit nacktem Oberkörper hinter einem Tisch seinen Pullover suchte. Juliette war nicht unempfänglich für dieses tägliche Ritual. Sie gehörte nicht zu der Art Frauen, die sich langweilen, aber seitdem Mathias im Restaurant servierte, war es besser. Mit ihrem anderen Kellner und ihrem Koch hatte sie wenig Gemeinsamkeiten. Mit Mathias gar keine. Aber es war leicht, mit Mathias zu reden, und zwar über alles, was man wollte, und das war wirklich angenehm.

»Komm nicht vor Dienstag wieder«, sagte Juliette, die sich offenbar ganz plötzlich entschieden hatte. »Wir machen das übers Wochenende zu. Ich fahr mal nach Hause, in die Normandie. Alle diese Geschichten von Löchern und Bäumen machen mich ganz trübsinnig. Ich werde mir Gummistiefel anziehen und im nassen Gras spazierengehen. Ich mag Gummistiefel und die Zeit Ende Mai.«

»Das ist eine gute Idee«, bemerkte Mathias, der sich Juliette überhaupt nicht in Gummistiefeln vorstellen konnte.

»Eigentlich könntest du mitkommen, wenn du magst. Ich glaube, es wird schönes Wetter. Du bist bestimmt jemand, der das Land mag.«

»Das ist wahr«, sagte Mathias.

»Du kannst den heiligen Markus und den heiligen Lukas und auch den funkelnden alten Kommissar mitbringen, wenn ihr Lust habt. Mir liegt nicht so sehr an Einsamkeit. Das Haus ist groß, es gibt Platz für alle. Na, macht, wie ihr wollt. Habt ihr ein Auto?«

»Wir haben kein Auto mehr, weil wir in der Scheiße sitzen. Aber ich weiß, wo wir eins leihen können. Ich habe noch einen Freund in einer Werkstatt. Warum sagst du ›funkelnd‹?«

»Nur so. Er hat ein schönes Gesicht, nicht? Mit seinen Falten erinnert er mich an eine dieser überladenen spätgotischen Kirchen, die in alle Richtungen streben und die so aussehen, als ob sie reißen würden, wie löchriger Stoff, und die trotzdem stehenbleiben. Er imponiert mir schon.«

»Kennst du dich denn mit Kirchen aus?«

»Stell dir vor, als ich klein war, bin ich regelmäßig zur Messe gegangen. Manchmal hat unser Vater uns sonntags bis zur Kathedrale von Évreux geschleppt, und während der Predigt habe ich die Broschüre über die Kathedrale gelesen. Du brauchst nicht weiter zu suchen, das ist alles, was ich von den überladenen spätgotischen Kirchen weiß. Ärgert dich das, wenn ich sage, daß der Alte mich an die Kathedrale von Évreux erinnert?«

»Aber nein«, erwiderte Mathias.

»Ich kenne übrigens doch noch andere außer der in Évreux. Die kleine Kirche von Caudebeuf. Schwer, schlicht, sehr alt, sie hat für mich etwas Beruhigendes. Aber damit hört es schon auf mit Kirchen und allem, was ich über sie weiß.«

Juliette lächelte.

»Jetzt habe ich wirklich Lust, viel zu laufen. Oder Fahrrad zu fahren.«

»Marc hat sein Fahrrad verkaufen müssen. Hast du vielleicht mehrere?«

»Zwei. Also, wenn ihr Lust habt zu kommen: Das Haus ist in Verny-sur-Besle, ein Dorf nicht weit von Bernay, ein Nest. Wenn du die Route Nationale nimmst, ist es der große Bauernhof links von der Kirche. Der Hof heißt ›Le Mesnil‹. Da gibt es ein kleines Flüßchen und Apfelbäume, lauter Apfelbäume. Keine Buchen. Kannst du dir das merken?«

»Ja«, sagte Mathias.

»Ich verschwinde jetzt«, sagte Juliette und ließ die Rolläden herunter. »Ihr braucht mir nicht extra Bescheid zu geben, wenn ihr kommt. Telefon gibt es sowieso nicht.«

Sie lachte, küßte Mathias auf die Wange und verschwand winkend. Mathias stand allein auf dem Bürgersteig. Die Autos stanken. Er dachte, er könnte vielleicht in dem kleinen Flüßchen baden, wenn die Sonne sich halten würde. Juliette hatte weiche Haut, und es war angenehm, wenn sie auf einen zukam. Mathias setzte sich in Bewegung und ging mit sehr langsamen Schritten zur Bruchbude. Die Sonne wärmte seinen Nacken. Die Versuchung war groß, eindeutig. Die Versuchung, in dieses Kaff Verny-sur-Besle einzutauchen und mit dem Fahrrad bis nach Caudebeuf zu fahren, auch wenn er mit diesen kleinen Kirchen nicht viel am Hut hatte. Marc dagegen würde die Kirche gefallen. Denn es kam nicht in Frage, alleine hinzufahren. Allein mit Juliette, mit ihrem Lachen, ihrem rundlichen, gelenkigen, weißen und entspannten Körper – das Eintauchen könnte zu einem Versinken werden. Das Risiko war Mathias recht klar, und in gewisser Weise fürchtete er es. Er fühlte sich in diesem Moment so schwerfällig. Klüger wäre es, die beiden anderen und auch den Kommissar mitzunehmen. Der Kommissar würde die Kathedrale von Évreux in all ihrer prachtvollen Größe und zerfransten Dekadenz besichtigen. Vandoosler zu überzeugen wäre einfach. Der Alte bewegte sich gern, sah sich gern um. Dann den Kommissar die beiden anderen überzeugen lassen. Die Idee war jedenfalls gut. Es würde allen gut tun, auch wenn Marc lieber in Städten herumzog und Lucien gegen die schlichte Bäuerlichkeit des Vorhabens wettern würde.

Gegen sechs Uhr abends fuhren sie alle vier los. Lucien, der seine Dossiers mitgenommen hatte, schimpfte auf dem Rücksitz des Autos über die primitive Bäuerlichkeit von Mathias. Mathias fuhr und lächelte. Sie kamen zum Abendessen an.

Die Sonne hielt sich. Mathias verbrachte viel Zeit nackt im Wasser des kleinen Flusses, und niemand verstand, wieso er die Kälte nicht spürte. Er stand sehr früh am Samstag morgen auf, streifte im Garten herum, besichtigte den Holzschuppen, den Vorratsraum, die alte Kelterei und verschwand, um Caudebeuf zu besichtigen und um zu sehen, ob die Kirche ihm ähnelte. Lucien verbrachte viel Zeit damit, im Gras über seinen Dossiers zu schlafen. Marc verbrachte Stunden auf dem

Fahrrad. Armand Vandoosler erzählte Juliette Geschichten wie am ersten Abend im *Tonneau*.

»Ihre Evangelisten sind nett«, sagte Juliette.

»In Wahrheit sind es nicht meine«, entgegnete Vandoosler. »Ich tue nur so.«

Juliette schüttelte den Kopf.

»Muß man eigentlich unbedingt heiliger Dingsbums zu ihnen sagen?« fragte sie.

»Oh, nein ... Ganz im Gegenteil, das ist eine selbstgefällige und kindische Laune, die mir eines Tages in den Sinn kam, als ich sie so in den Fenstern stehen sah ... Es ist nur ein Spiel. Ich bin ein Spieler und auch ein Lügner, ein Fälscher. Kurz, ich spiele, ich verändere sie, und das kommt dann dabei raus. Und dann stelle ich mir vor, daß jeder von ihnen etwas Strahlendes hat. Nicht? Jedenfalls ärgert sie das. Jetzt habe ich es mir angewöhnt.«

»Ich auch«, bemerkte Juliette.

16

Als sie am Montag abend zurückfuhren, wollte Lucien es zwar nicht zugeben, aber die drei Tage waren wunderbar gewesen. Seine Untersuchung über die Propaganda im Hinterland war zwar nicht vorangekommen, dafür aber seine Ausgeglichenheit. Sie aßen in Ruhe zu Abend, und niemand wurde laut, nicht einmal er selbst. Mathias hatte Zeit zu reden, und Marc hatte Zeit, schöne lange Sätze, einige Lappalien betreffend, zu bauen. Zu Marcs Aufgaben gehörte es, abends den Müllsack vor das Gartentor zu stellen. Er packte ihn immer mit der linken Hand, der Hand mit den Ringen. Um den Abfall zu bannen. Tief in Gedanken kam er ohne den Sack wieder zurück. In den folgenden zwei Stunden ging er noch mehrfach hinaus, lief bis zum Gartentor und kam wieder ins Haus zurück.

»Was ist denn mit dir?« fragte Lucien schließlich. »Inspizierst du deine Besitzungen?«

»Auf dem Mäuerchen gegenüber von Sophias Haus sitzt eine junge Frau. Sie hat ein schlafendes Kind im Arm. Sie sitzt da schon seit über zwei Stunden.«

»Gib's auf«, bemerkte Lucien. »Sie wartet sicher auf jemanden. Mach's nicht wie dein Pate, misch dich nicht in alles ein. Was mich angeht, ich habe die Nase voll.«

»Es ist nur wegen dem Kind«, sagte Marc. »Ich finde, es wird langsam kühl.«

»Bleib ruhig«, entgegnete Lucien.

Aber niemand verließ den großen Raum. Sie machten sich einen zweiten Kaffee. Es begann leicht zu nieseln.

»Es wird die ganze Nacht schiffen«, sagte Mathias. »Wie trübe für einen 31. Mai.«

Marc biß sich auf die Lippen. Er ging noch einmal hinaus.

»Sie sitzt immer noch da«, sagte er, als er wiederkam. »Sie hat das Kind in ihren Blouson gewickelt.«

»Was für ein Typ Frau?« fragte Mathias.

»Ich habe sie nicht angestarrt«, antwortete Marc. »Ich will ihr keine Angst machen. Nicht zerlumpt, wenn du das meinst. Aber zerlumpt oder nicht, wir werden doch eine junge Frau und ihr Kind nicht die ganze Nacht im Regen stehen lassen? Doch? O. k., Lucien, gib mir deine Krawatte. Beeilung.«

»Meine Krawatte? Wozu das? Willst du sie mit dem Lasso fangen?«

»Idiot«, sagte Marc. »Um ihr keine Angst zu machen, das ist alles. Krawatten haben was Beruhigendes. Na los, beeil dich, es regnet.« Und er fuchtelte mit den Händen.

»Warum soll ich eigentlich nicht selbst gehen?« fragte Lucien. »Dann bräuchte ich meine Krawatte nicht aufzumachen. Außerdem paßt das Muster überhaupt nicht zu deinem schwarzen Hemd.«

»Du gehst nicht raus, weil du kein vertrauenerweckender Typ bist, das ist alles«, sagte Marc, während er sich rasch die Krawatte umband. »Und wenn ich sie reinbringe, dann starrt sie nicht an wie eine Beute. Seid natürlich.«

Marc ging hinaus, und Lucien fragte Mathias, wie man einen natürlichen Eindruck erweckt.

»Wir müssen essen«, antwortete Mathias. »Niemand hat Angst vor jemandem, der ißt.«

Er griff nach dem Brotbrett und schnitt zwei dicke Scheiben ab. Eine davon gab er Lucien.

»Aber ich habe keinen Hunger«, jammerte Lucien.

»Iß das Brot.«

Mathias und Lucien hatten begonnen, ihre dicke Scheibe zu mümmeln, als Marc eintrat und sanft eine müde, schweigende junge Frau vor sich her schob, die ein recht großes Kind an sich drückte. Marc fragte sich flüchtig, warum Mathias und Lucien Brot aßen.

»Nehmen Sie bitte Platz«, sagte er etwas förmlich, um die junge Frau zu beruhigen.

Er nahm ihr ihre nassen Sachen ab.

Mathias verließ den Raum, ohne etwas zu sagen, und kam mit einer Daunendecke und einem sauber bezogenen Kopfkissen wieder. Mit einer Handbewegung forderte er die junge Frau auf, das Kind auf das kleine Bett in der Ecke neben dem Kamin zu legen. Mit sanften Bewegungen deckte er das Kind zu und ging daran, Feuer zu machen. Ganz der Jäger und Sammler mit dem weiten Herzen, dachte Lucien und zog eine Grimasse. Aber Mathias' stumme Gesten hatten ihn gerührt. Er selbst hätte nicht daran gedacht. Lucien hatte leicht einen Kloß im Hals.

Die junge Frau hatte fast keine Angst mehr und fror schon sehr viel weniger. Das mußte am Kaminfeuer liegen. So etwas hat immer positive Auswirkungen, sowohl auf die Angst als auch auf das Frieren, und Mathias hatte ein mächtiges Feuer gemacht. Danach aber wußte er nicht, was er sagen sollte. Er preßte seine Handflächen aneinander, wie um das Schweigen zu zermalmen.

»Ein Junge oder ein Mädchen?« fragte Marc, um höflich zu sein. »Ich meine, das Kind?«

»Es ist ein Junge«, sagte die junge Frau. »Er ist fünf Jahre alt.«

Marc und Lucien nickten würdevoll mit dem Kopf.

Die junge Frau löste den Schal, den sie um ihren Kopf geschlungen hatte, schüttelte ihr Haar, legte den nassen Schal über die Rückenlehne ihres Stuhls und hob die Augen, um zu sehen, wohin es sie verschlagen hatte. Im Grunde musterten sich alle. Aber die drei Evangelisten brauchten nicht viel Zeit, um zu bemerken, daß das Gesicht ihres Flüchtlings zart genug war, um einen Heiligen in Versuchung zu führen. Auch wenn sie keine Schönheit auf den ersten Blick war. Sie mußte etwa dreißig Jahre alt sein. Klares Gesicht, kindliche Lippen, ausgeprägte Wangenknochen, dichtes schwarzes Haar, das im Nacken kurz gehalten war – all das machte Marc Lust, dieses Gesicht zu umfassen. Marc mochte gestreckte, zarte Körper. Aber er konnte nicht erkennen, ob der Blick abenteuerlustig und herausfordernd war oder ob er sich zittrig, verdunkelt und schüchtern versteckte.

Die junge Frau war weiterhin angespannt und warf ihrem schlafenden Jungen häufige, kurze Blicke zu. Sie lächelte ein bißchen. Sie wußte nicht, wo anfangen und ob überhaupt anfangen. Die Namen? Wenn man vielleicht mit den Namen anfinge? Marc stellte alle vor. Er fügte hinzu, daß sein Onkel, ein ehemaliger Polizeibeamter, im vierten Stock schliefe. Das war zwar ein etwas umständliches Detail, aber es war nützlich. Die junge Frau schien etwas beruhigter. Sie stand sogar auf und wärmte sich am Feuer. Sie trug eine Leinenhose, die an den Oberschenkeln und über der schmalen Hüfte recht eng saß, und ein sehr weites Hemd. Ganz anders als die feminine Art von Juliette in ihren schulterfreien Kleidern. Aber da war dieses schöne kleine, klare Gesicht über dem Hemd.

»Fühlen Sie sich nicht verpflichtet, Ihren Namen zu sagen«, sagte Marc. »Es ist nur, weil es geregnet hat. Also da ... mit dem Kleinen, da haben wir gedacht ... Na ja ... wir haben gedacht.«

»Danke«, sagte die junge Frau. »Es ist nett, daß Sie gedacht haben, ich wußte nicht mehr, was ich machen sollte. Aber ich kann meinen Namen sagen, Alexandra Haufman.«

»Deutsche?« fragte Lucien abrupt.

»Halb«, erwiderte sie etwas überrascht. »Mein Vater ist Deutscher, aber meine Mutter ist Griechin. Viele nennen mich Lex.«

Lucien pfiff leise durch die Zähne.

»Griechin?« fragte Marc. »Ihre Mutter ist Griechin?«

»Ja«, antwortete Alexandra. »Aber ... was ist damit? Ist das so interessant? In unserer Familie sind viele ins Ausland gegangen. Ich bin in Frankreich geboren. Wir leben in Lyon.«

Sie hatten in der Baracke kein Stockwerk für die Antike vorgesehen, weder für die griechische noch für die römische. Aber natürlich dachten alle gleich wieder an Sophia Simeonidis. Eine junge Frau, halb Griechin, die stundenlang vor Sophias Haus saß. Mit sehr schwarzen Haaren und sehr dunklen Augen, genau wie sie. Mit einer klangvollen und tiefen Stimme, genau wie sie. Mit zerbrechlichen Handgelenken und langen, zierlichen Händen, genau wie sie. Bis auf den Unterschied, daß Alexandra kurze, abgekaute Fingernägel hatte.

»Haben Sie auf Sophia Simeonidis gewartet?« fragte Marc.

»Woher wissen Sie das?« fragte Alexandra. »Kennen Sie sie?«

»Wir sind Nachbarn«, bemerkte Mathias.

»Ach, natürlich, bin ich blöd«, sagte sie. »Aber in ihren Briefen an meine Mutter hat Tante Sophia nie von Ihnen gesprochen. Aber sie schreibt auch nicht oft.«

»Wir sind neu hier«, erklärte Marc.

Die junge Frau schien zu verstehen. Sie blickte sich um.

»Ach so, dann sind Sie diejenigen, die das verlassene Haus übernommen haben? Die Bruchbude?«

»Genau«, sagte Marc.

»Es sieht aber gar nicht so runtergekommen hier aus. Vielleicht ein bißchen kahl ... fast klösterlich.«

»Wir haben viel dran gemacht«, erklärte Marc. »Aber das tut jetzt nichts zur Sache. Sind Sie wirklich die Nichte von Sophia?«

»Wirklich«, sagte Alexandra. »Sie ist die Schwester meiner Mutter. Das scheint Sie nicht gerade zu freuen. Mögen Sie Tante Sophia nicht?«

»Doch, sehr sogar«, erwiderte Marc.

»Um so besser. Ich habe sie angerufen, als ich mich entschlossen hatte, nach Paris zu kommen, und sie hat mir angeboten, mich und den Kleinen bei sich aufzunehmen, bis ich eine neue Arbeit finde.«

»Hatten Sie in Lyon keine mehr?«

»Doch, aber ich habe sie aufgegeben.«

»Hat sie Ihnen nicht gefallen?«

»Doch, es war eine schöne Arbeit.«

»Haben Sie Lyon nicht gemocht?«

»Doch.«

»Also«, mischte Lucien sich ein, »warum ziehen Sie dann hierher?«

Die junge Frau blieb einen Augenblick stumm, preßte die Lippen zusammen und versuchte offensichtlich, etwas zu unterdrücken. Sie verschränkte die Arme und preßte sie ebenfalls zusammen.

»Ich glaube, es war dort ein bißchen traurig«, sagte sie.

Mathias begann sofort, weitere Brotscheiben abzuschneiden. Im Grunde war das Brot gar nicht schlecht. Er bot Alexandra eine Scheibe mit Marmelade an. Sie lächelte, akzeptierte und streckte die Hand aus. Dazu mußte sie wieder den Kopf heben. Unbestreitbar standen ihr Tränen in den Augen. Sie spannte ihr Gesicht an und schaffte es, die Tränen in den Augen zu behalten und zu verhindern, daß sie ihr über die Wangen rannen. Aber plötzlich zitterte ihr Mund. Eins von beiden ist es immer.

»Ich versteh das nicht«, nahm Alexandra das Gespräch wieder auf, während sie ihr Brot aß. »Tante Sophia hatte seit zwei Monaten alles organisiert. Sie hatte den Kleinen in der Schule hier im Viertel angemeldet. Alles war vorbereitet. Sie hat mich heute erwartet und sollte mich am Bahnhof abholen, um mir mit dem Kleinen und dem Gepäck zu helfen. Ich habe lange auf sie gewartet, dann habe ich gedacht, daß sie mich nach zehn Jahren vielleicht nicht wiedererkannt hat und wir uns auf dem Bahnsteig verpaßt haben. Daraufhin bin ich hierhergekommen. Aber niemand ist da. Ich versteh das nicht. Ich habe weiter gewartet. Vielleicht sind sie im Kino. Aber das kommt mir komisch vor. Sophia hätte mich nicht vergessen.«

Alexandra wischte sich rasch über die Augen und sah Mathias an. Mathias machte ihr ein zweites Brot zurecht. Sie hatte nicht zu Abend gegessen.

»Wo ist Ihr Gepäck?« fragte Marc.

»Ich habe es an dem Mäuerchen gelassen. Aber holen Sie es nicht! Ich nehme ein Taxi, suche ein Hotel und rufe Tante Sophia morgen an. Es muß ein Mißverständnis gegeben haben.«

»Ich glaube nicht, daß das die beste Lösung ist«, meinte Marc.

Er sah die beiden anderen an. Mathias senkte den Kopf und betrachtete das Brotbrett. Lucien verdrückte sich und ging im Raum umher.

»Hören Sie«, sagte Marc. »Sophia ist seit zwölf Tagen verschwunden. Wir haben sie seit Donnerstag, dem 20. Mai, nicht mehr gesehen.«

Die junge Frau richtete sich auf ihrem Stuhl auf und starrte die drei Männer an.

»Verschwunden?« murmelte sie. »Was ist das denn für eine Geschichte?«

Die leicht hängenden, schüchternen und abenteuerlustigen Augen füllten sich wieder mit Tränen. Sie hatte gesagt, sie sei ein bißchen traurig. Vielleicht. Aber Marc hätte gewettet, daß sehr viel mehr dahintersteckte. Sie hatte sicher mit ihrer Tante gerechnet, um aus Lyon zu fliehen, um vom Ort einer Katastrophe zu fliehen. Er kannte diese Reaktion. Und am Ende der Reise war Sophia nun plötzlich nicht da.

Marc setzte sich neben sie. Er suchte nach den richtigen Worten, um von Sophias Verschwinden zu erzählen, von der Verabredung mit dem Stern in Lyon, dem vermuteten Verschwinden mit Stelyos. Lucien stellte sich hinter ihn und nahm seine Krawatte wieder an sich, ohne daß Marc es zu bemerken schien. Alexandra hörte

Marc stumm zu. Lucien band sich die Krawatte um und versuchte die Dinge etwas zu mildern, indem er sagte, Pierre Relivaux sei nicht gerade ein klasse Typ. Mathias setzte seinen massigen Körper in Bewegung, legte Holz im Kamin nach, durchquerte das Zimmer und legte die Decke wieder richtig über das Kind. Es war ein schönes Kind, mit dunklem Haar wie seine Mutter, nur daß es gelockt war. Und mit ganz dunklen Augenbrauen. Aber Kinder sind immer hübsch, wenn sie schlafen. Man müßte den nächsten Morgen abwarten, um es genauer zu wissen. Natürlich nur, wenn die Mutter bleiben würde.

Alexandra schüttelte mit feindselig zusammengepreßten Lippen den Kopf.

»Nein«, sagte sie. »Nein. So etwas hätte Tante Sophia nicht gemacht. Sie hätte mir Bescheid gesagt.«

Na bitte, dachte Lucien, genau wie Juliette. Warum sind sich die Leute so sicher, daß sie unvergeßlich sind?

»Es ist irgend etwas anderes. Es muß ihr etwas zugestoßen sein«, sagte Alexandra mit leiser Stimme.

»Nein«, sagte Lucien und verteilte Gläser. »Wir haben uns bemüht. Wir haben sogar unter dem Baum gesucht.«

»Idiot«, zischte Marc undeutlich.

»Unter dem Baum?« fragte Alexandra. »Unter dem Baum gesucht?«

»Das hat keine Bedeutung«, erwiderte Marc. »Er redet dummes Zeug.«

»Ich glaube nicht, daß er dummes Zeug redet«, sagte Alexandra. »Was ist los? Es geht um meine Tante, ich muß das wissen!«

Marc schluckte seine Verärgerung über Lucien hinunter und erzählte in abgehackten Sätzen die Geschichte mit dem Baum.

»Und Sie haben alle daraus geschlossen, daß sich Tante Sophia irgendwo mit Stelyos vergnügt?« fragte Alexandra.

»Ja. Das heißt, fast alle«, erklärte Marc. »Ich glaube, der Pate – das ist mein Onkel – ist mit dieser Erklärung nicht ganz einverstanden. Und mich stört der Baum immer noch. Aber Sophia hat sich irgendwohin verdrückt. Das ist sicher.«

»Und ich sage Ihnen, das ist unmöglich«, entgegnete Alexandra und schlug auf den Tisch. »Selbst von Delos aus hätte Tante Sophia mich angerufen, um mir Bescheid zu geben. Ich habe mich immer auf sie verlassen können. Außerdem liebte sie Pierre. Es ist ihr etwas zugestoßen! Ganz sicher! Wenn Sie mir nicht glauben, dann glaubt mir die Polizei! Ich muß zur Polizei!«

»Morgen«, erwiderte Marc bewegt. »Vandoosler läßt Inspektor Leguennec kommen, und Sie machen Ihre Aussage, wenn Sie wollen. Er wird sogar die Ermittlung wiederaufnehmen, wenn der Pate ihn darum bittet. Ich glaube, der Pate hat ziemlich viel Einfluß auf diesen Leguennec, wenn er will. Sie sind alte Kumpels seit ihren Walfangboot-Kartenspielen in der Irischen See. Aber Sie müssen wissen, daß Pierre Relivaux nicht gerade sehr nett zu Sophia war. Er hat sie nicht mal als vermißt gemeldet und hat das auch nicht vor. Es ist sein Recht, seiner Frau Bewegungsfreiheit zu lassen. Die Bullen können nichts tun.«

»Kann man die nicht jetzt anrufen? *Ich* würde sie als vermißt melden.«

»Sie sind nicht Sophias Ehemann. Und jetzt ist es fast zwei Uhr«, erklärte Marc. »Wir müssen warten.«

Sie hörten, wie Mathias, der verschwunden war, mit langsamen Schritten die Treppe herabkam.

»Entschuldige, Lucien«, sagte er, als er die Tür öffnete, »ich habe das Fenster in deinem Stock benutzt. Meines liegt nicht hoch genug.«

»Wer tiefstehende Epochen wählt, darf sich hinterher nicht beklagen, daß er nichts sieht«, entgegnete Lucien.

»Relivaux ist nach Hause gekommen«, fuhr Mathias fort, ohne Lucien zu beachten. »Er hat Licht gemacht, ist in die Küche gegangen und hat sich gerade hingelegt.«

»Ich geh zu ihm«, sagte Alexandra und stand abrupt auf. Vorsichtig hob sie den Jungen hoch, lehnte seinen

Kopf gegen ihre Schulter, schwarzes Haar an schwarzem Haar, und packte mit einer Hand ihren Schal und ihren Blouson.

Mathias versperrte ihr die Tür.

»Nein«, sagte er.

Alexandra hatte nicht wirklich Angst. Aber es sah so aus. Sie verstand nichts.

»Ich danke Ihnen allen dreien«, sagte sie mit fester Stimme. »Sie haben mir einen großen Dienst erwiesen, aber da mein Onkel jetzt nach Hause gekommen ist, gehe ich zu ihm.«

»Nein«, wiederholte Mathias. »Ich versuche nicht, Sie hier zurückzuhalten. Wenn Sie lieber woanders schlafen, dann begleite ich Sie bis zu einem Hotel. Aber Sie gehen nicht zu Ihrem Onkel.«

Wie ein Fels versperrte Mathias die ganze Tür. Über Alexandras Schulter warf er Marc und Lucien einen Blick zu – mehr, um seinen Willen deutlich zu machen, als um Zustimmung zu suchen.

Dickköpfig stand Alexandra Mathias gegenüber.

»Es tut mir sehr leid«, sagte Mathias. »Aber Sophia ist verschwunden. Ich lasse Sie nicht dahin.«

»Warum?« fragte Alexandra. »Was verheimlichen Sie mir? Ist Tante Sophia dort? Wollen Sie nicht, daß ich sie sehe? Haben Sie mich belogen?«

Mathias schüttelte den Kopf.

»Nein. Es ist die Wahrheit«, sagte er langsam. »Sie ist verschwunden. Es ist möglich, daß sie bei diesem Stelyos ist. Ebenso kann man, so wie Sie, glauben, daß ihr etwas zugestoßen ist. *Ich* denke, daß Sophia ermordet worden ist. Und bis wir wissen, von wem, lasse ich Sie nicht zu ihm. Weder Sie noch den Kleinen.«

Mathias stand vor der Tür wie festgewachsen. Sein Blick ließ die junge Frau nicht los.

»Hier ist es für ihn besser als im Hotel, glaube ich«, sagte Mathias. »Geben Sie ihn mir.«

Mathias streckte seine langen Arme aus, und Alexandra gab ihm, ohne etwas zu sagen, das Kind. Marc und Lucien waren stumm damit beschäftigt, den ruhigen Staatsstreich von Mathias zu verarbeiten. Mathias gab die Tür frei, legte den Jungen wieder auf das Bett und deckte ihn zum zweiten Mal zu.

»Er hat einen tiefen Schlaf«, sagte Mathias lächelnd. »Wie heißt er?«

»Cyrille«, antwortete Alexandra.

Ihre Stimme klang spröde. Sophia ermordet. Aber was wußte dieser große Typ darüber? Und warum ließ sie ihn machen?

»Sind Sie sicher, was Sie da sagen? Über Tante Sophia?«

»Nein«, erwiderte Mathias. »Aber ich bin lieber vorsichtig.«

Lucien stieß plötzlich einen tiefen Seufzer aus.

»Ich glaube, es ist besser, sich auf die jahrtausendealte Weisheit von Mathias zu verlassen«, sagte er. »Sein wacher Instinkt geht bis auf die letzte Eiszeit zurück. Er kennt sich mit den Gefahren der Steppe und allen möglichen wilden Tieren aus. Ja, ich glaube, es ist besser, wenn Sie sich dem Schutz dieses primitiven Blonden mit seinem schlichten, aber im großen und ganzen doch nützlichen Instinkt anvertrauen.«

»Stimmt«, sagte Marc, der noch immer unter dem Schock stand, den Mathias' Verdacht in ihm ausgelöst hatte. »Wollen Sie hier wohnen, bis die Dinge sich klären? Hier im Erdgeschoß gibt es einen kleinen Nebenraum, in dem wir Ihnen ein Schlafzimmer einrichten können. Es wird nicht sehr warm sein und auch etwas ... klösterlich, wie Sie sagen. Das ist komisch, Ihre Tante Sophia nennt den großen Raum hier das ›Refektorium der Mönche‹. Wir werden Sie nicht stören, wir haben jeder unsere eigene Etage. Wir treffen uns hier unten nur zum Reden, Schreien, Essen oder Feuermachen, um die wilden Tiere fernzuhalten. Sie können Ihrem Onkel sagen, daß Sie ihn angesichts der Umstände nicht stören wollen. Was auch geschehen mag, hier ist immer jemand. Wie entscheiden Sie sich?«

Alexandra hatte an diesem Abend genug erfahren, um

sich erschöpft zu fühlen. Sie musterte erneut die Gesichter der drei Männer, überlegte einen Moment, betrachtete den schlafenden Cyrille und bekam eine leichte Gänsehaut.

»Einverstanden«, sagte sie. »Ich danke Ihnen.«

»Lucien, hol das Gepäck herein«, sagte Marc. »Und du, Mathias, hilf mir, das Bett von dem Kleinen in den Nebenraum zu tragen.«

Sie transportierten die Liege in den anderen Raum und stiegen in den zweiten Stock hinauf, um ein weiteres Bett zu holen, das Marc noch aus besseren Tagen besaß, außerdem noch eine Lampe und einen Teppich, die Lucien zur Verfügung stellte.

»Das bekommt sie, weil sie traurig ist«, sagte Lucien, während er seinen Teppich zusammenrollte.

Nachdem das Zimmer in etwa eingerichtet war, nahm Marc den Schlüssel und steckte ihn von der Innenseite ins Schloß, damit Alexandra Haufman sich einschließen konnte, wenn sie wollte. Er machte es sehr gewandt und kommentarlos. Immer wieder die diskrete Eleganz des verarmten Adligen, dachte Lucien. Man sollte daran denken, ihm einen Siegelring zu kaufen, damit er künftig seine Briefe mit rotem Siegellack verschließen könnte. Das würde ihm sicherlich sehr gefallen.

17

Fünfzehn Minuten nach dem morgendlichen Anruf von Vandoosler erschien Inspektor Leguennec. Nach kurzem Getuschel mit seinem ehemaligen Chef bat er um ein kurzes Gespräch mit der jungen Frau. Marc verließ den großen Raum und konnte seinen Paten nur unter Anwendung von Gewalt ebenfalls dazu bringen, Alexandra mit dem kleinen Inspektor allein zu lassen.

Vandoosler ging mit seinem Neffen im Garten auf und ab.

»Wenn sie nicht aufgetaucht wäre, hätte ich die Sache sein lassen, glaube ich. Was hältst du von dem Mädchen?« fragte Vandoosler.

»Red leiser«, sagte Marc. »Der kleine Cyrille spielt im Garten. Sie ist nicht blöd und traumhaft schön. Das hast du sicher bemerkt, vermute ich.«

»Natürlich«, erwiderte Vandoosler gereizt. »Das sieht ein Blinder. Und weiter?«

»Es ist schwirig, das in so kurzer Zeit genauer zu beurteilen.«

»Du hast immer gesagt, daß dir fünf Minuten ausreichen, um klar zu sehen.«

»Nun, das stimmt nicht ganz. Wenn Leute mit traurigen Angelegenheiten beschäftigt sind, ist es schwerer, sie klar zu beurteilen. Und wenn du meine Meinung wissen willst, bei ihr ist ganz ordentlich was zusammengebrochen. Das trübt die Sicht, wie bei einem Wasserfall, einer großen Kaskade aus Wasser und Enttäuschungen. Die Geschichte mit dem Wasserfall kenn ich gut.«

»Hast du sie danach gefragt?«

»Ich hab dir doch gesagt, du sollst leiser reden. Nein, ich habe sie nicht gefragt. So etwas macht man nicht, stell dir vor. Ich vermute, schätze ab, vergleiche. Das ist keine große Hexerei.«

»Glaubst du, sie ist rausgeworfen worden?«

»Bei dem Thema solltest du besser die Klappe halten«, erwiderte Marc.

Der Pate preßte die Lippen zusammen und kickte einen Stein vor sich her.

»Das war mein Stein«, sagte Marc schroff. »Ich habe ihn mir letzten Donnerstag da zurechtgelegt. Du könntest fragen, bevor du ihn dir nimmst.«

Vandoosler kickte den Stein ein Weilchen vor sich her. Dann verschwand der Stein im hohen Gras.

»Sehr geschickt«, sagte Marc. »So einen findet man nicht so schnell noch mal.«

»Weiter«, sagte Vandoosler.

»Der Wasserfall also. Nimm noch das Verschwinden der Tante hinzu, und du hast schon 'ne ganze Menge. Ich habe den Eindruck, das Mädchen ist aufrichtig. Sanft, echt, zerbrechlich, ganz viele empfindliche Ecken, die man nicht kaputtmachen darf, so wie ihr Nacken. Aber trotzdem jähzornig und leicht verletzbar. Wegen jeder Kleinigkeit schiebt sie ihren Unterkiefer vor. Nein, das stimmt nicht ganz. Sagen wir, differenzierte Gedanken, verbunden mit einem eigensinnigen Temperament. Oder das Gegenteil, eigensinnige Gedanken, verbunden mit einem differenzierten Temperament. Scheiße, ich habe keine Ahnung, ist auch völlig egal. Aber in der Sache mit ihrer Tante geht sie bis ans bittere Ende, da kannst du Gift drauf nehmen. Davon abgesehen – sagt sie wirklich die Wahrheit? Auch das weiß ich nicht. Was macht Leguennec? Ich meine, was macht ihr beide jetzt?«

»Mit der Diskretion aufhören. Wie du ganz richtig sagst, wird das Mädchen auf jeden Fall Himmel und

Hölle in Bewegung setzen. Also können wir auch gleich richtig loslegen und die Ermittlung unter egal welchem Vorwand aufnehmen. Das ist alles so undurchsichtig und wird uns sonst aus den Händen gleiten. Wir müssen als erste schießen, denke ich. Aber es ist unmöglich, die Geschichte mit der Verabredung und dem Stern in Lyon zu überprüfen, der Ehemann erinnert sich nicht mehr an den Namen des Hotels, der auf der Karte stand. Er weiß nicht mal, wo die Karte abgeschickt wurde. Ein Gedächtnis wie ein Sieb. Oder er macht uns was vor, und die Karte hat nie existiert. Leguennec hat alle Hotels in Lyon anrufen lassen. Bei keinem war jemand unter dem Namen gemeldet.«

»Denkst du dasselbe wie Mathias? Daß Sophia umgebracht worden ist?«

»Langsam, langsam, mein Junge. Der heilige Matthäus geht ein bißchen schnell vor.«

»Mathias kann schnell sein, wenn es nötig ist. So sind die Jäger und Sammler manchmal. Aber warum ein Mord? Warum nicht ein Unfall?«

»Ein Unfall? Nein. Dann wäre die Leiche schon lange gefunden worden.«

»Dann wäre es also möglich? Mord?«

»Leguennec glaubt, ja. Sophia Simeonidis war in der Tat sehr reich. Ihr Mann dagegen ist abhängig von politischen Veränderungen, er kann sehr schnell auf eine niedrigere Stelle versetzt werden. Aber es gibt keine Leiche, Marc. Keine Leiche, kein Mord.«

Als Leguennec aus dem Haus kam, tuschelte er erneut mit Vandoosler, nickte dann und ging, klein und sehr energisch.

»Was wird er tun?« fragte Marc.

»Die Ermittlungen aufnehmen. Mit mir Karten spielen. Pierre Relivaux bearbeiten. Und glaub mir, von Leguennec bearbeitet zu werden ist wirklich nicht lustig. Seine Geduld kennt keine Grenzen. Ich war mit ihm auf einem Trawler, ich weiß, wovon ich rede.«

Die Nachricht kam zwei Tage später und schlug ein wie eine Bombe. Leguennec verkündete sie am Abend mit erstaunlich ruhiger Stimme. In der Nacht war die Feuerwehr gerufen worden, um ein heftiges Feuer in einer verlassenen Gasse von Maisons-Alfort zu bekämpfen. Als die Feuerwehrleute eintrafen, hatte sich das Feuer bereits auf die nicht mehr bewohnten, heruntergekommenen Häuser der Nachbarschaft ausgebreitet. Die Flammen waren erst gegen drei Uhr morgens gelöscht worden. Inmitten der Trümmer fanden sich drei vollständig ausgebrannte Autowracks und in einem von ihnen eine verkohlte Leiche. Leguennec erfuhr von dem Unfall um sieben Uhr morgens, als er sich gerade rasierte. Um fünfzehn Uhr traf er Pierre Relivaux in seinem Büro. Relivaux identifizierte einen kleinen Basaltstein, den Leguennec ihm zeigte. Ein Talisman, von dem sich Sophia Simeonidis nie getrennt hatte und den sie seit achtundzwanzig Jahren in ihrer Handtasche oder in ihrer Jacke bei sich trug.

18

Alexandra saß im Schneidersitz auf ihrem Bett, die langen Beine gekreuzt, den Kopf in den Händen, und forderte ungläubig Details und Gewißheit. Es war sieben Uhr abends. Leguennec hatte Vandoosler und den anderen erlaubt, im Zimmer zu bleiben. Am nächsten Tag würde alles in den Zeitungen stehen. Lucien sah nach, ob der Kleine mit seinen Filzschreibern auch keine Flecken auf seinen Teppich gemacht hatte. Das bereitete ihm Sorgen.

»Wie kamen Sie dazu, bis nach Maisons-Alfort zu fahren?« fragte Alexandra. »Was haben Sie gewußt?«

»Nichts«, versicherte Leguennec. »Ich habe vier vermißte Personen in meinem Sektor. Pierre Relivaux hatte seine Frau nicht als vermißt melden wollen. Er war sich sicher, daß sie wiederkommen würde. Aber nachdem Sie hier aufgetaucht sind, habe ich ihn, nun ... überzeugt, Suchanzeige aufzugeben. Sophia Simeonidis war auf meiner Liste, und ich hatte sie im Kopf. Ich bin nach Maisons-Alfort gefahren, weil das mein Beruf ist. Ich war nicht allein dort, das kann ich Ihnen gleich sagen. Es waren noch andere Inspektoren auf der Suche nach Jugendlichen und verschwundenen Ehemännern dort. Aber ich war der einzige, der eine Frau suchte. Frauen verschwinden sehr viel seltener als Männer, wußten Sie das? Wenn ein verheirateter Mann oder ein Jugendlicher verschwindet, regt man sich nicht allzusehr auf. Aber wenn es eine Frau ist, dann hat man allen Grund, das Schlimmste zu befürchten. Verstehen Sie? Aber die

Leiche war nicht zu identifizieren, verzeihen Sie mir, nicht einmal anhand der Zähne, die im Feuer zerborsten oder zu Asche verbrannt waren.«

»Leguennec«, unterbrach ihn Vandoosler, »die Details kannst du dir sparen.«

Leguennec schüttelte seinen kleinen Kopf mit den wuchtigen Kieferknochen.

»Ich versuch's, Vandoosler, aber Mademoiselle Haufman will Gewißheit.«

»Reden Sie weiter«, sagte Alexandra leise. »Ich muß es wissen.«

Das Gesicht der jungen Frau war vom Weinen verquollen, ihr schwarzes Haar war zerzaust und durch das häufige Hindurchfahren mit ihren nassen Händen ganz starr geworden. Marc hätte gerne alles getrocknet, alles wieder in Ordnung gebracht. Aber er konnte nichts tun.

»Das Labor arbeitet dran, und sie brauchen ein paar Tage, um vielleicht zu weiteren Ergebnissen zu kommen. Aber die verbrannte Leiche war eher klein, das läßt auf eine Frau schließen. Das Wrack des Wagens ist genauestens untersucht worden, aber es ist nichts übriggeblieben, nicht ein einziger Fetzen Kleidung, kein Accessoire, nichts. Das Feuer wurde mit einigen Litern Benzin angefacht; das Benzin wurde nicht nur reichlich über den Körper und das Auto, sondern auch auf den Boden und an die Fassade des angrenzenden Hauses geschüttet, das zum Glück leer stand. In der Gasse hat niemand mehr gewohnt. Sie sollte abgerissen werden, und ein paar Autowracks gammeln dort vor sich hin, in denen manchmal Obdachlose übernachten.«

»Der Ort ist also gut ausgesucht worden, oder?«

»Ja. Bis der Alarm ausgelöst wurde, hatte das Feuer seine Arbeit schon getan.«

Mit spitzen Fingern schwenkte Inspektor Leguennec den Beutel mit dem schwarzen Stein, und Alexandra folgte der schnellen, entnervenden Bewegung mit den Augen.

»Und dann?« fragte sie.

»Zu Füßen der Leiche hat man zwei Klümpchen geschmolzenes Gold gefunden, vielleicht Ringe oder eine Kette. Also jemand, der wohlhabend genug war, um etwas Goldschmuck zu besitzen. Schließlich noch einen kleinen schwarzen Stein, ein Basaltkiesel, der das Feuer überstanden hat und dort lag, wo der Beifahrersitz gewesen war. Sicherlich der letzte Rest vom Inhalt einer Handtasche, die auf dem Sitz rechts von der Fahrerin abgelegt wurde. Ansonsten nichts. Die Schlüssel hätten dem Feuer eigentlich auch widerstehen müssen. Aber merkwürdigerweise hat man keinerlei Reste von Schlüsseln in dem Wagen gefunden. Ich habe meine ganze Hoffnung auf den Stein gesetzt. Verstehen Sie? Meine drei anderen Vermißten waren große Männer. Also galt mein erster Besuch Pierre Relivaux. Ich habe ihn gefragt, ob seine Frau wie alle Leute ihre Schlüssel mitnimmt, wenn sie weggeht. Nun, sie nicht. Sophia versteckte ihre Schlüssel im Garten wie ein kleines Mädchen, hat Relivaux gesagt.«

»Natürlich«, sagte Alexandra mit dem Anflug eines Lächelns. »Meine Großmutter hatte eine panische Angst, ihre Schlüssel zu verlieren. Sie hat uns allen eingetrichtert, unsere Schlüssel wie die Eichhörnchen zu verstecken. Wir haben sie nie bei uns.«

»Aha«, sagte Leguennec. »Ich verstehe. Ich habe Relivaux den Basaltstein gezeigt, ohne von dem Fund in Maisons-Alfort zu sprechen. Er hat ihn ohne zu zögern wiedererkannt.«

Alexandra streckte die Hand nach dem Beutel aus.

»Tante Sophia hatte ihn am Tag nach ihrem ersten Bühnenerfolg an einem griechischen Strand aufgelesen«, murmelte sie. »Sie verließ das Haus nie ohne ihn, das hat Pierre manchmal fast wahnsinnig gemacht. Uns hat das sehr amüsiert, und jetzt hat also der kleine Stein ... Eines Tages sind sie in die Dordogne gefahren, und mehr als hundert Kilometer hinter Paris haben sie umkehren müssen, weil Sophia ihren Stein vergessen hatte.

Ja, sie hatte ihn immer in ihrer Handtasche oder in der Manteltasche. Von den Kostümschneiderinnen hat sie verlangt, daß in jedes ihrer Kostüme eine kleine Innentasche genäht wurde, damit sie ihn bei sich tragen konnte. Sie hätte nie ohne ihn gesungen.«

Vandoosler seufzte. Wie anstrengend diese Griechen manchmal sein konnten.

»Wenn Ihre Ermittlungen abgeschlossen sind«, fuhr Alexandra leise fort, »dann ... wenn Sie ihn nicht mehr aufbewahren müssen, dann hätte ich ihn gern. Es sei denn, mein Onkel Pierre ...«

Alexandra gab Inspektor Leguennec den Beutel zurück; Leguennec nickte.

»Im Augenblick behalten wir ihn natürlich. Aber Pierre Relivaux hat keinerlei dahingehende Bitte geäußert.«

»Was hat die Polizei für Vermutungen?« fragte Vandoosler.

Alexandra hörte den alten Bullen gern reden, den Onkel oder den Paten, wenn sie richtig verstanden hatte, von dem Typen mit den Ringen. Sie war dem ehemaligen Kommissar gegenüber ein bißchen mißtrauisch, aber seine Stimme war beruhigend und aufmunternd. Selbst wenn er gar nichts Besonderes sagte.

»Wollen wir nach nebenan gehen?« fragte Marc. »Wir könnten was trinken.«

Alle gingen schweigend hinüber, und Mathias schlüpfte in sein Jackett. Es war an der Zeit, ins *Tonneau* zur Arbeit zu gehen.

»Macht Juliette nicht zu?« fragte Marc.

»Nein«, erwiderte Mathias. »Aber ich werde für zwei bedienen müssen. Sie ist ziemlich wacklig auf den Beinen. Als Leguennec sie vorhin bat, den Stein zu identifizieren, hat sie um eine Erklärung gebeten.«

Leguennec breitete untröstlich seine kurzen Arme aus.

»Die Leute wollen Erklärungen«, sagte er, »und das ist ja ganz normal – und dann werden sie ohnmächtig, und das ist auch normal.«

»Bis heute abend, heiliger Matthäus«, sagte Vandoosler. »Geben Sie auf Juliette acht. Also, Leguennec, die ersten Vermutungen?«

»Madame Simeonidis ist vierzehn Tage nach ihrem Verschwinden gefunden worden. Ich brauche dir nicht zu sagen, daß es angesichts des Zustands der Leiche, die teils verkohlt, teils völlig verbrannt war, unmöglich ist zu sagen, zu welchem Zeitpunkt der Tod eingetreten ist: Vielleicht ist sie vor vierzehn Tagen getötet und dann in das verlassene Auto geschleppt worden, oder sie ist letzte Nacht umgebracht worden. In letzterem Fall: Was hat sie in der Zwischenzeit gemacht, und warum? Vielleicht ist sie auch selbst dorthin gekommen, um auf jemanden zu warten, und ist in eine Falle geraten. In dem Zustand, in dem sich die Gasse befindet, ist es unmöglich, noch irgendwelche Spuren zu finden. Überall Ruß und Trümmer. Offen gestanden fangen die Ermittlungen unter schlechtestmöglichen Bedingungen an. Es gibt kaum Anhaltspunkte: Bei der Frage nach dem ›Wie?‹ kommen wir nicht weiter. Bei der Frage nach den Alibis ist bei einem Zeitraum von vierzehn Tagen nichts mehr zu machen. Und die Frage nach irgendwelchen materiellen Indizien ist auch fast nicht zu beantworten. Bleibt die Frage nach dem ›Warum?‹ und allem, was daraus folgt: Erben, Feinde, Geliebte, Erpresser und all die gängigen Vermutungen.«

Alexandra schob ihre leere Tasse von sich und verließ das Refektorium. Ihr Sohn saß ein Stockwerk höher im Zimmer von Mathias an einem kleinen Schreibtisch und zeichnete. Sie kam mit ihm herunter und holte eine Jacke aus ihrem Zimmer.

»Ich fahr mal weg«, sagte sie zu den Männern, die am Tisch saßen. »Ich weiß nicht, wann ich zurück sein werde. Aber wartet nicht auf mich.«

»Mit dem Kleinen?« fragte Marc.

»Ja. Wenn ich spät nach Hause komme, schläft Cyrille auf dem Rücksitz ein. Macht euch keine Sorgen, ich brauch Bewegung.«

»Mit dem Auto? Was für einem Auto?« fragte Marc.
»Dem von Tante Sophia. Das rote. Pierre hat mir die Schlüssel gegeben und gesagt, ich kann es nehmen, wann ich will. Er hat sein eigenes.«
»Sie waren bei Relivaux?« fragte Marc. »Ganz allein?«
»Glauben Sie nicht, daß mein Onkel überrascht gewesen wäre, wenn ich ihn nicht besucht hätte, obwohl ich schon seit zwei Tagen hier bin? Mathias kann sagen, was er will, aber Pierre war reizend. Und ich möchte nicht, daß die Polizei ihn behelligt. Er hat jetzt schon genug Sorgen.«

Alexandra war offensichtlich äußerst gereizt. Marc fragte sich, ob er nicht ein wenig voreilig gewesen war, als er sie bei ihnen einquartiert hatte. Warum sollte man sie nicht wieder zu Relivaux schicken? Nein, das war wirklich nicht der Moment. Und Mathias würde sich erneut wie ein Fels in die Tür stellen.

Er sah die junge Frau an, die mit verlorenem Blick, aber entschlossen ihren Kleinen an der Hand hielt. Der Wasserfall von Enttäuschungen, richtig, beinahe hätte er den Wasserfall vergessen. Wo sie wohl mit dem Auto hinwollte? Sie hatte gesagt, in Paris würde sie niemanden kennen. Marc fuhr Cyrille durch seine lockigen Haare. Der Kleine hatte Haare, die unwiderstehlich zum Streicheln herausforderten. Das änderte nichts daran, daß seine Mutter, so zart und schön sie auch sein mochte, ganz schön zickig sein konnte, wenn sie gereizt war.

»Ich möchte mit dem heiligen Markus zu Abend essen«, sagte Cyrille. »Und mit dem heiligen Lukas. Ich habe genug vom Autofahren.«

Marc sah Alexandra an und gab ihr zu verstehen, daß ihn das nicht stören und er heute abend nicht weggehen würde und daher auf den Kleinen aufpassen könnte.

»Einverstanden«, sagte Alexandra.

Sie gab ihrem Sohn einen Kuß, sagte ihm, daß die beiden in Wirklichkeit Marc und Lucien hießen, und verließ, die Arme an sich gepreßt, den Raum, nachdem sie Inspektor Leguennec zugenickt hatte. Marc riet Cyrille, doch vor dem Abendessen noch seine Bilder zu Ende zu malen.

»Wenn sie nach Maisons-Alfort fährt«, sagte Leguennec, »dann bemüht sie sich umsonst. Die Gasse ist abgesperrt.«

»Warum sollte sie dorthin fahren?« fragte Marc, der sich plötzlich ärgerte und vergessen hatte, daß er ein paar Minuten zuvor noch gewünscht hatte, Alexandra möge ausziehen. »Sie wird ziellos herumfahren, das ist alles!«

Leguennec streckte seine breiten Hände aus und schwieg.

»Laßt ihr sie beschatten?« fragte Vandoosler.

»Nein, nicht heute abend. Sie wird heute abend nichts anstellen.«

Marc stand auf, sein Blick wechselte rasch zwischen Leguennec und Vandoosler hin und her.

»Sie beschatten? Das soll wohl ein Witz sein?«

»Ihre Mutter wird erben, und Alexandra wird davon profitieren«, sagte Leguennec.

»Na und?« rief Marc. »Da wird sie wohl kaum die einzige sein! Mein Gott, seht euch bloß an! Nicht der geringste Zweifel! Erst mal Entschlossenheit und Verdächtigungen! Das Mädchen bricht hier völlig zusammen, zieht los, weiß nicht, ob nach rechts, nach links, im Zickzack oder im Kreis, und ihr ordnet ihre Überwachung an! Männer mit Charakter, Männer, denen man nichts vormacht, Männer, die nicht auf den Kopf gefallen sind! Dummes Zeug! Wißt ihr, was ich von Männern halte, die immer Herr der Lage bleiben?«

»Wir wissen es«, sagte Vandoosler. »Sie können dich am Arsch lecken.«

»Ganz genau, sie können mich am Arsch lecken! Es gibt keine übleren Arschlöcher als Männer, die immer Herr der Lage sind! Und ich frage mich, ob du nicht der allerabgebrühteste Bulle bist von allen Bullen, die immer Herr der Lage bleiben!«

»Darf ich dir vorstellen: der heilige Markus, mein

Neffe«, sagte Vandoosler lächelnd. »Aus dem Nichts schreibt er das Evangelium neu.«

Marc zuckte mit den Schultern, leerte sein Glas mit einem Zug und setzte es laut auf den Tisch.

»Ich laß dir das letzte Wort, Onkel, weil du es ja so oder so haben willst.«

Marc verließ den Raum und stieg die Treppe hinauf. Lucien folgte ihm leise und legte ihm auf dem Treppenabsatz die Hand auf die Schulter. Ausnahmsweise redete er einmal mit normaler Stimme.

»Nur ruhig, Soldat«, sagte er. »Der Sieg ist unser.«

19

Marc sah auf die Uhr, als Leguennec Vandooslers Dachgeschoß verließ. Es war zehn Minuten nach Mitternacht. Die beiden hatten Karten gespielt. Er konnte nicht einschlafen und hörte, wie Alexandra gegen drei Uhr morgens zurückkam. Er hatte alle Türen offengelassen, um Cyrille zu hören, falls er wach würde. Marc sagte sich, daß es nicht richtig sei, runterzugehen, um zu horchen. Er ging runter, um zu horchen, und lauschte aufmerksam von der siebten Treppenstufe aus. Die junge Frau ging leise umher, um niemanden zu wecken. Marc hörte, wie sie ein Glas Wasser trank. Genau das hatte er sich gedacht. Man rennt stur vor sich hin, verläuft sich voll Entschlossenheit im Unbekannten, trifft eine ganze Reihe ordentlicher, widersprüchlicher Entscheidungen, aber in Wirklichkeit läuft man nur im Kreis und kommt schließlich zurück.

Marc setzte sich auf die siebte Stufe. Seine Gedanken schoben sich übereinander, knirschten und entfernten sich wieder voneinander. Wie die Platten der Erdkruste, die damit beschäftigt sind, auf dem glitschigen heißen Zeug darunter umherzurutschen. Auf dem schmelzflüssigen Mantel. Irre, diese Geschichte mit den Platten, die auf der Erdoberfläche in alle Richtungen flutschen. Unmöglich, sie an Ort und Stelle festzunageln. Plattentektonik, genau, so hieß das. Nun, bei ihm war es Gedankentektonik. Ewiges Hin- und Hergeschiebe und manchmal unvermeidlicherweise Gedränge. Mit den allbekannten

Problemen. Wenn die Platten auseinanderdriften: Vulkaneruption. Wenn die Platten aneinanderstoßen: ebenfalls Vulkaneruption. Was war mit Alexandra Haufman los? Wie würden die Verhöre von Leguennec ablaufen, warum war Sophia in Maisons-Alfort verbrannt, hatte Alexandra diesen Typen, den Vater von Cyrille, geliebt? Sollte er sich auch an der rechten Hand Ringe anstecken? Wozu nützt ein Basaltstein beim Singen? Ach ja, der Basalt. Wenn die Platten auseinanderdriften, kommt Basalt heraus, und wenn die Platten sich überschneiden, dann entsteht was anderes. Nämlich ... na ...? Andesit. Genau, Andesit. Und warum der Unterschied? Schleierhaft, er konnte sich nicht mehr erinnern. Er hörte, wie Alexandra zu Bett ging. Und da saß er nun, weit nach drei Uhr morgens, auf einer Holzstufe und wartete, bis die Tektonik sich beruhigte. Warum hatte er den Paten so angebrüllt? Würde Juliette ihnen morgen wieder eine Île flottante zum Nachtisch machen, wie häufig freitags? Würde Relivaux auspacken, was seine Geliebte anging? Wer würde Sophia beerben, waren seine Überlegungen zum dörflichen Handel nicht zu gewagt, warum wollte Mathias sich nie was anziehen?

Marc legte sich die Hände vor die Augen. Er war an dem Punkt angelangt, an dem das Gespinst der Gedanken zu einem solchen Chaos wurde, daß keine Nadel mehr hindurchpaßte. Es gab keine andere Möglichkeit, als alles sein zu lassen und zu versuchen einzuschlafen. Geordneter Rückzug aus der Kampfzone, hätte Lucien gesagt. Eruptierte Lucien manchmal? Falls es das Wort gab. Oder eruptionierte? Lucien gehörte wohl eher in die Kategorie chronische, langsam rauchende seismische Aktivität. Und Mathias? Mathias war alles andere als tektonisch. Mathias war Wasser, Regen. Großes, weites Wasser, Ozean. Der Ozean, der die Lava abkühlt. Trotzdem, am Grund des Ozeans ist es nicht so ruhig, wie man denkt. Auch da sitzt viel Scheiße, warum auch nicht. Gräben, Brüche ... Und ganz am Grund vielleicht sogar widerliche unbekannte Tierarten. Alexandra war schlafen gegangen. Von unten kam kein Geräusch mehr, alles war dunkel. Marc erstarrte allmählich, aber ihm war nicht kalt. Im Treppenhaus ging das Licht wieder an, und er hörte, wie der Pate leise die Stufen herunterkam und auf seiner Höhe stehenblieb.

»Du solltest wirklich schlafen gehen, Marc«, flüsterte Vandoosler.

Und der Alte entfernte sich mit seiner Taschenlampe. Sicher, um draußen zu pinkeln. Eine klare, einfache und wohltuende Handlung. Vandoosler der Ältere hatte sich nie für Plattentektonik interessiert, obwohl Marc ihm häufig davon erzählt hatte. Marc hatte keine Lust, immer noch auf der Treppe zu sitzen, wenn er zurückkommen würde. Er ging rasch hinauf, öffnete das Fenster, um es ein bißchen kühler zu haben, und ging schlafen. Warum hatte der Pate eine Plastiktüte dabei, wenn er draußen pinkeln wollte?

20

Am nächsten Tag nahmen Marc und Lucien Alexandra mit zu Juliette zum Abendessen. Die Verhöre hatten begonnen, sie schienen zäh, langwierig und unergiebig zu werden.

Am Vormittag war Pierre Relivaux zum zweiten Mal drangewesen. Vandoosler gab alle Informationen weiter, die ihm Inspektor Leguennec lieferte. Ja, er hatte eine Geliebte in Paris, aber er verstand nicht, was sie das anging und woher sie es wüßten. Nein, Sophia hatte es nie erfahren. Ja, er erbte ein Drittel ihres Vermögens. Ja, das war eine gewaltige Summe, aber es wäre ihm lieber gewesen, Sophia wäre am Leben geblieben. Wenn sie ihm nicht glauben würden, dann sollten sie ihm doch den Buckel runterrutschen. Nein, Sophia hatte keine persönlichen Feinde. Einen Liebhaber? Das sollte ihn wundern.

Danach war Alexandra Haufman drangewesen. Alles viermal hintereinander sagen. Ihre Mutter erbte ein Drittel von Sophias Vermögen. Aber ihre Mutter konnte ihr nichts abschlagen, nicht wahr? Sie kam also in den direkten Genuß des Geldstroms, der sich über ihre Familie ergoß. Ja, sicher, und was weiter? Warum war sie nach Paris gekommen? Wer könnte die Einladung von Sophia bestätigen? Wo war sie in der vergangenen Nacht? Nirgends? Schwer zu glauben.

Das Verhör mit Alexandra dauerte drei Stunden.

Am späten Nachmittag war dann Juliette drangewesen.

»Juliette scheint nicht gerade gutgelaunt«, sagte Marc zwischen zwei Gängen zu Mathias.

»Leguennec hat sie verärgert«, erwiderte Mathias. »Er wollte nicht glauben, daß eine Sängerin mit einer Bistrotbesitzerin befreundet sein kann.«

»Glaubst du, Leguennec hat das absichtlich gesagt, um sie zu zermürben?«

»Vielleicht. Wenn er die Absicht hatte, sie zu verletzen, ist ihm das jedenfalls gelungen.«

Marc beobachtete Juliette, die schweigend Gläser wegräumte.

»Ich geh zu ihr und rede mit ihr«, sagte Marc.

»Nicht nötig«, wandte Mathias ein. »Ich habe schon mit ihr geredet.«

»Vielleicht haben wir nicht denselben Wortschatz?« fragte Marc und kreuzte für einen kurzen Moment Mathias' Blick.

Er stand auf und ging zwischen den Tischen hindurch zur Theke.

»Mach dir keine Sorgen«, murmelte er Mathias im Weggehen noch zu, »ich habe ihr nichts Besonderes zu sagen. Ich will sie nur um einen großen Gefallen bitten.«

»Mach, wie du willst«, erwiderte Mathias.

Marc stützte sich mit den Ellbogen auf die Theke und winkte Juliette zu sich.

»Hat dir Leguennec weh getan?« fragte er.

»Ist nicht so schlimm, darin habe ich Übung. Hat Mathias es dir erzählt?

»Angedeutet. Bei Mathias ist das schon viel. Was wollte Leguennec wissen?«

»Denk mal nach, das ist nicht schwer. Wie kann eine Sängerin nur mit einer Tochter von Dorfkrämern reden? Ja und? Die Großeltern von Sophia haben Ziegen gehütet wie alle anderen.«

Juliette hörte auf, hinter der Theke auf und ab zu gehen.

»In Wirklichkeit«, sagte sie lächelnd, »ist es meine Schuld. Er hat so ein verächtlich-skeptisches Bullengesicht, und da habe ich angefangen, mich wie ein Kind zu rechtfertigen. Ich habe gesagt, daß Sophia Freundinnen in gesellschaftlichen Kreisen hatte, zu denen ich keinen Zugang hatte, und auch, daß das nicht unbedingt die Frauen waren, mit denen sie wirklich reden konnte. Aber er behielt sein skeptisches Gesicht.«

»Das ist eine Masche«, bemerkte Marc.

»Vielleicht, aber sie funktioniert gut. Denn anstatt nachzudenken, habe ich mich lächerlich gemacht: Ich hab ihm meine Bücher gezeigt, um ihm zu beweisen, daß ich lesen kann. Um ihm zu zeigen, daß ich in all den Jahren und in all der Einsamkeit gelesen und wieder gelesen habe, Tausende von Seiten. Daraufhin hat er sich die Regale angesehen und hat sich langsam an den Gedanken gewöhnt, daß ich mit Sophia befreundet gewesen sein könnte. Arschloch!«

»Sophia sagte einmal, sie würde kaum lesen«, meinte Marc.

»Eben. Und ich hatte keine Ahnung von Opern. So haben wir uns ausgetauscht, haben in der Bibliothek gesessen und diskutiert. Sophia hat es bedauert, den Zugang zum Lesen ›verpaßt‹ zu haben. Manch einer liest, habe ich darauf gesagt, weil er andere Sachen verpaßt hat. Es scheint idiotisch, aber an manchen Abenden hat Sophia gesungen, während ich Klavier gespielt habe, und an anderen Abenden habe ich gelesen, während sie geraucht hat.«

Juliette seufzte.

»Das Schlimmste ist, daß Leguennec meinen Bruder ausgefragt hat, um herauszufinden, ob die Bücher nicht zufällig ihm gehören. Was für ein Witz! Georges mag nur Kreuzworträtsel. Er arbeitet in einem Verlag, aber liest keine Zeile, er ist im Vertrieb. Beim Kreuzworträtsel ist er ein As. Na ja, man hat eben nicht das Recht, mit Sophia Simeonidis befreundet zu sein, wenn man ein Bistrot hat, es sei denn, man liefert den Beweis, daß man es geschafft hat, die normannischen Weiden hinter sich zu lassen. Den Stallgeruch wird man nicht los.«

»Reg dich nicht auf«, sagte Marc. »Leguennec hat alle genervt. Ich hätt gern ein Glas.«

»Ich bring's dir an den Tisch.«

»Nein, an der Theke, bitte.«

»Was ist mit dir, Marc? Bist du auch verärgert?«

»Nicht ganz. Ich möchte dich um einen Gefallen bitten. In deinem Garten steht doch so ein kleiner Pavillon, ganz separat.«

»Ja, du hast ihn schon gesehen. Er stammt aus dem vorigen Jahrhundert, ich vermute, daß er für das Personal gebaut wurde.«

»Wie ist es da? Ist er in gutem Zustand? Kann man da drin wohnen?«

»Willst du die andern verlassen?«

»Sag, Juliette, kann man da drin wohnen?«

»Ja, er ist in gutem Zustand. Es ist alles drin, was man braucht.«

»Warum hast du ihn hergerichtet?«

Juliette biß sich auf die Lippen.

»Für den Notfall, Marc, falls ich es mal brauchen sollte. Ich bin vielleicht doch nicht dazu bestimmt, für immer allein zu sein... Man weiß nie. Und da mein Bruder bei mir wohnt, ist so ein kleines Gartenhäuschen wichtig für die Unabhängigkeit, für den Fall, daß... Findest du das lächerlich? Bringt es dich zum Lachen?«

»Überhaupt nicht«, erwiderte Marc. »Wohnt im Augenblick jemand dort?«

»Nein, das weißt du doch«, sagte Juliette achselzuckend. »Also, was willst du?«

»Ich hätte gern, daß du es jemandem diskret anbietest. Wenn du nichts dagegen hast. Für eine kleine Miete.«

»Für dich? Für Mathias? Lucien? Den Kommissar? Ertragt ihr euch nicht mehr?«

»Doch. Es geht. Für Alexandra. Sie sagt, daß sie nicht bei uns bleiben kann. Sie sagt, daß sie uns mit ihrem Sohn zur Last fällt, daß sie sich nicht bei uns einnisten kann, aber ich glaube, daß sie vor allem ein bißchen Ruhe haben will. Jedenfalls sieht sie sich Anzeigen an, sie sucht etwas. Da habe ich gedacht...«

»Du willst nicht, daß sie weggeht – ist es das?«

Marc drehte an seinem Glas.

»Mathias sagt, man müsse ein wenig auf sie achten. Solange die Angelegenheit noch nicht beendet ist. In deinem Gartenhaus hätte sie mit ihrem Sohn ihre Ruhe, und gleichzeitig wäre sie ganz in der Nähe.«

»Richtig. Ganz in deiner Nähe.«

»Du irrst dich, Juliette. Mathias denkt wirklich, es wäre besser, wenn sie nicht so isoliert ist.«

»Das ist mir egal«, unterbrach ihn Juliette. »Es stört mich nicht, wenn sie mit ihrem Sohn herkommt. Wenn ich dir damit einen Gefallen tue, einverstanden. Und außerdem ist es die Nichte von Sophia. Das ist das mindeste, was ich tun kann.«

»Das ist nett von dir.«

Marc küßte sie auf die Stirn.

»Weiß sie etwas davon?« fragte Juliette.

»Natürlich nicht.«

»Weshalb glaubst du überhaupt, daß sie Lust hat, in eurer Nähe zu bleiben? Hast du daran gedacht? Wie willst du es anstellen, daß sie das Angebot annimmt?«

Marcs Miene verdüsterte sich.

»Ich laß dich machen. Sag ihr nicht, daß die Idee von mir kommt. Finde ein paar gute Argumente.«

»Du läßt mich also für dich die ganze Arbeit machen?«

»Ich verlaß mich auf dich. Laß nicht zu, daß sie weggeht.«

Marc kehrte an den Tisch zurück, wo Lucien und Alexandra in ihrem Kaffee rührten.

»Er hat unbedingt wissen wollen, wo ich die Nacht rumgefahren bin«, sagte Alexandra. »Wozu soll ich ihm erklären, daß ich nicht einmal auf die Namen der Dörfer geachtet habe? Er hat mir nicht geglaubt, aber das ist mir scheißegal.«

»War der Vater Ihres Vaters auch Deutscher?« unterbrach sie Lucien.

»Ja, aber was hat das damit zu tun?« fragte Alexandra.

»War er im Krieg? Im Ersten? Hat er nicht vielleicht Briefe hinterlassen, kurze Aufzeichnungen?«

»Lucien, könntest du vielleicht mal an dich halten?« fragte Marc. »Wenn du unbedingt reden willst, könntest du vielleicht andere Themen finden? Denk mal richtig scharf nach, und du wirst sehen, daß man auch von anderen Dingen reden kann.«

»Gut«, sagte Lucien. »Wollen Sie heute abend wieder Auto fahren?« fragte er nach kurzem Schweigen.

»Nein«, sagte Alexandra lächelnd. »Leguennec hat mir mein Auto heute morgen weggenommen. Aber es kommt Wind auf, und ich mag den Wind. Es wäre eine gute Nacht gewesen, um zu fahren.«

»Das geht mir nicht in den Kopf«, sagte Lucien. »Nur so Auto fahren, ohne Ziel. Offen gestanden, ich sehe nicht, wozu das nützen soll. Können Sie die ganze Nacht so fahren?«

»Die ganze Nacht? Weiß ich nicht ... Ich mach das jetzt seit elf Monaten, immer wieder. Bis jetzt habe ich immer gegen drei Uhr morgens aufgegeben.«

»Aufgegeben?«

»Aufgegeben. Dann fahre ich zurück. Eine Woche später geht es wieder los, ich denke, diesmal wird es funktionieren. Und es klappt wieder nicht.«

Alexandra zuckte mit den Schultern und strich ihre kurzen Haare hinter die Ohren. Marc hätte das gerne selbst übernommen.

21

Niemand wußte, wie Juliette es anstellte. Jedenfalls zog Alexandra am nächsten Tag in das kleine Gartenhaus. Marc und Mathias halfen ihr beim Tragen ihrer Sachen. Durch diese Ablenkung begann Alexandra sich zu entspannen. Marc, der den Aufruhr beobachtete, den die traurigen Geschichten auf ihrem Gesicht bewirkten und der für das Auge des Kenners leicht zu entdecken war, sah erfreut, daß er wieder verschwand, auch wenn er wußte, daß es nur eine vorübergehende Pause sein konnte. Eine Pause, während der Alexandra sagte, man könne sie Lex nennen und sie duzen.

Lucien rollte seinen Teppich zusammen, um ihn wieder an sich zu nehmen, und murmelte, daß das Kräfteverhältnis auf dem Terrain immer komplexer werde, da die Westfront sich tragischerweise um eine entscheidende Bewohnerin reduziert habe und nur ein zweifelhafter Ehegatte vor Ort zurückgeblieben sei, während sich die Ostfront, die bereits durch Mathias' Wechsel in das *Tonneau* an Gewicht gewonnen habe, nun noch durch eine neue Verbündete mit Kind verstärkt würde. Eine Verbündete noch dazu, die ursprünglich die Westfront besetzen sollte, bislang auf neutralem Gebiet zurückgehalten wurde, aber bereits in Richtung östliches Grabensystem desertiere.

»Hat dich dein bescheuerter Weltkrieg total verrückt gemacht?« fragte Marc, »oder kauderwelschst du hier herum, weil du den Aufbruch von Alexandra bedauerst?«

»Ich kauderwelsche nicht im geringsten«, erwiderte Lucien. »Ich lege meinen Teppich zusammen und kommentiere das Ereignis. Lex – sie hat gesagt, wir sollten sie Lex nennen – wollte von hier weg und befindet sich nun faktisch in unmittelbarer Nähe. In unmittelbarer Nähe ihres Onkels Pierre, in unmittelbarer Nähe vom Epizentrum des Dramas. Was sucht sie? Es sei denn, *du* hättest die Operation Gartenhaus angezettelt«, bemerkte er und richtete sich mit seinem Teppich unter dem Arm auf.

»Warum hätte ich das tun sollen?« fragte Marc, in die Defensive geraten.

»Um sie im Auge zu behalten oder in Reichweite, ganz nach Belieben. Ich neige zur zweiten Variante. Glückwunsch jedenfalls. Es hat funktioniert.«

»Lucien, du nervst.«

»Warum? Du willst sie, und, stell dir vor, das sieht man sogar. Paß bloß auf, daß du nicht auf die Schnauze fällst. Du vergißt gerade, daß wir in der Scheiße sitzen. Wir alle. Und wenn man in der Scheiße sitzt, neigt man dazu, auszurutschen. Man muß vorsichtig gehen, Schritt für Schritt, fast auf allen vieren. Bloß nicht wie ein Verrückter rennen. Nicht daß ich glauben würde, daß der arme Kerl, der in seinem schlammigen Schützengraben steckt, keine Zerstreuung brauchte. Im Gegenteil. Aber Lex ist viel zu hübsch, zu anrührend und zu intelligent, als daß man hoffen könnte, es bliebe bei der einfachen Zerstreuung. Du wirst dich nicht zerstreuen, du gehst das Risiko ein, zu lieben. Katastrophe, Marc, Katastrophe.«

»Und warum Katastrophe, du Soldatenidiot?«

»Weil du als mit höfischer Liebe vollgestopfter Idiot genau wie ich den Verdacht hast, daß Lex mit ihrem Kind rausgeworfen worden ist. Oder sowas in der Art. Wie ein blöder Seigneur auf seinem Streitroß sagst du dir also, daß ihr Herz leer ist und dieser Platz besetzt werden kann. Eine gravierende Fehleinschätzung, glaub mir.«

»Hör mir mal gut zu, du Schützengrabenidiot. Über die Leere weiß ich mehr als du. Und die Leere nimmt mehr Raum ein als jede beliebige Fülle.«

»Welch erstaunliche Klarsicht von einem Typen aus dem Hinterland«, bemerkte Lucien. »Du bist kein Dummkopf, Marc.«

»Wundert dich das?«

»Nicht im geringsten. Ich hatte mich informiert.«

»Kurz und gut«, sagte Marc, »ich habe Alexandra nicht in dem Gartenhaus untergebracht, um mich auf sie zu stürzen. Auch wenn sie mich verwirrt. Wer wäre nicht von ihr verwirrt?«

»Mathias«, sagte Lucien und hob den Finger. »Mathias ist von der schönen und mutigen Juliette verwirrt.«

»Und du?«

»Wie ich dir schon sagte, ich schreite langsam voran und kommentiere. Das ist alles. Im Augenblick.«

»Du lügst.«

»Vielleicht. Es stimmt, ich bin nicht ganz frei von Gefühlen und auch Aufmerksamkeiten. Zum Beispiel habe ich Alexandra angeboten, meinen Teppich eine Zeitlang in ihrem Gartenhaus zu behalten, wenn ihr daran liegt. Ergebnis: es ist ihr schnurzegal.«

»Notgedrungen. Sie hat andere Sachen im Kopf als deinen Teppich, von der Leere mal abgesehen. Und wenn du wissen willst, warum mir daran liegt, daß sie in der Nähe bleibt: weil ich die Gedankengänge von Inspektor Leguennec nicht mag. Genausowenig wie die von meinem Paten. Die beiden sind gemeinsam auf Fischfang. Lex ist für übermorgen zu einem weiteren Verhör bestellt. Da ist es besser, wenn wir in der Nähe sind, falls es nötig werden sollte.«

»Ganz der edle Ritter, nicht wahr, Marc? Selbst ohne Roß? Und wenn Leguennec nicht ganz unrecht hätte? Hast du daran schon gedacht?«

»Natürlich.«

»Und?«

»Das beunruhigt mich. Es gibt ein paar Dinge, die ich gerne verstehen würde.«

»Und du glaubst, das hinzukriegen?«

Marc zuckte mit den Schultern.

»Warum nicht? Ich habe sie gebeten, hier vorbeizukommen, sobald sie sich eingerichtet hat. Mit dem unfairen Hintergedanken, ihr ein paar Fragen zu diesen beunruhigenden Dingen zu stellen. Was meinst du dazu?«

»Kühn und unangenehm, aber die Offensive könnte interessant sein. Darf ich dabeisein?«

»Unter einer Bedingung: eine Blume im Gewehr und Schweigen.«

»Wenn dich das beruhigt«, erwiderte Lucien.

22

Alexandra bat um drei Stück Zucker für ihre Schale Tee. Mathias, Lucien und Marc hörten ihr zu, wie sie erzählte, was für ein Zufall es sei, daß Juliette ihr gesagt habe, sie suche einen Mieter für ihr kleines Gartenhaus, hörten zu, wie sie erzählte, daß das Zimmer von Cyrille schön sei, daß alles hübsch und hell in dem Haus sei, daß sie da gut atmen könne, daß es für jede Art von Schlaflosigkeit Bücher gebe, daß sie aus den Fenstern sehen könne, wie die Blumen wüchsen, und daß Cyrille Blumen möge. Juliette hatte Cyrille abgeholt und mit ins *Tonneau* genommen, um mit ihm Kuchen zu backen. Übermorgen würde er in seine neue Schule gehen. Und sie ins Kommissariat. Alexandra runzelte die Stirn. Was wollte Leguennec noch von ihr? Sie hatte doch alles gesagt.

Marc dachte, das wäre die passende Gelegenheit, um die kühne und unangenehme Offensive zu starten, aber die Idee erschien ihm jetzt nicht mehr so gut. Er stand auf und setzte sich auf den Tisch, um sich zu stärken. Er war nie gut gewesen, wenn er normal auf einem Stuhl sitzen geblieben war.

»Ich glaube, ich weiß, was er von dir will«, sagte er kraftlos. »Ich kann dir seine Fragen jetzt schon stellen, damit du dich dran gewöhnst.«

Alexandra hob rasch den Kopf.

»Du willst mich ausfragen? Ihr habt also auch nichts anderes im Kopf? Zweifel? Dunkle Vermutungen? Die Erbschaft?«

Alexandra war aufgestanden. Marc ergriff ihre Hand, um sie zurückzuhalten. Die Berührung ließ ihn leicht zusammenzucken. Na gut, er hatte sicher gelogen, als er Lucien sagte, daß er sich nicht auf sie stürzen wolle.

»Darum geht es nicht«, sagte er. »Warum setzt du dich nicht wieder hin und trinkst deinen Tee? Ich kann dich in aller Ruhe Sachen fragen, die Leguennec dir brutal entreißen wird. Warum nicht?«

»Du lügst«, erwiderte Alexandra. »Aber stell dir vor, das ist mir egal. Stell deine Fragen, wenn dich das beruhigt. Ich hab keine Angst vor dir, vor euch, vor Leguennec, vor niemandem außer vor mir selber. Los, Marc. Leg mit deinen dunklen Vermutungen los.«

»Ich werd mal ein paar dicke Scheiben Brot abschneiden«, bemerkte Mathias.

Mit angespanntem Gesicht lehnte sich Alexandra auf ihrem Stuhl zurück und begann zu wippen.

»Dann eben nicht«, sagte Marc. »Ich laß es bleiben.«

»Tapferer Krieger«, murmelte Lucien.

»Nein«, sagte Alexandra. »Ich warte auf deine Fragen.«

»Mut, Soldat«, flüsterte Lucien Marc im Vorbeigehen zu.

»Gut«, sagte Marc mit dumpfer Stimme. »Gut. Leguennec wird dich sicherlich fragen, warum du wie gerufen hier aufgetaucht bist und damit für die Wiederaufnahme der Ermittlung gesorgt hast, durch die zwei Tage später die Leiche deiner Tante gefunden wurde. Ohne deine Ankunft wäre die Angelegenheit im ungewissen geblieben und Tante Sophia auf einer griechischen Insel verschwunden. Keine Leiche, kein Tod; kein Tod, keine Erbschaft.«

»Na und? Ich hab es doch gesagt. Ich bin gekommen, weil Tante Sophia es mir vorgeschlagen hatte. Ich mußte weg. Das ist für niemanden ein Geheimnis.«

»Nur für Ihre Mutter.«

Die drei Männer drehten sich gleichzeitig zur Tür, wo Vandoosler wieder einmal aufgetaucht war, ohne daß man ihn hatte herunterkommen hören.

»Wir haben nicht nach dir gerufen«, sagte Marc.

»Nein«, bemerkte Vandoosler. »Im Augenblick wird überhaupt nicht mehr soviel nach mir gerufen. Das hindert mich nicht daran, mich einzumischen, merk dir das.«

»Verzieh dich«, sagte Marc. »Was ich gerade mache, ist bereits schwer genug.«

»Weil du dich wie ein Tölpel anstellst. Willst du Leguennec voraus sein? Die Fäden vor ihm entwirren und das Mädchen befreien? Dann mach's wenigstens richtig. Erlauben Sie?« fragte er Alexandra und setzte sich neben sie.

»Ich glaube nicht, daß ich die Wahl habe«, erwiderte sie. »Alles in allem antworte ich lieber einem richtigen Bullen, auch wenn er korrupt ist, wie man mir gesagt hat, als drei Pseudo-Bullen, die sich in ihren zweifelhaften Absichten verstrickt haben. Außer der Absicht von Mathias, Brot zu schneiden – die ist gut. Ich höre.«

»Leguennec hat Ihre Mutter angerufen. Sie wußte, daß Sie nach Paris wollten, sie wußte auch warum. Liebeskummer nennt man so etwas verkürzt, ein Wort, das offen gestanden zu kurz ist für das, was es vermeintlich bezeichnen soll.«

»Kennen Sie sich etwa aus mit Liebeskummer?« fragte Alexandra mit weiterhin gerunzelter Stirn.

»Durchaus«, sagte Vandoosler langsam. »Weil ich häufig welchen verursacht habe. Darunter einen ziemlich ernsten. Ja, ich verstehe was davon.«

Vandoosler fuhr sich mit den Händen durch sein weißes und schwarzes Haar. Alle schwiegen. Marc hatte ihn selten so ernst und unverstellt erlebt. Mit unbewegtem Gesicht trommelte Vandoosler lautlos auf den Holztisch. Alexandra beobachtete ihn.

»Lassen wir das«, bemerkte er schließlich. »Ja, ich kenne mich da aus.«

Alexandra senkte den Kopf. Vandoosler erkundigte sich, ob man verpflichtet sei, Tee zu trinken, oder ob man auch was anderes trinken könne.

»Das aber nur, um Ihnen zu sagen, daß ich Ihnen Ihre Geschichte mit dem Abhauen glaube«, sagte er, während er sich ein Glas einschenkte. »Ich wußte es von Anfang an. Leguennec hat es überprüft, und Ihre Mutter hat es bestätigt. Sie waren mit Cyrille seit fast einem Jahr allein und wollten nach Paris. Was Ihre Mutter aber nicht wußte, war, daß Sophia Sie hier aufnehmen sollte. Ihr gegenüber hatten Sie nur von Freunden gesprochen.«

»Meine Mutter war immer ein wenig neidisch auf ihre Schwester«, sagte Alexandra. »Ich wollte nicht, daß sie denkt, ich würde sie wegen Sophia verlassen, ich wollte sie nicht verletzen. Wir Griechen neigen dazu, uns oft und gerne zuviel Gedanken zu machen. Na ja, zumindest hat Großmutter das immer gesagt.«

»Ein edles Motiv«, bemerkte Vandoosler. »Wenden wir uns also dem zu, was Leguennec denken könnte ... Alexandra Haufman, von der Verzweiflung verwandelt und gierig nach Vergeltung ...«

»Vergeltung?« murmelte Alexandra. »Welcher Vergeltung?«

»Unterbrechen Sie mich bitte nicht. Die Stärke eines Bullen liegt im langen Monolog, der wie eine kompakte Masse erdrückt, oder in der blitzschnellen Erwiderung, die wie eine Keule tötet. Man darf dem Bullen dieses mühsam erarbeitete Vergnügen nicht nehmen, sonst rastet er aus. Sie sollten darum übermorgen Leguennec bloß nicht unterbrechen. Also ... Gierig nach Vergeltung, enttäuscht, verbittert, entschlossen, sich neue Macht zu sichern, ziemlich abgebrannt, neidisch auf das schöne Leben Ihrer Tante, finden Sie in dem Mord das Mittel, ihre Mutter zu rächen, die es trotz einiger längst vergessener Versuche zu singen nie geschafft hat, sie planen, die Tante aus dem Weg zu räumen und einen großen Teil ihres Vermögens *via* Ihre Mutter zu erlangen.«

»Phantastisch«, knurrte Alexandra. »Habe ich nicht gesagt, daß ich Tante Sophia geliebt habe?«

»Eine kindische Verteidigung, junge Frau, albern. Ein

Inspektor hält sich mit solchen Albernheiten nicht auf, wenn er Motiv und Hergang in Händen hält. Um so mehr, als Sie Ihre Tante seit zehn Jahren nicht mehr gesehen haben. Das ist zu lange für eine liebende Nichte. Weiter. In Lyon hatten Sie ein Auto. Warum sind Sie also mit dem Zug gekommen? Warum haben Sie Ihr Auto vor Ihrer Abfahrt bei der Werkstatt abgegeben, um es zu verkaufen, und bemerkt, es erscheine Ihnen zu alt, um die Strecke bis nach Paris zu überstehen?«

»Woher wissen Sie das?« fragte Alexandra verstört.

»Ihre Mutter hat mir gesagt, Sie hätten Ihr Auto verkauft. Ich habe alle Werkstätten in der Nähe Ihrer Wohnung angerufen, bis ich die richtige gefunden habe.«

»Was ist denn daran verwerflich?« rief Marc plötzlich. »Was suchst du eigentlich? Laß sie doch endlich in Ruhe!«

»Und, Marc?« fragte Vandoosler und sah ihn an. »Du wolltest sie doch auf Leguennec vorbereiten, oder? Genau das tue ich. Du willst hier den Bullen spielen und erträgst nicht mal den Anfang eines Verhörs? Ich weiß, was sie am Montag erwartet. Also halt die Klappe und sperr die Ohren auf. Und du, heiliger Matthäus, könntest du mir vielleicht sagen, warum du Brot schneidest, als ob wir noch zwanzig Leute erwarten würden?«

»Um mich zu entspannen«, erwiderte Mathias. »Und weil Lucien es ißt. Lucien mag Brot.«

Vandoosler seufzte und wandte sich wieder Alexandra zu, die sich mit einem Geschirrtuch verängstigt die Tränen abwischte.

»Jetzt schon?« fragte sie. »Jetzt schon all die Telefonate, all die Nachforschungen? Ist es denn so schlimm, sein Auto zu verkaufen? Es war völlig klapprig. Ich wollte mit Cyrille nicht die weite Strecke bis Paris fahren. Und dann war es auch voller Erinnerungen. Ich habe es verkauft ... Ist das ein Verbrechen?«

»Ich fahre in meinen Überlegungen fort«, sagte Vandoosler. »Im Laufe der letzten Woche, am Mittwoch zum Beispiel, dem Tag, an dem Sie Cyrille immer bei

Ihrer Mutter abgeben, fahren Sie nach Paris – mit Ihrem Auto, das übrigens nach Auskunft des Werkstattbesitzers gar nicht so klapprig ist.«

Lucien, der wie gewöhnlich um den großen Tisch herumging, nahm Alexandra das Geschirrtuch aus der Hand und gab ihr ein Taschentuch.

»Das Handtuch ist nicht sehr sauber«, flüsterte er.

»Das übrigens gar nicht so klapprig ist«, wiederholte Vandoosler.

»Ich hab Ihnen doch gesagt, daß das Auto voll mit Erinnerungen war, Scheiße!« rief Alexandra. »Wenn Sie verstehen können, warum jemand abhaut, dann werden Sie doch wohl verstehen, warum man ein Auto verscheuert, oder?«

»Sicher. Aber warum haben Sie das Auto nicht früher verkauft, wenn die Erinnerungen so belastend waren?«

»Weil man sich mit solchen Erinnerungen im Kopf eben nicht gleich entscheiden kann, Scheiße!« rief Alexandra.

»Sagen Sie zu einem Bullen nie zweimal ›Scheiße‹, Alexandra. Bei mir spielt das keine Rolle. Aber am Montag: Vorsicht. Leguennec wird sich nicht rühren, aber er wird das nicht mögen. Sagen Sie nicht ›Scheiße‹. Einem Bretonen gegenüber sagt man nie ›Scheiße‹, es ist der Bretone, der ›Scheiße‹ sagt. Das ist ein Gesetz.«

»Warum hast du diesen Leguennec dann ausgesucht?« fragte Marc. »Wenn er nicht in der Lage ist, einem auch nur irgendwas zu glauben, und es nicht ertragen kann, daß jemand ›Scheiße‹ zu ihm sagt?«

»Weil Leguennec geschickt ist, weil Leguennec ein Freund ist, weil es sein Sektor ist, weil er alle Einzelheiten für uns zusammenträgt und weil ich am Ende mit den Einzelheiten mache, was ich will, ich, Armand Vandoosler.«

»Was du nicht sagst!« rief Marc.

»Hör auf zu schreien, heiliger Markus, das ist schlecht für die Heiligsprechung, und unterbrich mich nicht ständig. Ich fahre fort. Alexandra, im Hinblick auf Ihre

Abreise haben Sie vor drei Wochen Ihre Arbeit aufgegeben. Sie haben eine Karte mit Stern und einer Verabredung in Lyon an Ihre Tante geschickt. Alle in der Familie kennen die alte Stelyos-Geschichte und wissen, an wen Sophia denkt, wenn sie einen gezeichneten Stern sieht. Sie kommen abends nach Paris, fangen Ihre Tante ab, erzählen ihr was weiß ich über Stelyos, der gerade in Lyon sei, nehmen sie in Ihrem Auto mit und bringen sie um. Gut. Sie laden sie irgendwo ab, zum Beispiel im Wald von Fontainebleau oder im Wald von Marly, ganz wie Sie wollen, in einer ziemlich abgelegenen Ecke, so daß sie nicht allzufrüh gefunden wird – auf diese Weise umgehen Sie die Frage nach dem Todesdatum und nach einem präzisen Alibi –, und kehren morgens nach Lyon zurück. Tage vergehen, nichts in den Zeitungen. Das kommt Ihnen gelegen. Schließlich aber machen Sie sich Sorgen. Die Ecke war vielleicht zu abgelegen. Wenn die Leiche nicht gefunden wird, gibt es kein Erbe. Es wird Zeit, sich an Ort und Stelle zu begeben. Sie verkaufen Ihr Auto, achten sorgfältig darauf, daß klar wird, daß Sie mit der Karre nie die weite Strecke bis nach Paris fahren würden, und kommen mit dem Zug. Sie fallen auf, weil Sie stumpfsinnig mit Ihrem Kind im Regen sitzen, anstatt auf die Idee zu kommen, im nächstbesten Café Schutz zu suchen. Es gibt für Sie nicht den geringsten Grund, an ein freiwilliges Verschwinden von Sophia zu glauben. Sie protestieren also, und die Ermittlung kommt wieder in Gang. Mittwoch abend leihen sie sich das Auto Ihrer Tante, fahren in der Nacht weg, um die Leiche einzuladen, sorgen peinlichst dafür, daß keinerlei Spuren im Gepäckraum zurückbleiben, eine unangenehme Aufgabe, Plastikfolien, Isolierstoff und andere erbärmliche technische Details, und packen sie in ein verlassenes Auto in einer Gasse der Banlieue. Dann legen Sie Feuer, um jede Spur von Transport, Manipulation und Plastiktüten zu beseitigen. Sie wissen, daß der steinerne Talisman von Tante Sophia das Feuer überstehen wird. Er hat ja auch den Vulkan überstanden, der ihn ausgespuckt hat ... Die Arbeit ist vollendet, und die Leiche wird identifiziert. Erst am nächsten Tag benutzen Sie offiziell das Auto, das Ihr Onkel Ihnen geliehen hat. Um ziellos durch die Nacht zu fahren, sagen Sie. Oder vielleicht, um die Nacht vergessen zu machen, in der Sie mit einem ganz präzisen Ziel gefahren sind, für den Fall, daß jemand Sie gesehen haben sollte. Noch ein Detail: Suchen Sie nicht nach dem Auto Ihrer Tante, es ist seit gestern morgen zur Untersuchung im Labor.«

»Stellen Sie sich vor, das weiß ich«, unterbrach ihn Alexandra.

»Untersuchung von Kofferraum und Sitzen ...«, fuhr Vandoosler fort, »von diesen gründlichen Analysen haben Sie sicher schon gehört. Sie bekommen das Auto zurück, sobald das getan ist. Das ist alles«, schloß er und klopfte der jungen Frau auf die Schulter.

Alexandra saß starr da und hatte den leeren Blick von Menschen, die dabei sind, das Ausmaß eines Desasters zu ermessen. Marc fragte sich, ob er dieses Arschloch von Paten nicht einfach rausschmeißen sollte, ihn an den Schultern seines tadellosen grauen Jacketts packen, ihm seine schöne Fresse polieren und ihn durch das Rundbogenfenster werfen sollte. Vandoosler hob den Blick und sah ihn an.

»Ich weiß, woran du denkst, Marc. Das würde dich erleichtern. Aber halte dich zurück und erspar es mir. Ich kann noch nützlich sein, was auch passieren und was immer man ihr vorwerfen mag.«

Marc dachte an den Mörder, den Armand Vandoosler unter Mißachtung jeglicher Gerechtigkeit hatte laufen lassen. Er versuchte, nicht durchzudrehen, aber die Ausführungen, die der Pate gerade gemacht hatte, waren stimmig. Ziemlich stimmig sogar. Plötzlich hörte er wieder Cyrilles helle Stimme am Donnerstag abend, hörte, wie er sagte, er wolle mit ihnen essen, er hätte genug vom Autofahren ... War Alexandra in der Nacht zuvor auch gefahren? In der Nacht, als sie die Leiche geholt hatte? Nein. Grauenhaft. Der Kleine hatte sicher an andere Reisen gedacht. Alexandra fuhr seit elf Monaten nachts herum.

Marc sah die anderen an. Mathias zermalmte mit gesenktem Kopf eine Scheibe Brot. Lucien staubte mit dem schmutzigen Geschirrtuch ein Regal ab. Er wartete auf Alexandras Reaktion, wartete, daß sie sich erklärte, daß sie losschrie.

»Das ist in sich stimmig«, sagte sie nur.

»Das ist in sich stimmig«, bestätigte Vandoosler.

»Du bist bescheuert, sag was anderes«, flehte Marc.

»Sie ist nicht bescheuert«, sagte Vandoosler. »Sie ist sehr intelligent.«

»Und die anderen?« fragte Marc. »Sie ist doch nicht die einzige, die von Sophias Geld profitiert. Da gibt es noch ihre Mutter...«

Alexandra knüllte das Taschentuch in ihrer Faust zusammen.

»Ihre Mutter ist aus dem Spiel«, bemerkte Vandoosler. »Sie hat Lyon nicht verlassen. Sie war bis einschließlich Samstag jeden Tag im Büro. Sie hat eine Zweidrittelstelle und holt Cyrille jeden Abend ab. Unanfechtbar. Das ist bereits überprüft.«

»Danke«, flüsterte Alexandra.

»Dann vielleicht Pierre Relivaux?« fragte Marc. »Er profitiert immerhin als erster davon, oder? Außerdem hat er eine Geliebte.«

»Für Relivaux sieht es in der Tat nicht gut aus, das stimmt. Ziemlich häufige nächtliche Abwesenheit, seitdem seine Frau verschwunden ist. Aber er hat nichts dafür getan, daß sie wiedergefunden wurde, denk daran. Und ohne Leiche keine Erbschaft.«

»Blödsinn! Er wußte sehr gut, daß man sie so oder so eines Tages finden würde!«

»Möglich«, sagte Vandoosler. »Leguennec läßt ihn ebenfalls nicht aus den Klauen, mach dir keine Sorgen.«

»Und der Rest der Familie?« fragte Marc. »Lex, erzähl vom Rest der Familie.«

»Frag deinen Onkel«, erwiderte Alexandra, »er scheint ja alles zu wissen, bevor es die anderen wissen.«

»Da, iß Brot«, sagte Mathias zu Marc. »Das entspannt die Kiefer.«

»Glaubst du?«

Mathias nickte und streckte ihm eine Scheibe hin. Marc mampfte wie ein Verrückter, während er zuhörte, wie Vandoosler fortfuhr, seine Erkenntnisse zu verbreiten.

»Dritter Erbe: der Vater von Sophia, der in Dourdan lebt«, sagte Vandoosler. »Simeonidis der Ältere ist ein begeisterter Anhänger seiner Tochter. Er hat kein einziges Konzert von ihr verpaßt. In der Pariser Oper hat er seine zweite Frau kennengelernt. Die war dort, um ihren Sohn auf der Bühne zu sehen, einen kleinen Statisten, und darauf war sie sehr stolz. Dann war sie sehr stolz, den Vater der Sängerin kennenzulernen, weil sie zufällig nebeneinander in einer der vorderen Reihen saßen. Zunächst hat sie sicher gedacht, daß er ein gutes Sprungbrett für ihren Sohn wäre, aber nach und nach sind sie sich nähergekommen, haben geheiratet und sind in das Haus in Dourdan gezogen. Halten wir zwei Punkte fest: Simeonidis ist nicht reich, und er fährt noch immer Auto. Aber die Grundtatsache bleibt: er ist ein begeisterter Anhänger seiner Tochter. Ihr Tod hat ihn völlig niedergeschmettert. Er hat alles über sie gesammelt, was gesagt, geschrieben, fotografiert, gebrabbelt, geflüstert oder gezeichnet worden ist. Das füllt angeblich ein ganzes Zimmer in seinem Haus. Wahr oder falsch?«

»Das sagt jedenfalls die Familienlegende«, murmelte Alexandra. »Er ist ein braver, herrischer Alter, nur hat er in zweiter Ehe eine dumme Gans geheiratet. Diese dumme Gans ist jünger als er, sie macht so ziemlich, was sie will, nur nicht beim Thema Sophia. Das ist heilig, und da darf sie ihre Nase nicht reinstecken.«

»Der Sohn der Frau ist ein bißchen seltsam.«

»Aha!« sagte Marc.

»Freu dich nicht zu früh«, erwiderte Vandoosler. »Seltsam im Sinne von schlaff, unentschlossen, ein Voyeur, der im Alter von über Vierzig vom Geld seiner Mutter lebt, zwei linke Hände hat und ab und zu ein paar kleine Dinger dreht. Dabei ist er nicht sehr geschickt, wird geschnappt, wieder freigelassen, kurz: eher erbärmlich als suspekt. Sophia hat mehrere Statistenrollen für ihn gefunden, aber selbst in den stummen Rollen war er nie besonders gut und hatte sie bald satt.«

Gedankenverloren wischte Alexandra mit dem weißen Taschentuch, das ihr Lucien geliehen hatte, über den Tisch. Lucien hatte Angst um sein Taschentuch. Mathias stand auf, um zu seiner Abendschicht ins *Tonneau* zu gehen. Er sagte, er würde Cyrille in der Küche zu essen geben und sich später für zwei Minuten ausklinken, um ihn im Gartenhaus schlafen zu legen. Alexandra lächelte ihm zu.

Mathias ging in seine Wohnung hinauf, um sich umzuziehen. Juliette hatte verlangt, daß er unter seiner Kellnerkleidung künftig etwas anhaben solle. Das war hart für Mathias. Er hatte das Gefühl, unter drei Schichten Kleidung zu ersticken. Aber er verstand Juliettes Auffassung. Sie hatte ihn auch gebeten, sich nicht mehr halb in der Küche und halb im Restaurant umzuziehen, wenn die Gäste gegangen waren, weil »man ihn sehen könnte«. In diesem Punkt verstand Mathias Juliettes Auffassung jedoch nicht mehr, es war ihm nicht ganz klar, was daran unangenehm sein könnte, aber er wollte sie nicht verärgern. Künftig würde er sich also in seinem Zimmer umziehen, was ihn dazu zwang, vollständig angezogen auf die Straße zu gehen, mit Unterhose, Strümpfen, Schuhen, schwarzer Hose, Hemd, Fliege, Weste und Jacke, und er war ziemlich unglücklich. Aber die Arbeit war gut. Es war die Sorte Arbeit, die es einem ermöglicht, nebenbei zu denken. Und an manchen Abenden, an denen nicht viel los war, gab Juliette ihm früher frei. Er hätte auch nichts dagegen gehabt, die ganze Nacht dort zu bleiben, allein mit ihr, aber da er wenig redete, war die Chance nicht groß, daß sie von selbst drauf kam. Also gab sie ihm früher frei. Während er seine abscheuliche Weste zuknöpfte, dachte Mathias an Alexandra und an die Menge Brotscheiben, die er hatte abschneiden müssen, um die Situation erträglicher zu machen. Der alte Vandoosler übertrieb wirklich. Es war jedenfalls unglaublich, wie viele Scheiben Brot Lucien verdrücken konnte.

Nachdem Mathias gegangen war, schwiegen alle. So war das häufig mit Mathias, dachte Marc verschwommen. Wenn Mathias da war, dann redete er kaum, und es war einem völlig egal. Aber wenn er dann nicht mehr da war, hatte man den Eindruck, als ob die steinerne Brücke, auf die man sich stützte, plötzlich verschwunden wäre und man ein neues Gleichgewicht suchen müsse. Er bekam eine leicht Gänsehaut und schüttelte sich.

»Soldat, du schläfst ein«, bemerkte Lucien.

»Nicht im geringsten«, erwiderte Marc. »Ich bleibe sitzen und schlendere trotzdem umher. Das ist eine Frage der Tektonik, das kannst du nicht verstehen.«

Vandoosler erhob sich und forderte Alexandra auf, ihn anzusehen.

»Alles ist in sich stimmig«, wiederholte Alexandra. »Der alte Simeonidis hat Sophia nicht umgebracht, weil er sie liebte. Sein Stiefsohn hat Sophia nicht umgebracht, weil er ein Schlappschwanz ist. Seine Mutter nicht, weil sie eine dumme Kuh ist. Mama auch nicht, weil es Mama ist und weil sie sich in Lyon nicht von der Stelle gerührt hat. Bleibe also nur noch ich: Ich habe mich von der Stelle gerührt, ich habe meine Mutter angelogen, ich habe mein Auto verkauft, ich habe Tante Sophia seit zehn Jahren nicht mehr gesehen, ich bin verbittert, ich habe durch meine Ankunft die Ermittlungen ausgelöst, ich habe keine Arbeit mehr, ich habe das Auto von meiner Tante genommen, ich fahre ohne erklärten Grund in der Nacht umher. Jetzt bin ich reif. Ich saß ja sowieso schon in der Scheiße.«

»Wir auch«, sagte Marc. »Aber es gibt einen Unterschied zwischen in der Scheiße sitzen und reif sein. In dem einen Fall rutscht man aus, im anderen ist man kurz vor dem Verfaulen. Das ist ein großer Unterschied.«

»Laß deine Allegorien«, sagte Vandoosler. »Das kann sie jetzt nicht gebrauchen.«

»Ab und zu eine kleine Allegorie hat noch niemandem geschadet«, entgegnete Marc.

»Was ich Alexandra gesagt habe, ist im Augenblick nützlicher. Sie ist jetzt bereit. Alle Fehler, die sie heute abend begangen hat – Kopflosigkeit, Tränen, Wut, Ins-Wort-Fallen, zwei Mal ›Scheiße‹ sagen, Schreie, Fassungslosigkeit und Niederlage –, wird sie am Montag nicht noch einmal begehen. Morgen wird sie schlafen, lesen, mit dem Kleinen im Park oder an den Seine-Quais spazierengehen. Leguennec wird sie sicherlich beschatten lassen. Das ist vorgesehen. Sie braucht es nicht einmal zu merken. Montag fährt sie dann den Kleinen in die Schule und begibt sich zum Kommissariat. Sie weiß, worauf sie sich gefaßt machen kann. Sie wird ohne großen Wirbel ihre Wahrheit sagen, und das ist das Beste, was man tun kann, um einen Bullen erst mal zu bremsen.«

»Sie wird die Wahrheit sagen, aber Leguennec wird ihr nicht glauben«, wandte Marc ein.

»Ich habe nicht gesagt *die* Wahrheit. Ich habe gesagt *ihre* Wahrheit.«

»Also denkst du, daß sie schuldig ist?« fragte Marc und begann sich erneut aufzuregen.

Vandoosler hob seine Hände und ließ sie wieder auf seine Schenkel fallen.

»Marc, es braucht Zeit, bis *die* und *ihre* wieder übereinstimmen. Etwas Zeit. Das ist alles, was wir brauchen. Und genau die versuche ich zu gewinnen. Leguennec ist ein guter Bulle, aber er tendiert dazu, den Wal zu schnell packen zu wollen. Er ist ein Harpunier, die muß es auch geben. Ich lasse dem Wal lieber erst mal Raum, laß die

Leine schießen, schütte Wasser drauf, wenn es zu heiß wird, finde raus, wo er wieder hochkommt, laß ihn von neuem tauchen, und so weiter. Etwas Zeit, etwas Zeit...«

»Was erwarten Sie sich von der Zeit?« fragte Alexandra.

»Reaktionen«, erwiderte Vandoosler. »Nach einem Mord bleibt nichts starr. Ich warte auf die Reaktionen. Und wenn es nur sehr kleine sind. Aber sie kommen. Man muß nur aufmerksam sein.«

»Und dafür bleibst du da oben in deinem Dachstuhl?« fragte Marc »Ohne dich zu rühren? Ohne zu suchen? Ohne jede Bewegung? Glaubst du, die Reaktionen werden dir vor die Füße fallen wie Taubendreck? Weißt du, wieviel Taubenkacke ich in den dreiundzwanzig Jahren, die ich in Paris lebe, abgekriegt habe? Weißt du, wieviel? Eine einzige! Eine einzige kleine, mickrige Taubenkacke, wo es hier Millionen Tauben gibt, die den ganzen verdammten Tag in die Stadt scheißen. Also? Was erhoffst du dir? Daß die Reaktionen dir brav den Gefallen tun, sich auf dein aufmerksames Gemüt niederzulassen?«

»Ganz genau«, sagte Vandoosler. »Weil das hier...«

»Weil das hier die Front ist«, bemerkte Lucien.

»Dein Weltkriegsfreund ist schlau«, sagte Vandoosler.

Im Raum herrschte einen Moment lang dumpfes Schweigen. Vandoosler kramte in seinen Taschen und holte zwei Fünf-Francs-Stücke heraus. Er entschied sich für das glänzendere und verschwand im Keller, wo sie die Werkzeuge verstaut hatten. Man hörte kurz das Geräusch einer Bohrmaschine. Vandoosler kam mit dem durchbohrten Geldstück in der Hand zurück und nagelte es mit drei Hammerschlägen an den Balken links vom Kamin.

»Bist du mit deiner Show fertig?« fragte Marc.

»Wo wir schon vom Walfang gesprochen haben«, antwortete Vandoosler, »nagele ich dieses Geldstück an den Großmast. Es gehört demjenigen, der den Mörder harpuniert.«

»Muß das sein?« fragte Marc. »Sophia ist tot, und du amüsierst dich. Du nutzt es aus, um hier das Arschloch zu spielen, und machst auf Kapitän Ahab. Du bist lächerlich.«

»Das ist nicht lächerlich, das ist ein Symbol. Ein kleiner Unterschied. Brot und Symbole. Das ist entscheidend.«

»Und du bist natürlich der Kapitän.«

Vandoosler schüttelte den Kopf.

»Ich weiß nicht«, sagte er. »Wir machen hier kein Wettrennen. Ich will den Mörder, und ich will, daß alle daran mitarbeiten.«

»Man hat dich schon nachsichtiger mit Mördern erlebt«, bemerkte Marc.

Vandoosler drehte sich brüsk um.

»Mit dem hier werde ich keine Nachsicht haben. Er ist ein ganz gemeiner Hund.«

»Ach ja? Weißt du das schon?«

»Ja, das weiß ich. Der hier ist ein brutaler Totschläger. Ein Totschläger, verstehst du mich? Gute Nacht allesamt.«

23

Am Montag gegen Mittag hörte Marc, wie ein Auto vor ihrem Tor hielt. Er ließ seinen Bleistift fallen und stürzte ans Fenster: Vandoosler stieg mit Alexandra aus einem Taxi. Er begleitete sie bis zu ihrem Pavillon und kam vor sich hin summend zurück. Also deswegen hatte er das Haus verlassen: um sie im Kommissariat abzuholen. Marc knirschte mit den Zähnen. Die subtile Allmacht des Paten begann ihn zu erbittern. Das Blut pochte ihm in den Schläfen. Wieder so ein Anfall von Wut. Die Tektonik. Wie zum Teufel stellte Mathias es an, wortkarg und hünenhaft zu bleiben, wo doch nichts von dem eintrat, was er sich wünschte? Er selbst hatte den Eindruck, sich ständig in Erbitterung zu verzehren. Er hatte an diesem Morgen die Hälfte seines Bleistifts zerkaut und unaufhörlich Holzsplitter auf sein Blatt gespuckt. Ob er mal versuchen sollte, Sandalen zu tragen? Lächerlich. Er würde sich nicht nur kalte Füße holen, sondern auch noch den letzten Glanz verlieren, der ihm blieb und der sich in die Manieriertheit seiner Kleidung geflüchtet hatte. Sandalen kamen gar nicht in Frage.

Marc schnallte seinen versilberten Gürtel enger und strich seine enge schwarze Hose glatt. Alexandra war gestern nicht einmal vorbeigekommen.

Warum hätte sie auch kommen sollen? Sie hatte ja jetzt ihr Gartenhaus, ihre Unabhängigkeit, ihre Freiheit. Das Mädchen war sehr empfindlich, was ihre Freiheit anging, da sollte man aufpassen. Immerhin hatte sie den Sonntag so verbracht, wie Vandoosler der Ältere es ihr empfohlen hatte. Park mit Cyrille. Mathias hatte sie Ball spielen sehen und hatte eine Partie mitgespielt. Milde Junisonne. Auf die Idee war Marc nicht gekommen. Mathias war in der Lage, hie und da schweigend kleine, tröstliche Gesten zu tun, die Marc nicht einmal in den Sinn kamen, so einfach waren sie. Marc hatte sich mit gedämpfter Begeisterung wieder an seine Untersuchung des dörflichen Handels im 11. und 12. Jahrhundert gemacht. Die Überlegungen zum landwirtschaftlichen Produktionsüberschuß waren vollkommen verworren, und man mußte sich mit aller Konzentration daranmachen, um nicht bis zu den Hüften in ihnen zu versinken. Ätzend. Er hätte vielleicht besser daran getan, Ball zu spielen: da weiß man, was man wirft, da sieht man, was man fängt. Der Pate hatte den Sonntag damit verbracht, auf einem Stuhl stehend die Nase aus seinem Oberlicht zu stecken und die Umgebung zu überwachen. Was für ein Idiot. Klar, mit seiner Art, den Späher im Ausguck oder den Kapitän eines Walfangschiffs zu spielen, gewann der Alte in den Augen der Naiven an Bedeutung. Aber Marc beeindruckte das nicht.

Er hörte, wie Vandoosler die vier Treppen hinaufstieg. Er rührte sich nicht und war entschlossen, ihm nicht die Befriedigung zu verschaffen, daß er zu ihm ginge und ihn nach den neuesten Informationen fragte. Wie bei Kleinigkeiten üblich, ließ Marcs Entschlossenheit rasch nach, und zwanzig Minuten später öffnete er die Tür zum Dachgeschoß.

Der Pate war wieder auf seinen Stuhl gestiegen und hatte den Kopf aus dem Oberlicht gesteckt.

»Du siehst aus wie ein Idiot«, bemerkte Marc. »Worauf wartest du? Auf die Reaktion? Den Taubendreck? Den Wal?«

»Ich tu dir, glaube ich, nicht weh«, erwiderte Vandoosler und stieg von seinem Stuhl. »Warum regst du dich also auf?«

»Du spielst den Wichtigen, den Unentbehrlichen. Du spielst den Schönen. Das regt mich auf.«

»Da stimme ich dir zu, das kann auf die Nerven gehen. Aber du bist doch daran gewöhnt, und normalerweise ist es dir egal. Aber ich kümmere mich um Lex, und das regt dich auf. Du vergißt, daß ich nur deshalb auf die Kleine aufpasse, um Stümpereien zu verhindern, die unangenehm für alle sein könnten. Willst du das ganz allein machen? Dir fehlt die Erfahrung. Und da du dich dauernd aufregst und nicht zuhörst, was ich dir sage, wirst du auch schwerlich Erfahrung bekommen. Und schließlich hast du keinerlei Zugang zu Leguennec. Wenn du helfen willst, wird dir nichts anderes übrigbleiben, als mein Vorgehen zu ertragen. Und vielleicht sogar meine Anweisungen auszuführen, weil ich nicht überall zugleich sein kann. Du und die beiden anderen Evangelisten, ihr könntet noch nützlich sein.«

»Wozu?« fragte Marc.

»Warte. Noch ist es zu früh.«

»Wartest du auf die Taubenkacke?«

»Nenn es, wie du willst.«

»Bist du sicher, daß sie kommt?«

»Ziemlich sicher. Alexandra hat sich heute morgen beim Verhör gut verhalten. Leguennec verlangsamt sein Tempo. Aber er hat etwas gegen sie in der Hand. Willst du's wissen, oder ist dir egal, was ich mache?«

Marc setzte sich.

»Sie haben das Auto von Tante Sophia untersucht«, sagte Vandoosler. »Im Kofferraum haben sie zwei Haare gefunden. Sie stammen von Sophia Simeonidis' Kopf, kein Zweifel.«

Vandoosler rieb sich die Hände und lachte.

»Findest du das lustig?« fragte Marc bestürzt.

»Bleib ruhig, junger Vandoosler, wie häufig soll ich dir das noch sagen?« Er lachte erneut und schenkte sich etwas zu trinken ein.

»Willst du auch etwas?« fragte er Marc.

»Nein, danke. Die Sache mit den Haaren ist ernst, und du findest das komisch. Du widerst mich an. Du bist zynisch und bösartig. Außer ... Außer, du denkst vielleicht, daß man daraus nichts schließen kann? Es war ja das Auto von Sophia, da ist es nicht verwunderlich, wenn man Haare von ihr darin findet.«

»Im Kofferraum?«

»Warum nicht? Vielleicht von einem Mantel.«

»Sophia Simeonidis war nicht wie du. Sie hätte nie einfach ihren Mantel in den Kofferraum geschmissen. Nein, ich dachte an was anderes. Reg dich nicht auf. Eine Ermittlung geht nicht so schnell. Ich weiß mir zu helfen. Wenn du dich jetzt bitteschön bemühen würdest, dich ein bißchen zu beruhigen und mir nicht mehr zu unterstellen, ich versuchte, Alexandra in irgendeiner Weise einzuwickeln, und wenn du dich daran erinnern würdest, daß ich dich zum Teil erzogen habe, und zwar trotz all deiner Dummheiten und trotz meiner Dummheiten gar nicht so schlecht, na ja, kurz und gut, wenn du so nett wärst und mir Glauben schenken und deine Fäuste wieder in die Taschen stecken würdest, dann würde ich dich um einen kleinen Gefallen bitten.«

Marc dachte einen Augenblick nach. Die Geschichte mit den Haaren beunruhigte ihn gewaltig. Der Alte schien etwas darüber zu wissen. Unnötig, sich groß zu fragen, er hatte so oder so keine Lust, seinen Onkel vor die Tür zu setzen. Und seinen Paten auch nicht. Das blieb die Grundtatsache, wie Vandoosler selbst gesagt hätte.

»Sag schon«, sagte er seufzend.

»Heute nachmittag bin ich nicht da. Erst findet das Verhör von Relivaux' Geliebter statt, dann ein weiteres Verhör von Relivaux selbst. Ich werde mich da in der Nähe herumtreiben. Ich brauche hier einen Späher, falls die Taubenkacke kommt. Du übernimmst meinen Platz bei der Überwachung.«

»Worin besteht die?«

»Hierzubleiben. Geh nicht weg, nicht mal zum Einkaufen. Man weiß nie. Und bleib an deinem Fenster.«

»Aber was soll ich überwachen, verdammt? Was erwartest du?«

»Keine Ahnung. Deshalb muß man wachsam bleiben. Selbst gegenüber dem lächerlichsten Vorfall. Verstanden?«

»Einverstanden«, erwiderte Marc. »Aber ich verstehe nicht, wo das hinführen soll. Bring wenigstens Brot und Eier mit. Lucien ist bis sechs bei seinem Unterricht. Ich bin dran mit Einkaufen.«

»Haben wir was zu Mittag?«

»Es ist noch etwas Braten da, der ist aber nicht mehr sehr schön. Sollen wir nicht vielleicht besser ins *Tonneau* gehen?«

»Montags ist zu. Und außerdem habe ich gesagt, daß wir das Haus nicht verlassen, erinnerst du dich?«

»Nicht mal zum Essen?«

»Nicht mal zum Essen. Wir machen den Braten alle. Dann gehst du an dein Fenster und wartest. Nimm kein Buch mit. Bleib an deinem Fenster und beobachte.«

»Ich werde mich tödlich langweilen.«

»Aber nein, draußen passieren eine Menge Sachen.«

Ab ein Uhr postierte sich Marc verdrossen an seinem Fenster im zweiten Stock. Es regnete. Normalerweise gingen ziemlich wenig Menschen durch die kleine Straße, und wenn es regnete, noch weniger. Sehr schwer, unter den Schirmen irgendwas zu erkennen. Wie Marc sich gedacht hatte, passierte haarscharf gar nichts. Zwei Damen gingen in die eine Richtung, ein Mann in die andere. Dann kam gegen halb drei der Bruder von Juliette vorbei, der einen kleinen Erkundungsgang machte und unter einem großen schwarzen Schirm kaum zu sehen war. Den dikken Georges sah man ja wirklich nicht häufig. Er arbeitete unregelmäßig, immer dann, wenn der Verlag ihn in die Provinz schickte, um seine Lieferungen zu erledigen. Manchmal war er für eine Woche weg und blieb dann mehrere Tage zu Hause. Dann begegnete man ihm, wenn er spazierenging oder hier und da ein Bier trank. Ein Typ mit derselben weißen Haut wie seine Schwester, nett, aber ziemlich unzugänglich. Er grüßte kurz und liebenswürdig, ohne das Gespräch zu suchen. Im *Tonneau* sah man ihn nie. Marc hatte es nicht gewagt, Juliette über ihn auszufragen, aber auf diesen dicken Bruder, der mit fast Vierzig noch immer bei ihr wohnte, schien sie nicht gerade stolz zu sein. Sie redete fast nie über ihn. Es war ein bißchen, als ob sie ihn verstecken oder schützen würde. Es war nichts über eine Frau in seiner Nähe bekannt, so daß Lucien, natürlich sehr differenziert, die Hypothese aufgestellt hatte, er sei Juliettes Liebhaber. Absurd. Ihre äußerliche Ähnlichkeit war augenfällig, der eine in häßlich, die andere in hübsch. Enttäuscht, aber gezwungen, sich den Tatsachen zu beugen, war Lucien umgeschwenkt und hatte nun behauptet, er habe gesehen, wie Georges in ein gewisses Fachgeschäft in der Rue Saint-Denis geschlichen sei. Marc zuckte mit den Schultern. Alles war Lucien ein Anlaß, sich Gedanken zu machen, von den schlüpfrigsten bis zu den allerfeinsinnigsten.

Gegen drei Uhr nachmittags sah er, wie Juliette nach Hause rannte, sie schützte sich mit einem Karton vor dem Regen, dicht dahinter ging Mathias mit bloßem Kopf und langsamen Schritten Richtung Baracke. Montags half er Juliette häufig bei dem Wocheneinkauf für das Restaurant. Das Wasser lief überall an ihm herab, aber einen Typen wie Mathias störte das natürlich nicht. Dann noch eine Dame. Dann eine Viertelstunde später ein Typ. Die Leute hasteten durchnäßt durch den Regen. Mathias klopfte an seine Tür, um sich einen Radiergummi zu leihen. Er hatte sich nicht einmal die Haare getrocknet.

»Was machst du da an deinem Fenster?« fragte er.

»Ich habe einen Auftrag«, antwortete Mathias müde. »Der Kommissar hat mich beauftragt, die Ereignisse zu überwachen. Also überwache ich sie.«

»Ach so? Welche Ereignisse?«

»Das weiß keiner. Ich brauch dir nicht zu sagen, daß keinerlei Ereignis stattfindet. Sie haben zwei Haare von Sophia in dem Auto gefunden, daß Lex sich ausgeliehen hat.«

»Das ist ja beschissen.«

»Das kannst du laut sagen. Aber der Pate findet das lustig. Ach, da ist der Briefträger.«

»Soll ich dich ablösen?«

»Vielen Dank. Ich gewöhne mich langsam dran. Ich bin der einzige, der hier nichts tut. Also besser, einen Auftrag zu haben, so blöd er auch ist.«

Mathias steckte den Radiergummi ein, und Marc blieb auf seinem Posten. Damen, Schirme. Kinder, die aus der Schule kamen. Alexandra ging mit dem kleinen Cyrille vorbei. Ohne einen Blick in Richtung Baracke. Warum hätte sie auch gucken sollen?

Kurz vor sechs stellte Pierre Relivaux seinen Wagen vor dem Haus ab. Seine Karre mußte auch untersucht worden sein. Er schlug heftig das Gartentor zu. Verhöre machen niemandem gute Laune. Er mußte befürchten, daß die Geschichte mit seiner Geliebten, die er sich im 15. Arrondissement hielt, bis zu seinem Ministerium vordringen würde. Man wußte noch immer nicht, wann das Begräbnis der traurigen Überreste von Sophia stattfinden würde. Sie behielten sie einstweilen. Aber Marc erwartete nicht, daß Relivaux beim Begräbnis zusammenbrechen würde. Er wirkte bedrückt durch den Tod seiner Frau, aber nicht am Boden zerstört. Wenn er der Mörder war, so versuchte er zumindest nicht, Theater zu spielen, eine Taktik wie jede andere. Gegen halb sieben kam Lucien nach Hause. Schluß mit der Ruhe. Dann Vandoosler der Ältere, naß wie ein Schwamm. Marc lockerte seine vom langen Stehen steif gewordenen Muskeln. Das erinnerte ihn an den Tag, an dem sie beobachtet hatten, wie die Bullen unter dem Baum gruben. Von dem Baum redete überhaupt niemand mehr. Und doch hatte alles mit ihm angefangen. Marc schaffte es nicht, ihn zu vergessen. Den Baum.

Ein verlorener Nachmittag. Kein Ereignis, kein unbedeutendes Vorkommnis, nicht die geringste Taubenkacke, nichts.

Marc ging hinunter, um seinem Paten, der ein Feuer machte, um sich zu trocknen, Bericht zu erstatten.

»Nichts«, sagte er. »Ich habe fünf Stunden stocksteif dagestanden, nur um das Nichts zu beobachten. Und du? Was ist mit den Verhören?«

»Leguennec wird allmählich zurückhaltend mit Informationen. Wir sind zwar Freunde, aber man hat ja seinen Stolz. Er kommt nicht voran und möchte nicht, daß man das so klar sieht. In Anbetracht meiner Vergangenheit bleibt sein Vertrauen in mich trotz allem eher mäßig. Außerdem ist er jetzt aufgestiegen. Es ärgert ihn, daß er mich immer auf seiner Spur sieht, er hat den Eindruck, ich würde ihn verachten. Vor allem, als ich wegen der Haare gelacht habe.«

»Und warum lachst du?«

»Taktik, junger Vandoosler, Taktik. Armer Leguennec. Er hat geglaubt, die Richtige zu haben, und jetzt steht er mit einem halben Dutzend möglicher Verbrecher da, von denen es der eine genauso gewesen sein könnte wie der andere. Ich werde ihn zu einer Partie Karten einladen müssen, damit er sich entspannt.«

»Ein halbes Dutzend? Haben sich noch Leute beworben?«

»Na ja, ich habe Leguennec gegenüber bemerkt, daß die Tatsache, daß die kleine Alexandra sich blöd angestellt hat, noch kein Grund für ihn sei, einen groben Fehler zu begehen. Ich versuche ihn zu bremsen, vergiß das nicht. Das ist jetzt das Wichtigste. Also habe ich ihm einen ganzen Haufen Porträts von genauso möglichen Mördern entworfen. Relivaux, der sich gut verteidigt, hat ihn heute nachmittag auch noch zusätzlich gegen Alexandra eingenommen. Da mußte ich meinen Senf dazugeben. Relivaux versichert, das Auto seiner Frau nicht angerührt zu haben. Er habe Alexandra die Schlüssel gegeben. Da mußte ich Leguennec sagen, daß Relivaux ein zweites Paar bei sich versteckt hatte. Ich habe es Leguennec übrigens gegeben. Na? Was sagst du dazu?«

Inzwischen loderte das Feuer im Kamin krachend auf. Marc hatte immer schon diesen kurzen Moment des ungezügelten Aufflammens gemocht, der dem Zusammenbrechen des Reisigs und dann dem gleichmäßigen Verbrennen vorausgeht – beides faszinierend, wenn auch aus anderen Gründen. Auch Lucien war gekommen, um sich aufzuwärmen. Es war Juni, aber in ihren Zimmern bekamen sie abends kalte Hände. Nur Mathias nicht, der gerade mit nacktem Oberkörper hereinkam, um das Abendessen zu bereiten. Mathias hatte einen muskulösen und fast unbehaarten Oberkörper.

»Phantastisch«, sagte Marc argwöhnisch. »Und wie hast du dir die Schlüssel besorgt?«

Vandoosler stieß einen Seufzer aus.

»Ich seh schon«, sagte Marc. »Du bist mit Gewalt bei ihm eingedrungen, während er weg war. Du machst uns damit noch Ärger.«

»Du hast doch neulich auch den Hasen geklaut«, antwortete Vandoosler. »Man verliert seine Gewohnheiten nicht so leicht. Ich wollte nachsehen. Ich habe ein bißchen herumgesucht. Briefe, Kontoauszüge, Schlüssel ... Dieser Relivaux ist vorsichtig. Keinerlei belastende Papiere bei ihm.«

»Wie hast du das mit den Schlüsseln angestellt?«

»Nichts leichter als das. Hinter dem Band S des Großen Larousse aus dem 19. Jahrhundert. Eine Fundgrube, dieses Lexikon. Davon abgesehen, belastet ihn die Tatsache, die Schlüssel versteckt zu haben, noch nicht. Vielleicht ist er ein Angsthase, und es fiel ihm leichter zu sagen, daß er nie ein zweites Paar gehabt hat.«

»Warum hat er sie dann nicht weggeworfen?«

»In so kritischen Momenten kann es nützlich sein, über ein Auto zu verfügen, dessen Schlüssel man angeblich nicht hat. Sein eigenes Auto ist untersucht worden. Nichts.«

»Seine Geliebte?«

»Hat den Angriffen von Leguennec nicht lange widerstanden. Der heilige Lukas hat sich in seiner Diagnose geirrt. Das Mädchen begnügt sich nicht allein mit Pierre Relivaux, sie benutzt ihn. Er dient ihr zum Lebensunterhalt – ihr und ihrem wirklichen Geliebten, der keinerlei Probleme damit hat, sich zu verdrücken, wenn Relivaux zu seinem Samstag-Sonntag-Termin erscheint. Dieser Trottel von Relivaux hegt keinerlei Verdacht, sagt das Mädchen. Die beiden Männer sind sich sogar schon begegnet. Er glaubt, es sei ihr Bruder. Sie sagt, die Situation sei ihr recht, und tatsächlich sehe ich nicht, was sie durch eine Heirat gewinnen würde, bei der sie ihre Freiheit verliert. Und ich sehe auch nicht, was Relivaux seinerseits dabei gewinnen würde. Sophia Simeonidis wertete ihn in den gesellschaftlichen Kreisen, die er anstrebt, sehr viel mehr auf. Ich habe das Rad trotzdem noch ein bißchen angeschubst: Ich habe zu bedenken gegeben, daß das Mädchen – daß Elizabeth, so heißt sie, möglicherweise von vorne bis hinten lügt und vielleicht gerne von den Vorteilen eines Geliebten profitieren würde, der seine Frau los und damit reich wäre. Vielleicht wäre es ihr gelungen, ihn zu heiraten, sie hat ihn seit sechs Jahren, sie sieht nicht schlecht aus und ist erheblich jünger als er.«

»Und die anderen Verdächtigen?«

»Natürlich habe ich Sophias Stiefmutter und deren Sohn belastet. Sie geben sich gegenseitig Alibis, was die Nacht von Maisons-Alfort angeht, aber nichts hindert einen zu denken, daß einer von ihnen hingefahren ist. Dourdan ist nicht weit. Näher als Lyon.«

»Das macht noch kein halbes Dutzend«, bemerkte Marc. »Wen hast du Leguennec noch in den Rachen geworfen?«

»Nun ... Den heiligen Lukas, den heiligen Matthäus und dich. Das wird ihn beschäftigen.«

Marc sprang mit einem Satz auf, während Lucien lächelte.

»Uns? Du spinnst wohl!«

»Willst du der Kleinen helfen, ja oder nein?«

»So nicht! Das wird Alexandra nicht helfen! Warum soll Leguennec uns deiner Meinung nach verdächtigen?«

»Ganz einfach«, mischte sich Lucien ein. »Da sind drei Männer, Mitte Dreißig, auf dem absteigenden Ast, in einer chaotischen Baracke. Gut. Also wenig empfehlenswerte Nachbarn. Einer dieser drei Typen ist mit der Dame weggefahren, hat sie brutal vergewaltigt und dann umgebracht, um sie zum Schweigen zu bringen.«

»Und die Postkarte, die sie bekommen hat?« rief Marc. »Die Karte mit dem Stern und der Verabredung? Waren wir das vielleicht auch?«

»Das macht die Sache ein bißchen schwieriger«, räumte Lucien ein. »Sagen wir, die Dame hat uns von diesem Stelyos und der Karte erzählt, die sie vor drei Monaten erhalten hat. Um uns ihre Besorgnis zu erklären und uns zum Graben zu bewegen. Vergiß nicht, daß wir gegraben haben.«

»Da kannst du sicher sein, daß ich das nicht vergesse, dieser Scheißbaum!«

»Um also die Dame von zu Hause wegzulocken«, fuhr Lucien fort, »denkt sich einer von uns diese grobe List aus, fängt die Dame an der Gare de Lyon ab, bringt sie weg, und das Drama beginnt.«

»Aber Sophia hat uns nie von Stelyos erzählt!«

»Was sollte das die Polizei interessieren? Wir haben nur unser Wort, und das zählt wenig, wenn man in der Scheiße sitzt.«

»Phantastisch«, zischte Marc, der vor Wut bebte. »Phantastisch. Der Pate hat wirklich klasse Ideen. Und was ist mit ihm? Warum nicht er? Mit seiner Vergangenheit und seinen mehr oder weniger glorreichen Bullen- und Sexabenteuern würde er hier nicht aus dem Rahmen fallen. Was denkst du darüber, Kommissar?«

Vandoosler zuckte mit den Schultern.

»Stell dir vor, mit achtundsechzig beschließt man nicht plötzlich, Frauen zu vergewaltigen. Das wäre schon früher geschehen. Alle Bullen wissen das. Bei alleinstehenden Männern Mitte Dreißig, die halb verrückt sind, kann man dagegen mit allem rechnen.«

Lucien begann schallend zu lachen.

»Wunderbar«, rief er. »Sie sind wirklich wunderbar, Kommissar. Ihr Vorschlag amüsiert mich außerordentlich.«

»Mich nicht«, bemerkte Marc.

»Weil du ein Verfechter der reinen Lehre bist«, sagte Lucien und klopfte ihm auf die Schulter. »Du erträgst es nicht, daß man dein Bild ein bißchen beschädigt. Aber dein Bild hat in der Sache überhaupt nichts zu suchen, mein armer Freund. Nur die Karten werden hier ein bißchen gemischt. Leguennec kann uns überhaupt nichts anhaben. Nur bringt uns die Zeit, in der er unsere Herkunft, unseren Entwicklungsgang und unsere jeweiligen Großtaten ein bißchen unter die Lupe nimmt, einen Tag mehr, an dem zwei Unterpfeifen für nichts und wieder nichts beschäftigt sind. Das wäre dem Feind schon mal abgetrotzt!«

»Ich finde das schwachsinnig.«

»Aber nein. Ich bin sicher, daß Mathias das sehr komisch finden wird. Na, Mathias?«

Mathias lächelte schwach.

»Mir ist das vollständig egal«, sagte er.

»Von den Bullen genervt zu werden und im Verdacht zu stehen, Sophia vergewaltigt zu haben, ist dir vollständig egal?« fragte Marc.

»Na und? Ich weiß, daß ich nie eine Frau vergewaltigen werde. Da ich das weiß, ist mir egal, was die anderen darüber denken.«

Marc seufzte.

»Der Jäger und Sammler ist ein Weiser«, kommentierte Lucien. »Und außerdem fängt er an, kochen zu können, seitdem er im *Tonneau* arbeitet. Da ich weder ein Verfechter der reinen Lehre noch ein Weiser bin, schlage ich vor, daß wir essen.«

»Essen! Du redest über nichts anderes als über Essen und den Ersten Weltkrieg«, sagte Marc.

»Essen wir«, sagte Vandoosler.

Er ging hinter Marc vorbei und drückte ihm rasch die Schulter. Seine Art, ihm die Schulter zu drücken, wenn sie sich gestritten hatten, hatte sich seit Marcs Kindheit nicht geändert. Eine Geste, die soviel besagen sollte wie ›mach dir keine Sorgen, junger Vandoosler, ich tue nichts, was dir schaden könnte, reg dich nicht auf, du regst dich viel zu sehr auf, mach dir keine Sorgen.‹ Marc spürte, wie seine Wut nachließ. Alexandra war noch immer nicht unter Anklage gestellt, dafür sorgte der Alte seit vier Tagen. Marc warf ihm einen Blick zu. Armand Vandoosler setzte sich an den Tisch, als ob nichts wäre. Mal Scheißkerl, mal klasse Kerl. Schwierig, sich da zurechtzufinden. Aber es war sein Onkel, und Marc schrie ihn zwar an, vertraute ihm aber. In bestimmten Dingen.

24

Trotz allem wurde Marc von Panik ergriffen, als Vandoosler am nächsten Morgen um acht mit Leguennec im Gefolge in sein Zimmer trat.

»Es ist Zeit«, sagte Vandoosler. »Ich muß mit Leguennec los. Du machst einfach das gleiche wie gestern, das ist dann o. k.«

Vandoosler verschwand. Wie betäubt blieb Marc im Bett liegen. Er hatte den Eindruck, mit knapper Not einer Verhaftung entgangen zu sein. Nie im Leben hatte er dem Paten aufgetragen, ihn zu wecken. Vandoosler der Ältere wurde wohl völlig verrückt. Nein, das war es nicht. Da der Pate gezwungen war, Leguennec zu begleiten, hatte er ihm zu verstehen geben wollen, daß Marc sich während seiner Abwesenheit wieder an die Überwachung machen sollte. Er hielt Leguennec offenbar nicht über all seine Strategien auf dem laufenden. Marc stand auf, duschte und ging ins Refektorium hinunter. Mathias, der bereits seit wer weiß wie vielen Stunden auf war, räumte Holzscheite in die Holzkiste. Im Morgengrauen aufzustehen, obwohl niemand ihn dazu zwang, schaffte wirklich nur er. Benommen machte sich Marc einen starken Kaffee.

»Weißt du, warum Leguennec gekommen ist?« fragte Marc.

»Weil wir kein Telefon haben«, erwiderte Mathias. »Das zwingt ihn, jedesmal herzukommen, wenn er mit deinem Onkel reden will.«

»Das habe ich verstanden. Aber warum so früh? Hat er dir was gesagt?«

»Nicht das Geringste«, sagte Mathias. »Er sah aus wie ein Bretone, den eine Sturmwarnung in Sorge versetzt, aber ich vermute, er ist häufig so, auch ohne Sturm. Er hat mir kurz zugenickt und hat sich ins Treppenhaus geschlichen. Ich habe ihn was meckern hören von wegen Baracke ohne Telefon und mit vier Stockwerken. Das ist aber alles.«

»Dann müssen wir abwarten«, sagte Marc. »Und ich muß wieder auf meinen Posten am Fenster. Nicht sehr komisch. Ich weiß nicht, was der Alte sich erhofft. Frauen, Männer, Schirme, der Briefträger, der dicke Georges Gosselin, das ist alles, was ich vorbeigehen sehe.«

»Und Alexandra«, bemerkte Mathias.

»Wie findest du sie?« fragte Marc zögernd.

»Entzückend«, antwortete Mathias.

Befriedigt und eifersüchtig zugleich stellte Marc seine Tasse auf ein Tablett, nahm zwei von den Brotscheiben, die Mathias abgeschnitten hatte, trug alles bis zum zweiten Stock und zog einen hohen Küchenhocker bis ans Fenster. Zumindest würde er so nicht den ganzen Tag stehen müssen.

An diesem Morgen regnete es nicht. Ein sehr korrektes Junilicht. Mit etwas Glück würde er rechtzeitig sehen, wie Lex das Haus verließ, um ihren Sohn zur Schule zu bringen. Ja, gerade rechtzeitig. Sie kam mit leicht schläfrigen Schritten vorbei und hatte Cyrille an der Hand, der ihr einen Haufen Geschichten zu erzählen schien. Genau wie gestern hob sie nicht einmal ihren Kopf, um zur Baracke hinüberzusehen. Und genau wie gestern fragte sich Marc, warum sie es hätte tun sollen. Übrigens war es auch besser so. Wenn sie ihn bemerkt hätte, wie er unbeweglich auf einem Hocker Wache schob und die Straße beobachtete, während er Butterbrote aß, wäre das sicher nicht zu seinem Vorteil gewesen. Marc konnte nirgends das Auto von Pierre

Relivaux entdecken. Er mußte früh am Morgen weggefahren sein. Ehrbarer Arbeiter oder Mörder? Der Pate hatte gesagt, der Mörder sei ein brutaler Totschläger. Ein brutaler Totschläger ist dann doch etwas anderes, weniger erbärmlich und erheblich gefährlicher. So jemand verursacht mehr Angst. Marc war nicht überzeugt, daß Relivaux das Zeug zum brutalen Totschläger hatte, und hatte daher keine Angst vor ihm. Mathias dagegen, ja, der wäre perfekt gewesen. Groß, breit, solide, unerschütterlich, ein Mann der Wälder, mit verborgenen und bisweilen seltsamen Ideen, ein ausgezeichneter Kenner der Oper, was niemand vermutet hätte. Ja, Mathias wäre perfekt gewesen.

Während er seinen Gedanken nachhing, war es halb zehn geworden. Mathias kam herein, um ihm seinen Radiergummi wiederzugeben. Marc sagte ihm, daß er ihn sich sehr gut als brutalen Totschläger vorstellen könnte, und Mathias zuckte mit den Schultern.

»Wie läuft's mit deiner Überwachung?«

»Null Ergebnis«, erwiderte Marc. »Der Alte ist bescheuert, und ich füge mich seinem Schwachsinn. Das muß in der Familie liegen.«

»Sollte das hier richtig lange dauern, dann mach ich dir was zum Mittagessen, bevor ich ins *Tonneau* gehe«, sagte Mathias.

Mathias schloß leise die Tür, und Marc hörte, wie er sich in der Etage darunter an seinen Schreibtisch setzte. Er änderte seine Haltung auf dem Hocker. Künftig müßte er an ein Kissen denken. Für einen Augenblick sah er sich auf Jahre hinaus an dieses Fenster verbannt, in einem Spezialsessel sitzend, der für das unnütze Warten gepolstert war, und mit Mathias als einzigem Kontakt zur Außenwelt, der mit Tabletts zu ihm kam. Gegen zehn kam die Putzfrau von Relivaux und schloß das Haus auf. Marc nahm seine Gedankengänge wieder auf. Cyrille hatte einen matten Teint, lockiges Haar und war rundlich. Vielleicht war der Vater dick und häßlich, warum nicht? Scheiße. Warum mußte er nur immer an diesen Typen denken? Er schüttelte den Kopf und sah wieder in Richtung Westfront. Die junge Buche entwickelte sich prächtig. Der Baum war glücklich, daß Juni war. Auch den Baum konnte Marc nicht vergessen, und in dem Fall schien er wirklich der einzige zu sein. Obwohl er gesehen hatte, wie Mathias neulich vor dem Gartentor von Relivaux stehengeblieben war und zur Seite geblickt hatte. Marc hatte den Eindruck gehabt, daß Mathias den Baum beobachtete oder besser gesagt den Fuß des Baumes. Warum erklärte Mathias so selten, was er machte? Mathias wußte eine Unmenge unglaublicher Dinge über die Karriere von Sophia. Er hatte gewußt, wer sie war, als sie zum ersten Mal zu ihnen gekommen war. Dieser Typ wußte einen Haufen Sachen und sagte sie nie. Marc schwor sich, eines Tages um den Baum herumzustreifen, sobald Vandoosler ihm erlauben würde, seinen Hocker zu verlassen. So wie Sophia es getan hatte.

Er sah eine Dame vorübergehen. Er notierte: »10 Uhr 20: Eine geschäftige Dame geht mit ihrem Einkaufskorb vorüber. Was ist in dem Korb?« Er hatte beschlossen, alles aufzuschreiben, was er sehen würde, um sich nicht zu langweilen. Er nahm erneut sein Blatt und fügte hinzu: »Genaugenommen ist es kein Korb, sondern eine Tasche aus Binsengeflecht, eine sogenannte ›Cabas‹. Eine merkwürdige Bezeichnung, die nur noch von alten Leuten und in der Provinz verwendet wird. Etymologie nachschlagen.« Die Idee, der Etymologie des Wortes »Cabas« nachzugeben, munterte ihn wieder etwas auf. Fünf Minuten später griff er erneut zu seinem Blatt. Es war ein sehr bewegter Vormittag. Er notierte: »10 Uhr 25: ein hagerer Typ klingelt bei Relivaux.« Marc richtete sich abrupt auf. Tatsächlich, ein hagerer Typ klingelte bei Relivaux, und es war weder der Briefträger noch der Ableser vom Elektrizitätswerk noch ein Mensch hier aus dem Viertel.

Marc stand auf, öffnete das Fenster und beugte sich hinaus. Viel Aufregung um wenig. Aber nachdem Vandoosler der Überwachung der Taubenkacke eine solche Bedeutung beigemessen hatte, fühlte sich Marc ganz gegen seine Absicht immer mehr von der Bedeutung seiner Aufgabe als Späher gepackt und begann, Taubenkacke mit Goldklumpen zu verwechseln. Was dazu führte, daß er an diesem Morgen bei Mathias ein Opernglas entwendet hatte. Ein Beweis dafür, daß Mathias wirklich viel in die Oper gegangen sein mußte. Er stellte sein kleines Fernglas scharf und beobachtete. Es war ein Mann. Mit einer Lehrertasche, einem hellen, sauberen Regenmantel, wenig Haar, die Silhouette eines langen Hageren. Die Putzfrau öffnete ihm, und an ihren Gesten konnte Marc erkennen, daß sie sagte, Monsieur sei nicht da und der Besucher möge ein andermal wiederkommen. Der hagere Typ insistierte. Die Putzfrau fuchtelte erneut ablehnend mit den Händen und nahm dann die Karte, die der Typ aus seiner Tasche gezogen und auf die er etwas gekritzelt hatte. Sie schloß die Tür. Gut. Ein Besucher für Pierre Relivaux. Sollte er zur Putzfrau gehen? Darum bitten, die Visitenkarte sehen zu dürfen? Marc machte sich ein paar Notizen. Als er den Blick wieder hob, sah er, daß der Typ nicht weggegangen war, sondern unentschlossen, enttäuscht, nachdenklich vor dem Tor stand. Und wenn er wegen Sophia gekommen war? Seine Tasche hin und her schaukelnd, ging er schließlich. Marc sprang auf, stürzte die Treppe hinunter und rannte auf die Straße, wo er den hageren Typen nach ein paar Schritten einholte. Wenn er schon da oben unbeweglich an seinem Fenster stehen mußte, würde er sich doch das erste lächerliche Ereignis, das ihm vor die Füße fiel, nicht entgehen lassen.

»Ich bin der Nachbar«, sagte Marc. »Ich habe Sie klingeln sehen. Kann ich Ihnen behilflich sein?«

Marc war außer Atem, er hielt noch immer seinen Kuli in der Hand. Der Typ sah ihn mit Interesse und, wie es Marc schien, mit einer gewissen Hoffnung an.

»Ich danke Ihnen«, sagte der Typ. »Ich wollte Pierre Relivaux sprechen, aber er ist nicht da.«

»Kommen Sie heute abend wieder«, sagte Marc. »Er kommt gegen sechs oder sieben nach Hause.«

»Nein«, erwiderte der Typ. »Seine Putzfrau hat mir gesagt, er sei einige Tage verreist, und sie wisse weder, wohin, noch, wann er zurückkomme. Vielleicht Freitag oder Samstag. Sie kann es nicht sagen. Das ist sehr unangenehm für mich, ich komme aus Genf.«

»Wenn Sie möchten, kann ich versuchen, es herauszufinden«, sagte Marc, der Angst bekam bei der Vorstellung, sein lächerliches Ereignis verschwinden zu sehen. »Ich bin mir sicher, daß ich die Auskunft schnell habe.«

Der Typ zögerte. Er schien sich zu fragen, was Marc mit seinen Angelegenheiten zu schaffen hatte.

»Haben Sie eine Telefonkarte?« fragte Marc.

Der Typ nickte und folgte ihm ohne großen Widerstand bis zu einer Zelle an der nächsten Straßenecke.

»Ich habe nämlich kein Telefon«, erklärte Marc.

»Ach so«, erwiderte der Typ.

Als Marc in der Zelle stand, beobachtete er den Hageren aus den Augenwinkeln, während er die Auskunft anrief und nach der Telefonnummer des Kommissariats vom 13. Arrondissement fragte. Was für ein Glück, dieser Kuli. Er schrieb sich die Nummer auf die Hand und rief Leguennec an.

»Geben Sie mir bitte meinen Onkel, es ist dringend.«

Marc dachte sich, daß das Wort »dringend« ein entscheidender Schlüsselbegriff sei, wenn man etwas von einem Bullen wollte. Einige Augenblicke später war Vandoosler dran.

»Was ist los?« fragte Vandoosler. »Hast du was zu fassen gekriegt?«

In dem Moment wurde Marc klar, daß er nicht das Geringste zu fassen gekriegt hatte.

»Ich glaube nicht«, sagte er. »Aber frag deinen Bretonen, wo Relivaux hingefahren ist und wann er wohl zurückkommt. Er hat seine Abwesenheit ja zwangsläufig der Polizei mitteilen müssen.«

Marc wartete einen Moment. Er hatte die Tür der Telefonzelle absichtlich offengelassen, damit der Typ alles mithören konnte; was er hörte, schien ihn nicht zu überraschen. Er wußte also, daß Sophia Simeonidis tot war.

»Schreib auf«, sagte Vandoosler. »Er ist heute morgen dienstlich nach Toulon gefahren. Das ist wahr, es ist beim Ministerium überprüft worden. Es steht nicht fest, wann genau er zurückkommt, das hängt vom Verlauf seines Auftrags dort unten ab. Er kann genausogut morgen zurückkommen wie nächsten Montag. Die Bullen können ihn in dringenden Fällen *via* Ministerium erreichen. Aber du nicht.«

»Danke«, sagte Marc. »Und bei dir?«

»Es tut sich was in Sachen Elizabeth, weißt du, der Geliebten von Relivaux. Ihr Vater sitzt seit zehn Jahren im Knast, weil er einen angeblichen Liebhaber seiner Frau mit Messerstichen durchbohrt hat. Leguennec sagt sich, daß sie in dieser Familie vielleicht ein heißblütiges Temperament haben. Er hat Elizabeth erneut zu sich bestellt und bearbeitet sie, um herauszufinden, nach wem sie kommt: eher nach dem Vater oder nach der Mutter.«

»Wunderbar«, sagte Marc. »Sag deinem Bretonen, daß im Departement Finistère ein heftiger Sturm tobt, das zerstreut ihn vielleicht, wenn er Stürme mag.«

»Er weiß es schon. Er hat mir gesagt: ›Alle Boote liegen am Kai. Achtzehn sind noch auf dem Meer und werden erwartet.‹«

»Sehr gut«, sagte Marc. »Bis später.«

Marc legte auf und ging zu dem mageren Typen hinüber.

»Ich habe die Informationen«, sagte er. »Kommen Sie mit.«

Marc lag daran, den Typen mit ins Haus zu nehmen, um zumindest zu erfahren, was er von Pierre Relivaux wollte. Sicher eine geschäftliche Angelegenheit, aber man wußte ja nie. Für Marc bedeutete ›Genf‹ notwendigerweise geschäftliche Angelegenheiten, ziemlich ätzende übrigens.

Der Typ folgte ihm, noch immer mit dieser leisen Hoffnung im Blick, was Marc neugierig machte. Er bot ihm einen Platz im Refektorium an, und nachdem er zwei Tassen geholt und die Kaffeemaschine aufgesetzt hatte, nahm er den Besen, um kräftig gegen die Decke zu schlagen. Seitdem sie sich angewöhnt hatten, Mathias auf diese Weise zu rufen, klopften sie immer an dieselbe Stelle, um die Decke nicht auf der gesamten Fläche zu beschädigen. Der Besenstiel hinterließ kleine Dellen im Gips, und Lucien sagte, man müsse ihn mit einem Lappen und Bindfaden polstern. Was aber immer noch nicht gemacht worden war.

Währenddessen hatte der Typ seine Tasche über einen Stuhl gehängt und sah sich das an den Balken genagelte Fünf-Francs-Stück an. Wahrscheinlich war das der Grund, weshalb Marc ohne weitere Vorreden direkt zum Thema kam.

»Wir suchen den Mörder von Sophia Simeonidis«, sagte er, als ob das Fünf-Francs-Stück das erklären könnte.

»Ich auch«, erwiderte der Typ.

Marc schenkte den Kaffee ein. Sie setzten sich beide. Das war es also. Er wußte tatsächlich von Sophias Tod und suchte auch. Er schien nicht zu trauern, Sophia hatte ihm also nicht nahegestanden. Er suchte aus einem anderen Grund. Mathias betrat den Raum und nahm mit einem leichten Kopfnicken auf der Bank Platz.

»Mathias Delamarre«, sagte Marc. »Und ich bin Marc Vandoosler.«

Das verpflichtete den Mann, sich ebenfalls vorzustellen.

»Ich heiße Christophe Dompierre. Ich wohne in Genf.«

Er streckte ihnen eine Karte hin wie vorhin der Putzfrau.

»Es war sehr liebenswürdig von Ihnen, Auskünfte für mich einzuholen«, nahm Dompierre das Gespräch auf. »Wann kommt er wieder zurück?«

»Er ist in Toulon, aber das Ministerium kann nicht genau sagen, wann er zurückkommt. Zwischen morgen und Montag. Das hängt von seiner Arbeit ab. Wir können ihn jedenfalls nicht erreichen.«

Der Typ nickte und biß sich auf die Lippen.

»Sehr ärgerlich«, sagte er. »Sie ermitteln wegen des Todes von Madame Simeonidis? Aber Sie sind nicht ... von der Kriminalpolizei?«

»Nein. Sie war unsere Nachbarin, und wir haben uns für sie interessiert. Wir erhoffen uns ein Ergebnis.«

Marc bemerkte, daß er sehr förmliche Sätze von sich gab, und der Blick von Mathias bestätigte ihm das.

»Monsieur Dompierre sucht ebenfalls«, sagte er zu Mathias.

»Was?« fragte Mathias.

Dompierre musterte ihn. Die ruhigen Züge von Mathias, das Meerblau seiner Augen schienen ihm Vertrauen einzuflößen, denn er setzte sich etwas bequemer hin und legte seinen Regenmantel ab. Auf dem Gesicht eines Menschen kann etwas passieren, was nur den Bruchteil einer Sekunde dauert, aber ausreicht, um zu wissen, ob der Mensch sich entschieden hat oder nicht. Marc war meistens in der Lage, diesen Sekundenbruchteil zu erfassen, und der Ansicht, daß diese Übung leichter sei, als einen Kiesel vom Rinnstein auf den Bürgersteig zu kikken. Dompierre hatte sich gerade entschieden.

»Vielleicht können Sie mir einen Gefallen tun«, sagte er. »Und zwar mir Bescheid geben, sobald Pierre Relivaux zurückkommt. Würde Ihnen das etwas ausmachen?«

»Kein Problem«, antwortete Marc. »Aber was wollen Sie von ihm? Relivaux sagt, er wisse nichts über die Ermordung seiner Frau. Die Bullen beobachten ihn, aber bislang ist nichts Ernsthaftes gegen ihn vorzubringen. Wissen Sie mehr?«

»Nein. Ich hoffe, daß *er* mehr weiß. Über jemanden, der seine Frau besucht hat, irgend etwas in dieser Richtung.«

»Sie drücken sich nicht sehr klar aus«, sagte Mathias.

»Weil ich noch im dunkeln tappe«, erwiderte Dompierre. »Ich hege Zweifel. Ich hege seit fünfzehn Jahren Zweifel, und der Tod von Madame Simeonidis gibt mir die Hoffnung, endlich das fehlende Teil zu finden. Das, was die Bullen damals nicht haben zur Kenntnis nehmen wollen.«

»Wann, damals?«

Dompierre rutschte auf seinem Stuhl hin und her.

»Es ist noch zu früh, um darüber zu reden«, sagte er. »Ich weiß nichts. Ich will keinen Fehler begehen, das wäre schwerwiegend. Und ich will nicht, daß sich die Bullen in die Geschichte einmischen, verstehen Sie? Kein einziger Bulle. Wenn ich es schaffe, wenn ich das fehlende Teil finde, dann gehe ich zu ihnen. Oder besser, dann schreibe ich ihnen. Ich will sie nicht sehen. Sie haben mir und meiner Mutter vor fünfzehn Jahren zuviel Schaden zugefügt. Als es damals diese Affäre gab, haben sie uns nicht zugehört. Es ist ja auch richtig, daß wir fast nichts zu sagen hatten. Nur unsere bescheidene Überzeugung. Unser elender Glaube. Und das ist für einen Bullen natürlich nichts.«

Dompierre machte eine Handbewegung.

»Sie denken jetzt sicher, ich halte Ihnen eine rührselige Rede«, sagte er. »Zumindest eine Rede, die Sie nichts angeht. Aber meinen elenden Glauben habe ich noch immer, plus den von meiner Mutter, die inzwischen gestorben ist. Das macht zwei. Und ich werde ihn mir nicht von einem Bullen wegfegen lassen. Nein, nie wieder.«

Dompierre schwieg und sah sie nacheinander an.

»Bei Ihnen scheint das anders zu sein«, sagte er nach der Überprüfung. »Ich glaube, Sie gehören nicht zu denen, die alles vom Tisch fegen. Aber mir ist es lieber, noch ein bißchen zu warten, bevor ich Sie um Unterstützung bitte. Ich war am vergangenen Wochenende bei Madame Simeonidis' Vater in Dourdan. Er hat mir sein Archiv geöffnet, und ich glaube, ein paar Kleinigkeiten gefunden zu haben. Ich habe ihm meine Adresse dagelassen, für den Fall, daß er weitere Dokumente findet, aber er schien mir überhaupt nicht zuzuhören. Er ist völlig erschlagen. Und der Mörder entwischt mir immer. Ich suche einen Namen. Sagen Sie, sind Sie schon lange ihre Nachbarn?«

»Seit dem 20. März«, sagte Mathias.

»Ach so. Das ist noch nicht lange. Sie hat Sie sicher nicht ins Vertrauen gezogen. Sie ist am 20. Mai verschwunden, nicht wahr? Ist irgend jemand vor diesem Datum bei ihr vorbeigekommen? Jemand, den sie nicht erwartet hat? Ich rede nicht von einem alten Freund oder einer Bekannten aus ihren Kreisen. Nein, jemand, den sie nicht wiederzusehen glaubte, oder sogar jemand, den sie nicht kannte?«

Marc und Mathias schüttelten den Kopf. Sie hatten wenig Zeit gehabt, um Sophia Simeonidis kennenzulernen, aber man könnte andere Nachbarn fragen.

»Es gab da tatsächlich etwas«, sagte Marc mit gerunzelter Stirn. »Aber es war nicht *jemand*, sondern *etwas* Unerwartetes.«

Christophe Dompierre zündete sich eine Zigarette an, und Mathias bemerkte, daß seine mageren Hände leicht zitterten. Mathias hatte entschieden, daß er diesen Typen mochte. Er fand ihn zu mager, nicht sehr attraktiv, aber er war geradlinig, er verfolgte sein Ziel, seine bescheidene Überzeugung. Genau wie er, wenn Marc sich über ihn lustig machte und von seiner Jagd auf den Auerochsen redete. Dieser schmale Typ würde seinen Bogen nicht loslassen, das war sicher.

»Genaugenommen handelt es sich um einen Baum«, fuhr Marc fort. »Eine junge Buche. Ich weiß nicht, ob das interessant für Sie sein kann, da ich nicht weiß, was Sie suchen. Ich selbst komme immer wieder auf diesen Baum zurück, aber allen anderen ist er egal. Soll ich erzählen?«

Dompierre nickte zustimmend, und Mathias schob ihm einen Aschenbecher hin. Er hörte der Geschichte konzentriert zu.

»Ja«, sagte er schließlich. »Aber mit so etwas habe ich nicht gerechnet. Im Augenblick sehe ich keinerlei Zusammenhang.«

»Ich auch nicht«, erwiderte Marc. »Ich glaube, genaugenommen gibt es keinen Zusammenhang. Und trotzdem denke ich dran. Die ganze Zeit. Ich weiß nicht, warum.«

»Ich werde auch daran denken«, sagte Dompierre. »Geben Sie mir bitte Bescheid, sobald Relivaux wieder auftaucht. Vielleicht hat er die Person, die ich suche, empfangen, ohne sich der Bedeutung des Besuchs bewußt zu sein. Ich gebe Ihnen meine Adresse. Ich bin in einem kleinen Hotel im 19. Arrondissement abgestiegen, im Hotel du Danube, Rue de la Prévoyance. Als Kind habe ich da gewohnt. Zögern Sie nicht, mich anzurufen, auch nachts, denn ich kann jederzeit nach Genf zurückbeordert werden. Ich arbeite bei der europäischen Mission. Ich schreibe Ihnen den Namen des Hotels, die Straße und die Telefonnummer auf. Ich wohne in Zimmer 32.«

Marc reichte ihm seine Karte, und Dompierre notierte die Angaben. Marc erhob sich und klemmte die Karte unter das Fünf-Francs-Stück an dem Balken. Dompierre sah ihm zu. Zum ersten Mal lächelte er, und das ließ sein Gesicht fast charmant aussehen.

»Ist das hier die ›Pequod‹?«

»Nein«, erwiderte Marc ebenfalls lächelnd. »Das ist das Forschungsdeck. Alle Zeitalter, alle Menschen, alle Räume. Von 500 000 vor Christus bis 1918, von Afrika bis Asien, von Europa bis zur Antarktis.«

»›Ahab wußte es besser‹«, zitierte Dompierre. »›Er kannte das Spiel der Strömungen und Gezeiten, die Bahnen, die die Nahrung des Pottwals treibt, wie auch die Monate, da der Wal nach alter Erfahrung jährlich in den verschiedenen Breiten zu jagen ist, und konnte sich ziemlich genau ausrechnen, wann es an der Zeit war, sein Opfer auf diesem oder jenem Jagdgrund zu treffen.‹«

»Kennen Sie *Moby Dick* auswendig?« fragte Marc ihn verblüfft.

»Nur diesen einen Satz, weil er mir häufig von Nutzen war.«

Dompierre schüttelte Marc und Mathias lebhaft die Hände. Er warf einen letzten Blick auf seine Karte, die an den Balken geklemmt war, so als ob er sich vergewissern wollte, daß er auch nichts vergessen hatte, nahm seine Tasche und ging. Marc und Mathias standen jeder in einem Rundbogenfenster und sahen ihm nach, wie er sich Richtung Tor entfernte.

»Irritierend«, sagte Marc.

»Sehr«, erwiderte Mathias.

Sobald man einmal in einem der großen Fenster stand, fiel es schwer, sich zu einer Bewegung aufzuraffen. Die Junisonne schien noch nicht allzu stark auf den verwilderten Garten. Das Gras wuchs schnell. Marc und Mathias blieben eine ganze Weile in ihren Fenstern stehen, ohne etwas zu sagen. Marc redete als erster.

»Du bist spät dran«, sagte er. »Juliette wird sich fragen, wo du bleibst.«

Mathias fuhr auf, lief in seine Etage, um seine Kellnerkleidung anzuziehen, und Marc sah, wie er, in seine schwarze Weste gezwängt, aus dem Haus stürzte. Es war das erste Mal, daß Marc Mathias rennen sah. Und er rannte gut. Ein glänzender Jäger.

25

Alexandra tat nichts. Das heißt nichts Nützliches, nichts Lohnendes. Sie hatte sich an einen kleinen Tisch gesetzt, den Kopf auf die Fäuste gestützt. Sie dachte an die Tränen, an die Tränen, die niemand sieht, von denen niemand weiß, die Tränen, die niemandem nützen und die trotzdem kommen. Alexandra stützte ihren Kopf in die Hände und preßte die Zähne zusammen. Natürlich nützte das nichts. Sie richtete sich auf. »Die Griechen sind frei, die Griechen sind stolz«, hatte ihre Großmutter immer gesagt. Die sagte wirklich Sachen, die alte Andromache.

Guillaume hatte tausend Jahre mit ihr zusammenleben wollen. Wenn man richtig nachrechnete, waren es genau fünf gewesen. »Die Griechen glauben an ein gegebenes Wort«, hatte die Großmutter gesagt. Vielleicht, dachte Alexandra, aber dann sind die Griechen Trottel. Denn schließlich hatte sie gehen müssen, halb erhobenen Hauptes und halb aufrechten Ganges, sie hatte Landschaften, Klänge, Namen und ein Gesicht aufgeben müssen. Hatte mit Cyrille auf ausgefahrenen Wegen laufen müssen und dabei versucht, nicht in die schlammigen Wagenspuren der verlorenen Illusionen zu stolpern. Alexandra streckte ihre Arme aus. Sie hatte es satt. Satt wie der Sattel. Wie ging das noch mal? »Ich hab's satt, Satteldecke, Deckenbild, Bilderbuch, Buchenblatt...« Es ging glatt bis »Feuerland, Landungssteg, Stegreif, Reifezeit, Zeitvertreib«, aber dann wußte sie nicht weiter.

Alexandra warf einen Blick auf den Wecker. Es war an der Zeit, Cyrille abzuholen. Juliette hatte ihr angeboten, gegen eine feste Summe den Kleinen jeden Tag nach der Schule im *Tonneau* zu verpflegen. Ein Glücksfall, so Leute wie Juliette oder die Evangelisten kennengelernt zu haben. Sie hatte das kleine Haus in ihrer Nähe, und das war erholsam. Vielleicht, weil sie alle den Eindruck machten, als würden sie in der Scheiße sitzen. So wie sie. Pierre hatte ihr versprochen, eine Arbeit für sie zu finden. Pierre glauben, seinen Worten glauben. Alexandra zog eilig ihre Stiefel an und schnappte sich ihre Jacke. Was mochte nur nach »Stegreif, Reifezeit, Zeitvertreib« kommen? Zuviel Weinen macht den Kopf ganz matschig. Sie kämmte sich die Haare mit den Fingern und eilte zur Schule.

Im *Tonneau* waren zu dieser Zeit wenig Gäste, und Mathias gab ihr den kleinen Tisch am Fenster. Alexandra hatte keinen Hunger und bat Mathias, nur dem Kleinen etwas zu bringen. Während Cyrille aß, ging sie lächelnd zu Mathias an die Theke. Mathias fand, dieses Mädchen sei ganz schön tapfer, und hätte es lieber gesehen, wenn sie etwas gegessen hätte. Um die Tapferkeit zu stärken.

»Weißt du, wie es nach ›Stegreif, Reifezeit, Zeitvertreib‹ weitergeht?« fragte sie ihn.

»Nein«, antwortete er. »Ich hab was anderes gesagt, als ich klein war. Willst du's hören?«

»Nein, das verwirrt mich nur.«

»Ich kenn deine Version«, bemerkte Juliette, »aber ich erinnere mich nicht mal mehr an den Anfang.«

»Es fällt dir schon irgendwann wieder ein«, sagte Alexandra.

Juliette hatte ihr auf einer Untertasse ein paar Oliven gebracht, die Alexandra knabberte, während sie an ihre alte Großmutter dachte, die für schwarze Oliven eine nahezu religiöse Verehrung hatte. Sie hatte die alte Andromache und ihre verdammten Lebensweisheiten, die sie bei jeder Gelegenheit von sich gab, wirklich vergöttert.

Alexandra rieb sich die Augen. Sie floh, sie träumte. Sie mußte sich wieder fangen, sie mußte reden. »Die Griechen sind stolz.«

»Sag mal, Mathias«, bemerkte sie, »als ich Cyrille heute morgen angezogen habe, sah ich, wie der Kommissar mit Leguennec verschwand. Gibt's was Neues? Weißt du was?«

Mathias sah Alexandra an. Sie lächelte, aber es schien, als sei ihr noch vor kurzem eher schwach zumute gewesen. Das Beste wäre, zu reden.

»Vandoosler hat nichts gesagt, als er gegangen ist«, meinte er. »Aber dafür sind Marc und ich auf einen merkwürdigen Typen gestoßen. Ein gewisser Christophe Dompierre aus Genf, sehr seltsam. Was er erzählt hat, war ziemlich konfus, eine Geschichte, die fünfzehn Jahre her ist und die er ganz allein aufzuklären hofft, gleichzeitig mit dem Mord an Sophia. Eine alte Sache, die ihm nicht aus dem Kopf geht. Aber bloß kein Wort zu Leguennec, das haben wir ihm versprochen. Ich weiß nicht, was er im Sinn hat, aber ich fände es blöd, ihn zu verraten.«

»Dompierre? Das sagt mir nichts«, sagte Alexandra. »Was hat er sich denn hier erhofft?«

»Relivaux zu sehen, ihm ein paar Fragen zu stellen, herauszufinden, ob er vor kurzem unerwarteten Besuch hatte. Na ja, es war nicht ganz klar. Kurz, er wartet auf Relivaux, das ist eine fixe Idee.«

»Er wartet auf ihn? Aber Pierre ist für ein paar Tage weg ... Hast du ihm das nicht gesagt? Hast du das nicht gewußt? Man kann den Typen doch nicht den ganzen Tag auf der Straße auf und ab gehen lassen, auch wenn er konfus ist.«

»Marc hat es ihm gesagt. Mach dir keine Sorgen, wir wissen, wo wir ihn erreichen können. Er hat ein Hotelzimmer in der Rue de la Prévoyance. Straße der Vorsehung, ein hübscher Name, nicht? Metrostation Danube ... Dir wird das sicher nichts sagen, es liegt in einer völlig entlegenen Ecke der Stadt, wohl eine Kindheitserinnerung von dem Typen. Wirklich ein eigenartiger Kerl, er hat sich da richtig rein verbissen. Er war sogar schon bei deinem Großvater in Dourdan. Wir sollen ihm Bescheid geben, sobald Relivaux zurückkommt, das ist alles.«

Mathias kam um die Theke herum, brachte Cyrille ein Joghurt und ein Stück Kuchen und fuhr ihm flüchtig durchs Haar.

»Der Kleine ißt mit gutem Appetit«, sagte Juliette. »Da bin ich froh.«

»Sagt dir das was, Juliette?« fragte Mathias, als er wieder an die Theke kam. »Ein unerwarteter Besuch? Hat Sophia dir nichts erzählt?«

Juliette schüttelte den Kopf, während sie eine Weile nachdachte.

»Überhaupt nichts«, sagte sie. »Außer der berühmten Karte mit dem Stern war da nichts. Jedenfalls nichts, was sie beunruhigt hätte. Das hat man Sophia immer leicht angesehen, und ich denke, daß sie es mir auch gesagt hätte.«

»Nicht unbedingt«, erwiderte Mathias.

»Du hast recht, nicht unbedingt.«

»Es füllt sich allmählich, ich geh mal die Bestellungen aufnehmen.«

Juliette und Alexandra blieben einen Augenblick an der Theke stehen.

»Wie wäre es mit ›Reifezeit, Zeitvertreib, Treibriemen‹?«, fragte Juliette.

Alexandra runzelte die Stirn.

»Und dann?« fragte sie. »Wie geht's dann weiter?«

Mathias brachte die Bestellungen, und Juliette ging in die Küche. Jetzt war es zu laut. Man konnte nicht mehr in Ruhe an der Theke reden.

Vandoosler kam vorbei. Er suchte Marc, der nicht mehr auf seinem Posten war. Mathias sagte ihm, daß er vielleicht Hunger gehabt habe, was gegen ein Uhr mittags ja normal sei. Vandoosler schimpfte und verschwand wieder, bevor Alexandra ihn irgend etwas fragen konnte. Er traf seinen Neffen vor dem Gartentor der Baracke.

»Desertierst du?« fragte Vandoosler.

»Red bitte nicht wie Lucien«, erwiderte Marc. »Ich habe mir ein Sandwich geholt, mir war schon ganz schwindlig. Verdammt, ich habe den ganzen Morgen für dich gearbeitet.«

»Für sie, heiliger Markus, nicht für mich.«

»Wer, sie?«

»Das weißt du ganz genau. Alexandra. Sie sitzt immer noch in der Klemme. Leguennec interessiert sich zwar für die Untaten von Elizabeths Vater, aber er kann die beiden Haare im Auto nicht vergessen. Sie täte gut daran, sich ruhig zu verhalten. Bei der geringsten Verfehlung – klack!«

»So schlimm?«

Vandoosler nickte.

»Dein Bretone ist ein Arschloch.«

»Mein armer Marc«, sagte Vandoosler, »wenn alle, die sich uns in den Weg werfen, Arschlöcher wären, wär das zu schön. Hast du mir ein Sandwich mitgebracht?«

»Du hast mir nicht gesagt, daß du wiederkommst. Scheiße, du hättest mich doch nur anzurufen brauchen.«

»Wir haben kein Telefon.«

»Ach ja, stimmt.«

»Und hör auf, ständig ›Scheiße‹ zu sagen, das bringt mich auf die Palme. Ich war lange genug Bulle. Das hat Spuren hinterlassen.«

»Verständlich. Wollen wir jetzt reingehen? Ich halbiere das Sandwich und erzähl dir die Geschichte von Dompierre. Das ist meine Taubenkacke von heute morgen.«

»Es fällt also doch manchmal etwas vom Himmel, wie du siehst.«

»Entschuldigung, aber ich habe sie im Flug gefangen. Ich habe geschummelt. Wenn ich die Treppen nicht runtergestürzt wäre, hätte ich sie verloren. Aber ich weiß überhaupt nicht, ob es gute Taubenkacke ist. Vielleicht ist es nur der Dreck von einem mageren Spatz. Ich sag dir eins: Was immer du denkst, ich laß die Überwachung sein. Ich habe beschlossen, morgen nach Dourdan zu fahren.«

Die Geschichte von Dompierre interessierte Vandoosler lebhaft, aber er konnte nicht sagen, warum. Marc dachte sich, daß er es vielleicht nicht sagen *wollte*. Der Alte las mehrfach die Karte, die unter dem Fünf-Francs-Stück klemmte.

»Und an das Zitat aus *Moby Dick* kannst du dich nicht mehr erinnern?« fragte er.

»Nein, ich hab's dir schon gesagt. Es war ein schöner Satz, sachlich und lyrisch zugleich, mit weiten Jagdgründen darin, aber es hatte nichts mit seiner Sache zu tun. Eher etwas Philosophisches, die Suche nach dem Unmöglichen und so.«

»Trotzdem«, sagte Vandoosler, »mir wäre es schon sehr lieb, wenn du ihn wiederfinden würdest.«

»Du bildest dir doch nicht ein, daß ich das ganze Buch lesen werde, um dir den Satz zu suchen?«

»Ich bilde es mir nicht ein. Deine Idee mit Dourdan ist gut, aber du fährst aufs Geratewohl. Nach allem, was ich weiß, würde es mich wundern, wenn dieser Simeonidis dir etwas zu sagen hätte. Und Dompierre hat ihm sicher nichts von den ›paar Kleinigkeiten‹ erzählt, die er gefunden hat.«

»Ich will mir auch eine Vorstellung von der zweiten Frau und dem Stiefsohn machen. Kannst du mich heute nachmittag ablösen? Ich muß nachdenken und brauche Bewegung.«

»Zieh los, Marc. Ich muß mich setzen. Ich leih mir dein Fenster.«

»Warte, ich muß noch dringend was erledigen, bevor ich gehe.«

Marc stieg in sein Stockwerk hinauf und kam drei Minuten später wieder herunter.

»Erledigt?« fragte Vandoosler.

»Was?« erwiderte Marc, während er seine schwarze Jacke anzog.

»Deine dringende Sache.«

»Ach so, ja. Es war die Etymologie des Wortes ›Cabas‹ für die Binsentaschen. Willst du's wissen?«

Vandoosler schüttelte etwas entmutigt den Kopf.

»Doch, du wirst sehen, das lohnt sich. Ursprung um 1327, einst die Bezeichnung für die Körbe, in denen die Feigen und Weintrauben aus dem Süden transportiert wurden. Interessant, nicht?«

»Mir völlig egal«, erwiderte Vandoosler. »Zieh jetzt los.«

Vandoosler verbrachte den Rest des Tages damit, die Straße zu beobachten. Das bereitete ihm Vergnügen, aber die Geschichte von Marc und Dompierre ließ ihm keine Ruhe. Er fand es beachtlich, daß Marc die plötzliche Eingebung gehabt hatte, diesem Mann nachzulaufen. Marc war ziemlich gut, was plötzliche Eingebungen anging. Trotz seiner verborgenen Charakterzüge wie Entschlossenheit und auch einer gewissen Reinheit, die für jemanden, der ihn genau kannte, gut zu erkennen waren, schoß Marc in seinen analytischen Gedankenflügen bisweilen in alle Richtungen, doch seine exzentrischen Überlegungen und Launen konnten auch wertvolle Ergebnisse zeitigen. Er besaß engelhafte Geduld ebenso wie in anderen, unvorhersehbaren Augenblicken eine ganz handfeste Ungeduld. Auch auf Mathias konnte man sich verlassen, weniger als Analytiker denn als Sensor. Vandoosler sah den heiligen Matthäus wie eine Art Dolmen, einen massiven, statischen, heiligen Stein, der unwissentlich auch die kleinsten Ereignisse in sich aufnahm und dessen Granitstaub sich nach den Winden ausrichtete. Kompliziert zu beschreiben jedenfalls, weil er zugleich zu blitzschnellen Bewegungen, zu schnellem Rennen, zu Kühnheiten in sehr scharfsinnig vorherbestimmten Momenten fähig war. Lucien dagegen war ein Idealist, der über die gesamte

Skala möglicher Extreme verfügte, von den schrillsten Tönen bis zu den brummendsten Bässen. In seiner kakophonischen Erregung kam es unvermeidlich zu Einschlägen und Kollisionen, aus denen dann ganz unerhoffte Funken sprühen konnten.

Und Alexandra?

Vandoosler zündete sich eine Zigarette an und ging wieder ans Fenster. Marc wollte das Mädchen, das war fast sicher, aber er war noch zu stark in den Erinnerungen an seine Frau verfangen, die abgehauen war. Vandoosler fiel es schwer, seinem Neffen in dessen Grundlinien zu folgen, er, der selbst nie mehr als ein paar Monate die für ein halbes Jahrhundert geleisteten Schwüre gehalten hatte. Was hatte er auch so oft schwören müssen? Das Gesicht der jungen Halbgriechin rührte ihn. Soweit er das richtig erkannte, tobte in Alexandra ein interessanter Kampf zwischen Verwundbarkeit und Unerschrockenheit, sie war voll wahrer und verborgener Gefühle, wildem und bisweilen stillem Trotz. Genau die Art glühendes Amalgam, das so weich wirkte und das er vor langer Zeit selbst in anderer Form gefunden und geliebt hatte. Und dann in einer halben Stunde fallengelassen hatte. Er sah sie noch vor sich, wie sie sich mit den Zwillingen auf dem Bahnsteig entfernte, bis sie nur noch drei kleine Punkte waren. Und wo waren sie jetzt, die drei kleinen Punkte?

Vandoosler richtete sich auf und packte das Fenstergeländer. Seit zehn Minuten sah er überhaupt nicht mehr auf die Straße. Er warf seine Zigarette weg und ließ die nicht gerade kurze Liste der Argumente Revue passieren, die Leguennec gegen Alexandra anführte. Zeit gewinnen und neue Ereignisse abwarten, um das Ergebnis der Ermittlung des Bretonen hinauszuschieben. Vielleicht konnte dieser Dompierre dabei nützlich sein.

Marc kam spät nach Hause, gefolgt von Lucien, der mit Einkaufen dran war und am Vorabend bei Marc zwei Kilo Langusten bestellt hatte, vorausgesetzt, sie wären frisch, und vorausgesetzt natürlich, der Diebstahl erschiene ihm machbar.

»Es war nicht einfach«, sagte Marc und legte eine große Tüte mit Langusten auf den Tisch. »Gar nicht einfach. Genaugenommen habe ich die Tüte von dem Typen vor mir geklaut.«

»Sehr geschickt«, bemerkte Lucien. »Auf dich kann man sich wirklich verlassen.«

»Versuch's doch das nächste Mal mit einfacheren Wünschen«, sagte Marc.

»Genau da liegt mein Problem«, erwiderte Lucien.

»Du hättest keinen sehr tüchtigen Soldaten abgegeben, laß dir das gesagt sein.«

Lucien unterbrach plötzlich seine kulinarischen Vorbereitungen und sah auf die Uhr.

»Scheiße!« schrie er. »Der Krieg!«

»Wieso, bist du eingezogen worden?«

Fassungslos ließ Lucien sein Küchenmesser fallen.

»Heute ist der 8. Juni«, rief er. »Große Katastrophe, meine Langusten ... Ich hab heute abend ein Gedächtnisdiner, das darf ich nicht verpassen.«

»Ein Gedächtnisdiner? Du bist ein bißchen durcheinander, mein Alter. Zu dieser Jahreszeit ist der Zweite Weltkrieg dran, außerdem war das am 8. Mai, nicht am 8. Juni. Du verwechselst alles.«

»Nein«, erwiderte Lucien. »Natürlich sollte das WK-II-Diner am 8. Mai stattfinden. Aber wegen der historischen Bedeutung wollten sie zwei in Ehren ergraute WK-I-Veteranen dazu einladen, verstehst du. Aber einer der Alten wurde krank. Also haben sie den Abend wegen der Veteranen um einen Monat verschoben. Deshalb ist es heute. Ich darf das nicht verpassen, dazu ist es zu wichtig. Einer der beiden Alten ist fünfundneunzig und noch hellwach. Den muß ich treffen. Ich muß mich entscheiden: die Geschichte oder die Langusten.«

»Also die Geschichte«, bemerkte Marc.

»Natürlich«, sagte Lucien. »Ich gehe mich umziehen.«

Er warf einen Blick aufrichtigen Bedauerns auf den Tisch und eilte in den dritten Stock hinauf. Als er kurz darauf wegstürmte, bat er Marc, ihm noch ein paar Langusten für den späteren Abend übrigzulassen.

»Für solche Delikatessen bist du dann sicher zu besoffen«, erwiderte Marc.

Aber Lucien hörte ihn nicht mehr, er rannte in Richtung 14–18 davon.

26

Mathias wurde von wiederholten Rufen geweckt. Er hatte den leichten Schlaf des Jägers. Er stand auf, ging zum Fenster und sah Lucien auf der Straße, der wild gestikulierte und ihre Namen schrie. Er hatte sich auf eine große Mülltonne gestellt, warum auch immer, vielleicht, um besser gehört zu werden, und schien sich nur mühsam im Gleichgewicht zu halten. Mathias nahm einen Besenstiel ohne Besen und klopfte zweimal an die Decke, um Marc zu wecken. Er hörte keine Reaktion und beschloß, auf seine Hilfe zu verzichten. Er kam genau in dem Moment bei Lucien an, als dieser von seinem Hochsitz fiel.

»Du bist ja völlig blau«, sagte er. »Was fällt dir ein, um zwei Uhr morgens hier auf der Straße zu randalieren?«

»Ich hab meine Schlüssel verloren, Alter«, stammelte Lucien. »Ich hab sie aus der Tasche geholt, um das Tor aufzumachen, und sie sind mir aus der Hand gefallen. Ganz von allein, ich schwör's dir, ganz von allein. Sie sind runtergefallen, als ich an der Ostfront vorbei bin. Unmöglich, sie wiederzufinden bei der Dunkelheit.«

»Du bist sternhagelvoll. Komm rein, wir suchen deine Schlüssel morgen.«

»Nein, ich will meine Schlüssel!« schrie Lucien mit der kindischen und dickköpfigen Beharrlichkeit von Menschen, die gehörig einen in der Krone haben.

Er wand sich aus Mathias' Umklammerung und begann mit gesenktem Kopf und unsicherem Schritt vor Juliettes Tor herumzusuchen.

Mathias sah Marc, der inzwischen wach geworden war, aus dem Haus kommen.

»Du hast dir ja Zeit gelassen«, bemerkte er.

»Ich bin kein Jäger«, erwiderte Marc. »Ich spring nicht beim ersten Gebrüll eines wilden Tieres auf. So, jetzt beeilt euch. Lucien wird alle Nachbarn aufscheuchen und Cyrille wecken, und du, Mathias, bist völlig nackt. Ich werf es dir nicht vor, ich sage es nur, das ist alles.«

»Na und?« sagte Mathias. »Dieser Idiot hätte mich ja nicht mitten in der Nacht aufzuwecken brauchen.«

»Du wirst erfrieren.«

Ganz im Gegenteil, Mathias verspürte eine angenehme Milde im Rücken. Er verstand nicht, wie Marc nur so kälteempfindlich sein konnte.

»Es geht«, sagte Mathias. »Mir ist eigentlich warm.«

»Na, mir nicht«, entgegnete Marc. »Los jetzt. Jeder einen Arm, wir bringen ihn rein.«

»Nein!« schrie Lucien. »Ich will meine Schlüssel!«

Mathias seufzte und begann ein paar Meter der gepflasterten Straße abzusuchen. Womöglich hatte dieser Idiot sie schon viel früher verloren. Nein, da lagen sie zwischen zwei Pflastersteinen. Luciens Schlüssel waren leicht zu erkennen: Er hatte einen kleinen Bleisoldaten darangehängt, mit roten Hosen und blauem Mantel mit hochgeknöpften Schößen. Auch wenn Mathias derartigen Belanglosigkeiten gleichgültig gegenüberstand, begriff er doch, daß Lucien daran hing.

»Ich habe sie«, rief er. »Rein mit ihm in den Unterstand!«

»Ich will nicht gestützt werden«, jammerte Lucien.

»Vorwärts«, erwiderte Marc, ohne ihn loszulassen. »Und auch noch bis in seinen dritten Stock. Das wird ja ewig dauern.«

»»Die militärische Idiotie und die Weite des Meeres sind die einzigen beiden Dinge, die eine Vorstellung von der Unendlichkeit vermitteln können‹«, bemerkte Mathias.

Lucien blieb mitten im Garten abrupt stehen.

»Wo hast du das her?« fragte er.

»Aus einer Frontzeitung mit dem Titel *On progresse*. Es steht in einem deiner Bücher.«

»Ich wußte nicht, daß du mich liest«, sagte Lucien.

»Es ist klug zu wissen, mit wem man zusammenlebt«, erwiderte Mathias. »Aber gehen wir weiter, mir wird langsam doch kalt.«

»Na, immerhin etwas«, sagte Marc.

27

Am nächsten Morgen beim Frühstück beobachtete Marc verwundert, wie Lucien zusammen mit seinem Kaffee auch den Teller Langusten verdrückte, den sie ihm aufgehoben hatten.

»Du scheinst dich wieder ganz gut erholt zu haben«, sagte Marc.

»Nicht ganz«, erwiderte Lucien und verzog das Gesicht. »Ich habe einen Granatenschädel.«

»Wunderbar«, bemerkte Mathias, »das muß dir ja Spaß machen.«

»Sehr lustig«, sagte Lucien. »Deine Langusten sind vorzüglich, Marc. Du hast das Fischgeschäft gut ausgesucht. Klau doch das nächste Mal einen Lachs.«

»Was war mit deinem Veteranen? Ist was dabei rausgekommen?« fragte Mathias.

»Phantastisch. Ich bin Mittwoch in einer Woche mit ihm verabredet. Ansonsten erinnere ich mich nicht mehr so genau.«

»Ruhe jetzt«, sagte Marc. »Ich möchte die Nachrichten hören.«

»Was willst du wissen?«

»Was mit dem Sturm in der Bretagne los ist.«

Marc hatte Ehrfurcht vor Stürmen, was wenig originell war, aber das wußte er. Schon mal eine Übereinstimmung mit Alexandra. Immer noch besser als nichts. Sie hatte gesagt, daß sie Wind mochte. Er stellte ein kleines, über und über mit weißer Farbe verschmiertes Radio auf den Tisch.

»Wenn wir groß sind, kaufen wir uns einen Fernseher«, sagte Lucien.

»Jetzt seid doch endlich mal still!«

Marc stellte das Radio lauter. Beim Aufbrechen seiner Langusten machte Lucien einen Höllenlärm.

Die Morgennachrichten wurden abgespult. Der Premierminister erwartete den Besuch des deutschen Bundeskanzlers. Die Börse zeigte sich verhalten. Der Sturm über der Bretagne beruhigte sich und zog mit nachlassender Heftigkeit langsam Richtung Paris. Schade, dachte Marc. Nach Informationen der Nachrichtenagentur AFP war am Morgen ein Mann auf dem Parkplatz seines Hotels in Paris ermordet aufgefunden worden. Ein gewissser Christophe Dompierre, dreiundvierzig Jahre alt, ledig und kinderlos, Delegierter bei der europäischen Mission. Ein politisches Verbrechen? Es seien bislang keine weiteren Einzelheiten bekannt.

Marc schlug heftig mit der Hand auf das Radio und sah Mathias erschrocken an.

»Was ist denn los?« fragte Lucien.

»Das ist doch der Typ, der gestern hier war!« rief Marc. »Politisches Verbrechen, von wegen!«

»Du hattest mir seinen Namen nicht gesagt«, bemerkte Lucien.

In großen Sprüngen rannte Marc die Treppe hinauf bis ins Dachgeschoß. Vandoosler, der seit langem wach war, saß an seinem Tisch und las.

»Sie haben Dompierre ermordet!« keuchte Marc außer Atem.

Vandoosler drehte sich langsam um.

»Setz dich«, sagte er. »Erzähl.«

»Ich weiß auch nicht mehr«, rief Marc, noch immer außer Atem. »Es kam gerade im Radio. Er ist umgebracht worden, mehr kam nicht! Umgebracht! Er ist heute auf dem Parkplatz seines Hotels gefunden worden.«

»Dieser Idiot!« Vandoosler hieb mit der Faust auf den Tisch. »Das kommt davon, daß er sein Spiel ganz allein spielen wollte! Der arme Typ hat sich ja schnell schnappen lassen. Was für ein Idiot!«

Marc schüttelte betrübt den Kopf. Er spürte, wie seine Hände zitterten.

»Vielleicht war er ein Idiot«, sagte er. »Aber er ist auf etwas Wichtiges gestoßen, das steht nunmehr fest. Du mußt deinem Leguennec Bescheid geben, denn wenn wir sie nicht informieren, kommen sie nie auf den Zusammenhang mit dem Tod von Sophia Simeonidis. Sie suchen sicher Richtung Genf oder wer weiß wo.«

»Ja, ich muß Leguennec informieren. Wir werden ohnehin was zu hören kriegen, weil wir ihn nicht schon gestern alarmiert haben. Er wird sagen, daß das einen Mord verhindert hätte, und vielleicht hat er sogar recht.«

Marc jammerte.

»Aber wir hatten Dompierre versprochen, nicht darüber zu reden. Was hätten wir deiner Meinung nach sonst machen sollen?«

»Ich weiß, ich weiß«, sagte Vandoosler. »Also einigen wir uns auf dies: Erstens, nicht du bist hinter Dompierre hergerannt, sondern er hat bei dir als dem Nachbarn von Relivaux angeklopft. Zum anderen wußtet nur ihr drei, du, der heilige Matthäus und der heilige Lukas, von seinem Besuch. Ich hatte davon keine Ahnung, ihr hattet mir nichts gesagt. Erst heute morgen habt ihr mir die ganze Geschichte erzählt. Geht das so?«

»Hervorragend!« rief Marc. »Verdrück du dich nur! Wir sind die einzigen, die in die Sache verwickelt sind, die sich von Leguennec runtermachen lassen, und du hast deine Schäfchen im trockenen!«

»Vandoosler Junior, kapierst du denn nicht? Mir ist doch völlig egal, ob ich meine Schäfchen im trockenen habe! Eine Strafpredigt von Leguennec läßt mich völlig kalt! Was zählt, ist, daß er mir weiter halbwegs vertraut, kapierst du? Um Informationen zu bekommen, alle Informationen, die wir brauchen!«

Marc nickte langsam. Er kapierte. Er hatte einen Kloß im Hals. »Das läßt mich völlig kalt.« Der Satz des Paten erinnerte ihn an etwas. Ach ja, vergangene Nacht, als sie Lucien in die Baracke zurückgeschleppt hatten. Mathias war es warm gewesen, und er selbst hatte trotz Schlafanzug und Pullover gefroren. Unglaublich, dieser Jäger und Sammler. Na ja, unwichtig. Erst war Sophia umgebracht worden und jetzt Dompierre. Wem hatte Dompierre seine Hoteladresse hinterlassen? Allen. Ihnen, den Leuten in Dourdan und vielleicht noch vielen anderen, ganz abgesehen davon, daß ihm vielleicht jemand gefolgt war. Alles Leguennec sagen? Aber Lucien? Lucien, der weggewesen war?

»Ich geh«, sagte Vandoosler. »Ich kläre Leguennec auf, und wir fahren dann bestimmt sofort zum Tatort. Ich häng mich an seine Fersen und berichte euch alles, was ich herauskriegen kann. Rühr dich, Marc. Habt ihr heute nacht diesen Lärm veranstaltet?«

»Ja. Lucien hatte seinen kleinen Bleisoldaten auf der Straße verloren.«

28

Leguennec war wütend. Er fuhr in rasendem Tempo und hatte die Sirene eingeschaltet, um die Ampeln ignorieren und das Ausmaß seiner Wut ausdrücken zu können.

»Tut mir leid«, sagte Vandoosler, der neben ihm saß. »Meinem Neffen war die Bedeutung von Dompierres Besuch nicht sofort klar, deswegen hat er mir nichts davon erzählt.«

»Ist dein Neffe bescheuert, oder was?«

Vandoosler spürte, wie er sich verkrampfte. Er konnte stundenlang mit Marc streiten, ertrug es aber nicht, daß irgend jemand ihn kritisierte.

»Kannst du vielleicht mal deine Sirene abschalten?« fragte er. »Man versteht kein Wort in dieser Karre. Jetzt, wo Dompierre tot ist, kommt es auch nicht mehr auf die Minute an.«

Wortlos schaltete Leguennec die Sirene ab.

»Marc ist nicht bescheuert«, sagte Vandoosler barsch. »Wenn du deine Ermittlungen so gut führen würdest, wie er sein Mittelalter beackert, dann säßest du schon lange nicht mehr in deinem 13. Arrondissement. Also, hör zu. Marc wollte dir heute Bescheid geben. Gestern hatte er ein paar wichtige Termine, er sucht Arbeit. Im Grunde hast du sogar Glück, daß er sich bereit gefunden hat, diesen komischen Typen hereinzubitten und sich seine verworrenen Geschichten anzuhören, sonst wäre die Ermittlung nämlich Richtung Genf gegangen, und das fehlende Glied wäre dir entgangen. Du solltest ihm also eher dankbar sein. O. k., Dompierre ist umgebracht worden. Aber er hätte dir gestern auch nicht mehr gesagt, und du hättest ihn nicht unter Polizeischutz gestellt. Es ändert also nichts an der Sache. Fahr langsamer, wir sind gleich da.«

»Bei dem Inspektor vom 19. gebe ich dich als Kollegen von mir aus«, brummte Leguennec, der sich etwas beruhigt hatte. »Und du läßt mich machen. Verstanden?«

Leguennec zeigte seine Karte, um durch die Absperrung zum Hotelparkplatz zu kommen; eigentlich war es nur ein kleiner, dreckiger Hinterhof, in dem die Gäste ihre Fahrzeuge abstellen konnten. Inspektor Vernant vom Kommissariat des 19. Arrondissements war von Leguennecs Ankunft bereits informiert. Er war nicht verärgert darüber, ihm die Angelegenheit überlassen zu müssen, da sie sich schon jetzt als schwierig abzeichnete. Keine Frau, keine Erbschaft, keine zweifelhaften politischen Hintergründe, nichts dergleichen in Sicht. Leguennec schüttelte Hände, stellte unhörbar seinen Kollegen vor und hörte, was Vernant, ein junger Blonder, bereits an Informationen zusammengetragen hatte.

»Der Hotelbesitzer hat uns heute morgen kurz vor acht Uhr angerufen. Er hat die Leiche gefunden, als er die Mülltonnen reinholte. Das hat ihm einen ganz schönen Schock versetzt. Dompierre hat seit zwei Nächten hier gewohnt, er kam aus Genf.«

»*Via* Dourdan«, präzisierte Leguennec. »Fahren Sie fort.«

»Er hat keine Anrufe und keine Post bekommen, nur einen unfrankierten Brief, der gestern nachmittag in den Hotelbriefkasten geworfen wurde. Der Hotelier hat den Umschlag um fünf aus dem Kasten gezogen und ihn Dompierre ins Fach gelegt, Zimmer 32. Ich brauche Ihnen nicht zu sagen, daß der Brief nicht gefunden wurde, weder bei ihm noch in seinem Zimmer. Es ist offenkundig, daß die Nachricht ihn rausgelockt hat. Sehr wahrscheinlich eine Verabredung. Der Mörder wird den Brief wieder an sich genommen haben. Der kleine Hof hier ist für einen Mord bestens geeignet. Bis auf die Rückseite des Hotels haben die beiden anderen Mauern keine Fenster, und dort geht's zu der Einfahrt, wo nachts nur die Ratten herumlaufen. Außerdem hat jeder Gast einen Schlüssel, mit dem er die kleine Tür zum Hof öffnen kann, da das Hotel seinen Haupteingang abends um elf zumacht. Es war leicht, Dompierre zu später Stunde den Personalaufgang herunter und durch die Tür in den Hof zu locken und hier zwischen zwei Autos mit ihm zu reden. Nach dem, was Sie mir gesagt haben, war der Mann auf der Suche nach Informationen. Er wird nicht sonderlich mißtrauisch gewesen sein. Ein brutaler Schlag auf den Schädel und zwei Messerstiche in den Bauch.«

Der Arzt, der mit der Leiche beschäftigt war, hob den Kopf.

»Drei Stiche«, präzisierte er. »Der Mörder hat kein Risiko eingehen wollen. Der arme Kerl muß wenige Minuten danach gestorben sein.«

Vernant zeigte auf Glassplitter, die auf einem Plastiktablett ausgebreitet waren.

»Mit dieser kleinen Wasserflasche ist Dompierre niedergeschlagen worden. Natürlich keinerlei Spuren.«

Er schüttelte den Kopf.

»Wir leben in einer traurigen Zeit, in der jeder dahergelaufene Idiot weiß, daß er Handschuhe tragen muß.«

»Wann ist der Tod eingetreten?« fragte Vandoosler leise.

Der Gerichtsmediziner stand auf und klopfte sich die Hose ab.

»Im Augenblick würde ich meinen, zwischen elf Uhr abends und zwei Uhr morgens. Nach der Autopsie kann ich mehr sagen, denn der Hotelbesitzer weiß, wann Dompierre zu Abend gegessen hat. Ich lasse Ihnen heute abend meine ersten Ergebnisse zukommen. Auf jeden Fall nicht nach zwei Uhr morgens.«

»Was für ein Messer?« fragte Leguennec.

»Wahrscheinlich ein Küchenmesser, gängiges Modell, ziemlich groß. Gewöhnliche Waffe.«

Leguennec wandte sich Vernant zu.

»Ist dem Hotelbesitzer an dem Umschlag, der an Dompierre adressiert war, irgend etwas Besonderes aufgefallen?«

»Nein. Der Name war mit Kugelschreiber in Großbuchstaben daraufgeschrieben. Ein gewöhnlicher weißer Briefumschlag. Alles ist gewöhnlich. Alles ist unauffällig.«

»Warum hat er dieses billige Hotel genommen? Dompierre scheint doch nicht arm gewesen zu sein.«

»Nach Aussage des Hotelbesitzers hat Dompierre als Kind hier im Viertel gewohnt«, antwortete Vernant. »Es gefiel ihm, hierher zurückzukommen.«

Die Leiche war abtransportiert worden. Auf dem Boden blieb nur noch der unvermeidliche, mit Kreide gezeichnete Umriß zurück.

»War die Tür heute morgen noch auf?« fragte Leguennec.

»Sie war wieder zu«, erwiderte Vernant. »Wahrscheinlich hat der Gast sie zugemacht, der nach Auskunft des Besitzers morgens gegen halb acht das Haus verlassen hat. Dompierre hatte den Schlüssel für die Tür noch in der Tasche.«

»Und dieser Gast hat nichts bemerkt?«

»Nein. Obwohl sein Wagen direkt neben der Leiche stand. Aber auf der linken Seite, die Fahrertür ging zur anderen Seite. Sein Wagen, ein großer Renault 19, hat die Leiche vollständig verdeckt. Er ist vorwärts raus und muß losgefahren sein, ohne etwas zu bemerken.«

»O. k.« sagte Leguennec abschließend. »Vernant, ich folge Ihnen wegen der Formalitäten. Ich vermute, Sie haben nichts dagegen, mir den Fall zu übertragen?«

»Nicht im geringsten«, sagte Vernant. »Im Augenblick scheint mir die Simeonidis-Fährte die einzig überzeugende. Übernehmen Sie die Sache. Wenn nichts dabei herauskommt, geben Sie mir den ganzen Packen wieder zurück.«

Leguennec setzte Vandoosler an einem Metro-Eingang ab, bevor er Vernant in dessen Kommissariat folgte.

»Ich komm nachher noch in Eure Gegend«, sagte er. »Ich muß noch Alibis überprüfen. Vorher muß ich das Ministerium erreichen, um herauszufinden, wo sich Pierre Relivaux aufhält. In Toulon oder woanders?«

»Eine Partie Karten heute abend? Ein Walfangboot?« schlug Vandoosler vor.

»Mal sehen. Ich komm auf jeden Fall vorbei. Worauf wartest du eigentlich, um dir ein Telefon legen zu lassen?«

»Auf Geld«, erwiderte Vandoosler.

Es war kurz vor zwölf. Besorgt suchte Vandoosler erst eine Telefonzelle, bevor er die Metro nahm. Die Zeit für die Metrofahrt durch halb Paris war zu lang, er mußte die Information schnell haben. Er mißtraute Leguennec. Er wählte die Nummer vom *Tonneau* und hatte Juliette am Apparat.

»Ich bin's«, sagte er. »Kannst du mir den heiligen Matthäus geben?«

»Haben sie was gefunden?« fragte Juliette. »Wissen sie, wer's war?«

»Wenn du glaubst, das geht so in zwei Stunden. Nein, das wird komplizierter, vielleicht sogar unmöglich.«

»Gut«, seufzte Juliette. »Ich geb ihn dir.«

»Heiliger Matthäus?« fragte Vandoosler. »Red bitte leise. Ißt Alexandra heute bei euch?«

»Heute ist Mittwoch, aber sie ißt mit Cyrille hier. Sie hat sich das so angewöhnt. Juliette macht ihr ein paar Extrasachen. Der Kleine bekommt heute Zucchinipüree.«

Unter dem mütterlichen Einfluß von Juliette begann

Mathias die Küche offensichtlich zu schätzen. Vielleicht half ihm dieses praktische Objekt seines Interesses auch, sich vor einem sehr viel reizvolleren Objekt des Interesses zu hüten, nämlich Juliette selbst und ihren hübschen weißen Schultern, dachte Vandoosler. Vandoosler an seiner Stelle hätte sich eher auf Juliette gestürzt als auf das Zucchinipüree. Aber Mathias war ein komplizierter Kerl, der seine Handlungen abwog und sich nicht unüberlegt auf offenes Terrain begab. Jedem seine Masche mit den Frauen. Vandoosler verbannte Juliettes Schultern aus seinen Gedanken; ihr Bild ließ ihn immer leicht erbeben, vor allem, wenn sie sich vorbeugte, um nach einem Glas zu greifen. Und jetzt war gewiß nicht der Moment zu erbeben. Weder für ihn noch für Mathias noch für sonst jemanden.

»War Alexandra gestern mittag da?«

»Ja.«

»Hast du ihr von Dompierres Besuch erzählt?«

»Ja. Ich hatte es nicht vor, aber sie hat mich danach gefragt. Sie war traurig. Also habe ich erzählt. Um sie aufzumuntern.«

»Ich mache dir keine Vorwürfe. Es ist nicht schlecht, die Leine schießen zu lassen. Hast du seine Adresse genannt?«

Mathias dachte ein paar Sekunden nach.

»Ja«, sagte er erneut. »Sie hatte nämlich befürchtet, daß Dompierre den ganzen Tag auf der Straße auf Relivaux warten würde. Ich habe sie beruhigt und ihr gesagt, daß Dompierre ein Hotel in der Rue de la Prévoyance hat. Der Name hat mir gefallen. Ich bin sicher, daß ich die Straße genannt habe. Metro Danube auch.«

»Was interessiert sie das, ob ein Unbekannter den ganzen Tag auf Relivaux wartet?«

»Keine Ahnung.«

»Hör mir mal gut zu, heiliger Matthäus. Dompierre ist zwischen elf Uhr abends und zwei Uhr morgens mit drei Messerstichen in den Bauch umgelegt worden. Jemand hat ihn in die Falle gelockt. Relivaux könnte dahinterstecken, der sich zufällig wer weiß wo herumtreibt, oder auch jemand aus Dourdan oder jeder andere. Verschwinde für fünf Minuten und hol Marc, der zu Hause auf mich wartet. Erzähl ihm, was ich dir gerade von den Ermittlungen berichtet habe, und sag ihm, er soll ins *Tonneau* rübergehen und Lex fragen, was sie vergangene Nacht gemacht hat. Freundschaftlich und in aller Ruhe, wenn er das kann. Und Juliette soll er vorsichtig fragen, ob sie etwas gesehen oder gehört hat. Ich glaube, sie kann manchmal nicht gut schlafen und liegt wach, vielleicht haben wir ja Glück. Marc soll das machen, nicht du, hast du mich verstanden?«

»Ja«, sagte Mathias, ohne sich zu ärgern.

»Du spielst weiter den Kellner, du spähst aufmerksam über dein Tablett und registrierst die verschiedenen Reaktionen. Und bete zum Himmel, heiliger Matthäus, daß Alexandra vergangene Nacht das Haus nicht verlassen hat. Wie auch immer, erst mal keinen Ton zu Leguennec. Er hat gesagt, er würde ins Kommissariat zurückfahren, aber er ist in der Lage und kreuzt noch vor mir im Gartenhaus oder im *Tonneau* auf. Also mach schnell.«

Zehn Minuten später betrat Marc etwas befangen das *Tonneau*. Er umarmte Juliette, Alexandra und den kleinen Cyrille, der sich ihm an den Hals warf.

»Stört's dich, wenn ich dir beim Essen Gesellschaft leiste?«

»Setz dich«, sagte Alexandra. »Schieb Cyrille ein bißchen beiseite, er macht sich so breit.«

»Weißt du Bescheid?«

Alexandra nickte.

»Mathias hat es uns erzählt. Und Juliette hat die Nachrichten gehört. Ist das wirklich derselbe? Keine Verwechslung möglich?«

»Keine Verwechslung, leider.«

»Schlimm«, sagte Alexandra. »Er hätte besser dran getan, auszupacken. Womöglich gelingt es jetzt nie, den

Mörder von Tante Sophia zu fassen. Und ich weiß nicht, ob ich das ertragen könnte. Wie ist er umgebracht worden? Weißt du das?«

»Durch Messerstiche in den Bauch. Nicht schnell, aber gründlich.«

Mathias beobachtete Alexandra, während er Marc einen Teller hinstellte. Sie zitterte leicht.

»Red leiser«, sagte sie und deutete mit dem Kinn auf Cyrille. »Bitte.«

»Es ist zwischen elf Uhr abends und zwei Uhr morgens passiert. Leguennec sucht Relivaux. Du hast nicht zufällig irgendwas gehört? Ein Auto?«

»Ich habe geschlafen. Und wenn ich einmal schlafe, höre ich, glaube ich, überhaupt nichts. Du kannst dich selbst überzeugen: Ich habe drei Batteriewecker auf meinem Nachttisch, um sicherzugehen, daß ich die Schule nicht verschlafe. Außerdem ...«

»Außerdem?«

Alexandra runzelte die Stirn und zögerte. Marc spürte, daß auch er zögerte, aber er hatte einen Befehl.

»Außerdem nehm ich im Augenblick immer was, um einzuschlafen. Um nicht soviel denken zu müssen. Ich schlafe dadurch noch fester als normal.«

Marc nickte. Das beruhigte ihn. Auch wenn er fand, daß Alexandra ihm ein bißchen zuviel über ihren Schlaf erklärte.

»Aber Pierre ...«, fuhr Alexandra fort. »Das ist doch nicht möglich. Wie hätte er wissen sollen, daß Dompierre in Paris war, um ihn zu sprechen?«

»Dompierre hat ihn vielleicht später über das Ministerium noch telefonisch erreicht. Vergiß nicht, daß auch er seine Beziehungen hatte. Er schien hartnäckig zu sein, weißt du. Und in Eile.«

»Aber Pierre ist in Toulon.«

»Mit dem Flugzeug kein Problem. Hin und wieder zurück. Ist alles möglich.«

»Ich verstehe«, sagte Alexandra. »Aber sie irren sich. Pierre hätte Sophia nie etwas getan.«

»Immerhin hatte er eine Geliebte, und das seit mehreren Jahren.«

Lex' Gesicht verdüsterte sich. Marc bedauerte seine letzte Bemerkung. Er hatte nicht die Zeit, um schnell noch einen halbwegs intelligenten Satz zu finden, denn Leguennec betrat das Restaurant. Der Pate hatte richtig vermutet. Leguennec versuchte ihn zu überholen.

Der Inspektor näherte sich ihrem Tisch.

»Mademoiselle Haufman, wenn Sie mit dem Essen fertig sind und Ihren Sohn für eine Stunde einem Ihrer Freunde anvertrauen können, so wäre ich Ihnen sehr verbunden, wenn Sie mich begleiten würden. Noch ein paar Fragen. Ich bin dazu verpflichtet.«

Arschloch. Marc würdigte Leguennec keines Blickes. Trotzdem mußte er anerkennen, daß er seine Arbeit tat, die Arbeit, die er selbst gerade ein paar Minuten zuvor getan hatte.

Alexandra machte das nichts aus, und Mathias bestätigte mit einer Geste, daß er auf Cyrille aufpassen würde. Sie folgte dem Inspektor und stieg in seinen Wagen. Marc war der Appetit vergangen, er schob seinen Teller zur Seite und setzte sich an die Theke. Er bestellte bei Juliette ein Bier. Ein großes, wenn möglich.

»Mach dir keine Sorgen«, sagte sie zu ihm. »Er kann ihr gar nichts anhaben. Alexandra war diese Nacht nicht weg.«

»Ich weiß«, sagte Marc seufzend. »Das sagt sie. Aber warum sollte er ihr glauben? Von Anfang an hat er uns nichts geglaubt.«

»Das ist sein Job«, erwiderte Juliette. »Aber ich kann dir bestätigen, daß sie nicht weg war. Das ist die Wahrheit, und ich werde sie ihm sagen.«

Marc griff nach Juliettes Hand.

»Sag, was weißt du?«

»Was ich gesehen habe«, sagte Juliette lächelnd. »Gegen elf Uhr war ich mit meinem Buch fertig, ich habe das Licht ausgemacht, konnte aber nicht einschlafen. Das passiert mir häufig. Manchmal, weil ich Georges im Stockwerk drunter schnarchen höre, und das ist nervtötend. Aber gestern abend hat er nicht mal geschnarcht. Ich bin runtergegangen, um mir ein neues Buch zu holen, und habe dann unten gesessen und bis halb drei gelesen. Dann habe ich mir gesagt, daß ich jetzt unbedingt ins Bett muß, und bin wieder hoch. Ich habe mich entschlossen, eine Tablette zu nehmen, und bin eingeschlafen. Ich kann dir aber sagen, daß Alexandra von viertel nach elf bis halb drei das Haus nicht verlassen hat. Ich habe keinerlei Geräusch gehört, weder die Tür noch das Auto. Außerdem nimmt sie den Kleinen mit, wenn sie umherfährt. Ich mag das übrigens gar nicht. Na ja, diese Nacht war die ganze Zeit das Nachtlicht in Cyrilles Zimmer an. Er hat Angst im Dunkeln. Das ist jetzt das Alter.«

Marc fühlte, wie alle Hoffnung ihn verließ. Betrübt sah er Juliette an.

»Was ist los?« fragte sie. »Das sollte dich doch beruhigen. Lex hat nichts zu befürchten, absolut nichts!«

Marc schüttelte den Kopf. Er warf einen Blick auf das Restaurant, das sich langsam füllte, und beugte sich zu Juliette.

»Du behauptest, daß du gegen zwei Uhr morgens absolut nichts gehört hast?« flüsterte er.

»Ich sag's dir doch!« flüsterte Juliette zurück. »Du brauchst dir überhaupt keine Sorgen zu machen.«

»Das ist lieb von dir, Juliette«, sagte er sanft. »Sehr lieb.«

Juliette sah ihn an, ohne zu verstehen.

»Aber du lügst«, fuhr er fort. »Du lügst auf der ganzen Linie!«

»Nicht so laut«, befahl Juliette. »Glaubst du mir nicht? Das ist doch die Höhe!«

Marc drückte Juliettes Hand fester und sah, daß Mathias ihm einen Blick zuwarf.

»Juliette, hör mir zu: Du hast gesehen, wie Alexandra vergangene Nacht weggefahren ist, und du weißt, daß sie uns anlügt. Also lügst du ebenfalls, um sie zu schützen. Du bist lieb, aber du hast mir gerade unfreiwillig das Gegenteil dessen klargemacht, was du mir klarmachen wolltest. Ich bin nämlich um zwei Uhr morgens draußen gewesen, stell dir vor! Und sogar direkt vor deinem Tor, weil ich zusammen mit Mathias versucht habe, Lucien zu beruhigen und ihn ins Haus zu bringen. Du aber hast mit deiner Schlaftablette wie ein Murmeltier geschlafen und hast nicht einmal uns gehört! Du hast geschlafen! Und weil du mich gerade darauf bringst, kann ich dir auch noch sagen, daß im Zimmer von Cyrille kein Licht brannte. Frag Mathias.«

Mit offenem Mund wandte sich Juliette Mathias zu, der langsam nickte.

»Sag mir jetzt die Wahrheit«, nahm Marc das Gespräch wieder auf. »Das ist besser für Lex, wenn wir sie intelligent verteidigen wollen. Denn dein System hier wird nicht funktionieren. Du bist zu naiv, du hältst die Bullen für kleine Kinder.«

»Drück meine Hand nicht so«, sagte Juliette. »Du tust mir weh! Die Gäste sehen uns.«

»Also, Juliette?«

Stumm und mit gesenktem Kopf machte Juliette sich wieder daran, Gläser zu spülen.

»Wir brauchen das doch nur alle zu sagen«, schlug sie plötzlich vor. »Ihr wart nicht draußen, um Lucien reinzuholen, ich habe nichts gehört, und Lex war nicht weg. So.«

Marc schüttelte erneut den Kopf.

»Aber Lucien hat draußen herumgeschrien. Vielleicht hat ihn ein anderer Nachbar gehört. Die Geschichte wird Leguennecs Fragen nicht lange standhalten, und das wird's nur noch schlimmer machen. Sag mir die Wahrheit, ich schwöre dir, das ist besser. Danach sehen wir dann, wie wir am besten lügen.«

Juliette wrang unentschlossen ihr Gläsertuch. Mathias ging zu ihr, legte seine große Hand auf ihre Schulter und flüsterte ihr etwas ins Ohr.

»Gut«, sagte Juliette. »Ich habe mich angestellt wie eine

dumme Gans, möglich. Aber ich konnte doch nicht ahnen, daß ihr um zwei Uhr morgens alle draußen wart. Alexandra ist mit dem Auto weggefahren, das stimmt. Sie ist ganz leise und ohne Licht losgefahren, sicher, um Cyrille nicht zu wecken.«

»Wann?« fragte Mathias mit zugeschnürter Kehle.

»Viertel nach elf. Als ich runtergegangen bin, um ein Buch zu holen. Denn das stimmt. Wegen dem Kleinen war ich genervt, als ich gesehen habe, daß sie schon wieder wegfährt. Ob sie ihn nun mitgenommen hat oder ob sie ihn allein gelassen hat, ist egal, ich war genervt. Ich habe mir gesagt, daß ich am nächsten Tag den Mut finden muß, mit ihr drüber zu reden, auch wenn es mich vielleicht nichts angeht. Das Nachtlicht im Schlafzimmer war aus, das stimmt auch. Gut, ich bin nicht unten geblieben, um zu lesen. Ich bin wieder hoch und hab die Tablette genommen, weil ich so genervt war. Ich bin fast sofort eingeschlafen. Und als ich das heute morgen in den Zehn-Uhr-Nachrichten gehört habe, bin ich in Panik geraten. Ich habe gehört, wie Lex dir vorhin gesagt hat, daß sie nicht aus dem Haus gegangen sei. Da habe ich gedacht ... Ich habe gedacht, das beste wäre ...«

»Ihre Version zu stützen.«

Juliette nickte traurig mit dem Kopf.

»Ich hätte besser den Mund gehalten«, sagte sie.

»Mach dir keine Vorwürfe«, erwiderte Marc. »Die Bullen werden es in jedem Fall herausfinden. Denn Alexandra hat ihren Wagen nicht wieder am selben Platz abgestellt, als sie zurückkam. Jetzt, wo ich es weiß, erinnere ich mich sehr gut, daß Sophias Auto gestern vor dem Abendessen fünf Meter vor deinem Tor geparkt war. Ich bin dran vorbeigelaufen. Ein rotes Auto, das fällt auf. Als ich heute morgen gegen halb elf raus bin, um die Zeitung zu holen, stand es nicht mehr da. Auf dem Platz stand ein anderes Auto, ein graues, ich glaube, das von den Nachbarn da hinten. Alexandra muß ihr Auto woanders abgestellt haben, als sie zurückgekommen ist, weil ihr Platz besetzt war. Für die Bullen ist das ein Kinderspiel. Die Straße ist klein, die Autos alle bekannt, andere Nachbarn werden solche Details sicher bemerkt haben.«

»Das will nichts heißen«, wandte Juliette ein. »Sie hätte heute morgen wegfahren können.«

»Das werden sie überprüfen.«

»Aber wenn sie getan hätte, was Leguennec glaubt, dann hätte sie dafür gesorgt, daß das Auto heute morgen wieder auf dem alten Platz steht!«

»Du denkst nicht nach, Juliette. Wie soll sie das Auto wieder auf den alten Platz stellen, wenn da ein anderes Auto steht? Sie kann's doch nicht wegpusten.«

»Du hast recht, ich rede Blödsinn. Man könnte meinen, ich würde überhaupt nicht mehr denken. Trotzdem ist sie weggefahren, aber um spazierenzufahren, nur um spazierenzufahren!«

»Das glaube ich auch«, sagte Marc. »Aber wie willst du das Leguennec eintrichtern? Sie hat sich den Abend für ihre Spazierfahrt wirklich geschickt ausgesucht! Nach dem Ärger, den sie schon hatte, hätte sie sich ja auch ruhig verhalten können, oder?«

»Nicht so laut«, wiederholte Juliette.

»Das regt mich auf«, rief Marc. »Man könnte meinen, sie macht das absichtlich.«

»Sie konnte doch nicht ahnen, daß Dompierre umgebracht würde, versetz dich doch mal in ihre Lage.«

»In ihrer Lage hätte ich meinen Denkzettel weggehabt. Für Lex sieht es schlecht aus, Juliette, sehr schlecht!«

Marc schlug mit der Faust auf die Theke und trank sein Bier aus.

»Was können wir tun?« fragte Juliette.

»Ich werde nach Dourdan fahren, das können wir tun. Ich werde suchen, was Dompierre gesucht hat. Leguennec hat keine Möglichkeit, mich daran zu hindern. Simeonidis ist frei, seine Archive jedem zur Verfügung zu stellen, der das will. Die Bullen können nur überprüfen, ob ich auch nichts mitnehme. Hast du die Adresse von ihrem Vater in Dourdan?«

»Nein, aber das kann dir dort jeder sagen. Sophia hatte ein Haus in derselben Straße. Sie hat ein kleines Anwesen gekauft, um ihren Vater sehen zu können, ohne unter demselben Dach leben zu müssen wie ihre Stiefmutter. Sie konnte sie nicht leiden. Es ist ein bißchen außerhalb der Stadt, Rue des Ifs. Warte, ich guck noch mal nach.«

Mathias kam auf ihn zu, während Juliette in die Küche ging, um ihre Handtasche zu holen.

»Du fährst?« fragte Mathias. »Soll ich dich begleiten? Das wäre klüger. Die Sache wird allmählich riskant.«

Marc lächelte.

»Danke, Mathias. Aber es ist besser, wenn du hierbleibst. Juliette braucht dich, und Lex auch. Übrigens paßt du ja auf den kleinen Griechen auf und machst das sehr gut. Es beruhigt mich, zu wissen, daß du hier bist. Mach dir keine Sorgen, ich habe nichts zu befürchten. Wenn ich euch etwas mitteilen muß, rufe ich hier oder bei Juliette an. Sag dem Paten Bescheid, wenn er nach Hause kommt.«

Juliette kam mit ihrem Adreßbuch zurück.

»Der genaue Straßenname ist Allée des Grands Ifs«, sagte sie. »Das Haus von Sophia hat die Nummer 12. Das Haus des Alten ist nicht weit.«

»Ist notiert. Wenn Leguennec dich fragt, bist du um elf Uhr eingeschlafen und weißt von nichts. Er wird schon damit zurechtkommen.«

»Natürlich«, sagte Juliette.

»Sag das auch deinem Bruder, für alle Fälle. Ich geh kurz zu Hause vorbei und nehm dann den nächsten Zug.«

Ein plötzliche Windböe stieß ein schlecht geschlossenes Fenster auf. Der erwartete Sturm war im Anmarsch – offensichtlich stärker als angekündigt. Das verlieh Marc neue Kraft. Er sprang von seinem Hocker und eilte los.

In der Baracke packte Marc rasch seine Tasche. Er wußte nicht genau, wie lange er wegbleiben und ob er irgend etwas zu fassen kriegen würde. Aber jetzt mußte wirklich etwas gewagt werden. Warum war dieser blöden Alexandra nichts Dümmeres eingefallen, als mit dem Auto spazierenzufahren? So eine dumme Kuh. Marc ärgerte sich, während er wild ein paar Sachen in seine Tasche stopfte. Vor allem aber versuchte er sich einzureden, daß Alexandra wirklich nur einen Ausflug gemacht hatte. Nur einen Ausflug, nichts weiter. Das erforderte eine gewisse Konzentration, eine gewisse Überzeugungskraft. Er hörte nicht, wie Lucien bei ihm eintrat.

»Packst du deine Tasche?« fragte Lucien. »Aber du zerknautschst ja alles! Sieh dir dein Hemd an!«

Marc warf Lucien einen Blick zu. Stimmt, mittwochs nachmittags hatte er ja keinen Unterricht.

»Mein Hemd ist mir völlig egal«, sagte Marc. »Alexandra steckt in der Scheiße. Sie ist heute nacht wieder weggewesen. Ich fahre nach Dourdan. Ich suche in den Archiven. Ausnahmsweise ist das, was ich suche, mal nicht in Latein oder Vulgärlatein abgefaßt. Ich bin's gewöhnt, Akten rasch durchzusehen, ich hoffe, ich finde was.«

»Ich komme mit«, sagte Lucien. »Ich möchte nicht, daß dir auch noch der Bauch aufgeschlitzt wird. Halten wir zusammen, Soldat.«

Marc hielt kurz mit dem Packen inne und sah Lucien an. Erst Mathias, jetzt Lucien. Mathias verstand er und war berührt. Aber Marc hätte nie gedacht, daß sich Lucien für etwas anderes interessieren könnte als für sich selbst und den Ersten Weltkrieg. Daß er sich interessieren und sich sogar einmischen könnte. Ganz entschieden täuschte er sich in letzter Zeit häufig.

»Na und?« fragte Lucien. »Das scheint dich zu überraschen?«

»Ja – das heißt, ich habe was anderes gedacht.«

»Ich kann mir vorstellen, was du gedacht hast«, erwiderte Lucien. »Davon abgesehen ist es aber im Augenblick besser, zu zweit zu sein. Vandoosler und Mathias hier, du und ich dort. Einen Krieg gewinnt man nicht allein, du brauchst dir nur Dompierre anzusehen. Also, ich begleite dich. Archive kenne ich auch, und zu zweit kommen wir schneller voran. Läßt du mir noch Zeit, meine Tasche zu packen und der Schule Bescheid zu geben, daß ich gerade die nächste Grippe bekomme?«

»Einverstanden«, sagte Marc. »Aber mach schnell. Der Zug fährt um 14 Uhr 57 von der Gare d'Austerlitz.

29

Knapp zwei Stunden später schlenderten Marc und Lucien durch die Allée des Grands Ifs. In Dourdan wehte ein starker Nordwest, und Marc sog die Luft tief ein. Vor dem Haus mit der Nummer 12, das links und rechts des massiven Holztors von Mauern geschützt war, blieben sie stehen.

»Hilf mir hoch«, sagte Marc. »Ich würde gern sehen, wie es bei Sophia aussieht.«

»Ist das wichtig?« fragte Lucien.

»Ich möchte es sehen, das ist alles.«

Lucien stellte vorsichtig seine Tasche ab, sah sich um, ob niemand auf der Straße war, und verschränkte fest seine Hände.

»Zieh deinen Schuh aus«, sagte er zu Marc. »Ich will nicht, daß du mir die Hände versaust.«

Marc seufzte, zog einen Schuh aus, während er sich an Lucien festhielt, und stieg hinauf.

»Siehst du was?« fragte Lucien.

»Irgendwas sieht man immer.«

»Und was?«

»Das Anwesen ist groß. Sophia war wirklich reich. Hinter dem Haus geht es leicht den Hang hinunter.«

»Wie sieht das Haus aus? Häßlich?«

»Überhaupt nicht«, antwortete Marc. »Trotz des Schieferdachs ein bißchen griechisch. Lang und weiß, einstöckig. Sie hat es sicher nach eigenen Plänen bauen lassen. Komisch, die Fensterläden sind nicht mal zu. Warte. Nein, es liegt an den Holzgittern vor den Fenstern. Griechisch, ich sag's ja. Eine kleine Garage und ein Brunnen. Der Brunnen ist das einzig Alte da drinnen. An heißen Tagen dürfte das recht angenehm sein.«

»Kann ich loslassen?« fragte Lucien.

»Wirst du müde?«

»Nein, aber es kann jemand kommen.«

»Du hast recht, ich komm wieder runter.«

Marc zog seinen Schuh wieder an. Sie gingen die Straße entlang und lasen die Namen an den Türen oder Briefkästen, wenn welche dranstanden. Das war ihnen lieber als jemanden zu fragen, so blieb ihr Besuch so unauffällig wie möglich.

»Da«, sagte Lucien nach etwa hundert Metern. »Der gepflegte kleine alte Kasten mit den Blumen davor.«

Marc entzifferte das angelaufene Kupferschild: K. und J. Simeonidis.

»Wir haben es«, sagte er. »Erinnerst du dich an unsere Abmachung?«

»Halt mich nicht für blöd«, erwiderte Lucien.

»Gut«, sagte Marc.

Ein alter Mann mit schönen Gesichtszügen öffnete ihnen. Er musterte sie schweigend, während er auf eine Erklärung wartete. Seit dem Tod seiner Tochter waren viele vorbeigekommen, Polizisten, Journalisten und Dompierre.

Lucien und Marc schilderten abwechselnd den Grund ihres Besuchs, wobei sie viel Freundlichkeit in ihre Stimme legten. Die Freundlichkeit hatten sie im Zug geplant, aber durch die Trauer, die auf dem Gesicht des alten Simeonidis lag, fiel sie ihnen noch leichter. Sie redeten behutsam von Sophia. Während sie erklärten, daß ihre Nachbarin Sophia ihnen einen persönlichen Auftrag erteilt habe, glaubten sie beinahe ihre eigene Lüge. Marc erzählte von der Sache mit dem Baum. Es gibt nichts Besseres als eine wahre Begebenheit, um eine Lüge daran aufzuhängen. Nach der Sache mit dem Baum habe sich Sophia trotz allem weiter Sorgen gemacht. Eines Abends, als sie sich auf der Straße noch unterhalten hatten, bevor sie zu Bett gingen, habe sie ihnen das Versprechen abgenommen, der Sache nachzugehen, wenn ihr je ein Unglück zustoßen solle. Sie habe kein Vertrauen in die Polizei gehabt und gesagt, die würden sie bei all den Vermißten sicher vergessen. Ihnen aber habe sie zugetraut, die Sache zu Ende zu bringen. Deshalb seien sie nun da und glaubten, aus Respekt und Freundschaft für Sophia ihre Pflicht tun zu müssen.

Aufmerksam hörte Simeonidis ihrer Rede zu, die in Marcs Ohren immer dümmer und schwerfälliger klang, je länger er sie vorbrachte. Er bat sie einzutreten. Ein Polizist in Uniform war im Wohnzimmer gerade damit beschäftigt, eine Frau zu befragen, die Madame Simeonidis sein mußte. Marc wagte nicht, sie zu betrachten, um so weniger, als das Gespräch bei ihrem Eintreten abbrach. Aus den Augenwinkeln konnte er nur eine etwa sechzigjährige, ziemlich rundliche Frau mit Dutt wahrnehmen, die sie mit einem kurzen Kopfnicken begrüßte. Sie war mit den Fragen des Bullen beschäftigt und hatte den dynamischen Ausdruck von Leuten, die als dynamisch beschrieben werden wollen. Simeonidis durchquerte mit Marc und Lucien im Gefolge raschen Schrittes den Raum und legte gegenüber dem Bullen, der in sein Wohnzimmer eingedrungen war, eine betonte Gleichgültigkeit an den Tag. Aber der Bulle bremste sie, indem er sich abrupt erhob. Es war ein junger Typ mit einem verstockten, beschränkten Gesicht, das der unglückseligsten Vorstellung entsprach, die man sich von einem Schwachkopf machen konnte, bei dem Vorschriften das Denken ersetzen. Kein Glück. Lucien stieß einen übertriebenen Seufzer aus.

»Tut mir leid, Monsieur Simeonidis«, sagte der Bulle. »Aber ich kann Ihnen nicht gestatten, wem auch immer Zutritt zu Ihrem Wohnsitz zu gewähren, ohne über den Familienstand dieser Personen und den Grund ihres Besuchs unterrichtet zu sein. Das sind Anweisungen, und man hat Sie darüber in Kenntnis gesetzt.«

Simeonidis lächelte kurz und abfällig.

»Es handelt sich hier nicht um meinen ›Wohnsitz‹,

sondern um mein Haus«, sagte er mit seiner klangvollen Stimme, »und es handelt sich nicht um ›Personen‹ sondern um Freunde. Merken Sie sich, daß ein Grieche aus Delphi, der fünfhundert Meter vom Orakel entfernt geboren wurde, keine Anweisungen entgegennimmt, egal von wem. Hämmern Sie sich das in Ihren Schädel.«

»Das Gesetz ist für alle gemacht, Monsieur«, antwortete der Polizist.

»Ihr Gesetz können Sie sich in den Arsch schieben«, erwiderte Simeonidis im selben Ton.

Lucien frohlockte. Genau die Art altes Ekel, mit dem man sich gut hätte amüsieren können, wenn die Umstände ihn nicht so traurig gemacht hätten.

Die Schwierigkeiten mit dem Bullen dauerten noch ein Weilchen an; er nahm ihre Namen auf und identifizierte sie problemlos als die Nachbarn von Sophia Simeonidis, nachdem er sein Notizbuch konsultiert hatte. Aber da nichts dagegen sprach, die Archive mit der Erlaubnis ihres Besitzers einzusehen, mußte er sie ziehen lassen, nachdem er ihnen angekündigt hatte, daß sie auf jeden Fall vor Verlassen des Hauses eine Untersuchung über sich ergehen lassen müßten. Bis auf weiteres dürfe kein Dokument das Haus verlassen. Lucien zuckte mit den Schultern und folgte Simeonidis. In einem Anfall von Jähzorn kehrte der alte Grieche um und packte den Bullen am Revers. Marc dachte, er würde ihm eine reinhauen, was sicher interessant gewesen wäre. Aber der Alte zögerte.

»Also gut...«, sagte Simeonidis nach kurzem Schweigen. »Dann eben nicht.«

Er ließ den Bullen los, wie etwas sehr Schmutziges, und kam wieder zu ihnen. Sie stiegen ein Stockwerk höher, liefen einen Gang entlang, und der Alte öffnete ihnen mit einem Schlüssel, den er am Gürtel trug, die Tür zu einem spärlich beleuchteten Raum mit Regalen voller Ordner und Aktenkartons.

»Sophias Zimmer«, sagte er leise. »Ich vermute, daß Sie sich dafür interessieren?«

Marc und Lucien nickten.

»Denken Sie, daß Sie hier etwas finden werden?« fragte Simeonidis. »Denken Sie das?«

Er fixierte sie mit klarem Blick, mit zusammengepreßten Lippen und schmerzlichem Ausdruck.

»Und wenn wir nichts finden?« fragte Lucien.

Simeonidis hieb mit der Faust auf den Tisch.

»Sie müssen etwas finden«, befahl er. »Ich bin einundachtzig Jahre alt und kann mich nicht mehr so bewegen, wie ich gern würde, und kann nicht mehr alles so verstehen, wie ich gern möchte. Sie vielleicht. Ich will diesen Mörder. Wir Griechen geben nie auf, hat meine alte Andromache gesagt. Leguennec kann nicht mehr frei denken. Ich brauche andere Leute, ich brauche freie Menschen. Mir ist egal, ob Sophia Ihnen einen Auftrag erteilt hat oder nicht. Vielleicht stimmt es, vielleicht ist es falsch. Ich glaube, es ist falsch.«

»Es ist in der Tat ziemlich falsch.« Lucien stimmte ihm zu.

»Gut«, sagte Simeonidis. »Wir kommen uns näher. Warum suchen Sie?«

»Unser Beruf«, antwortete Lucien.

»Sind Sie Detektive?« fragte Simeonidis.

»Historiker«, antwortete Lucien.

»Wo ist der Zusammenhang mit Sophia?«

Lucien wies mit dem Finger auf Marc.

»Er da«, sagte er. »Er will nicht, daß Alexandra Haufman angeklagt wird. Er ist bereit, jeden beliebigen anderen an ihrer Stelle auszuliefern, selbst einen Unschuldigen.«

»Ausgezeichnet«, sagte Simeonidis. »Wenn Ihnen das nützlich sein kann: Dompierre war nicht lange hier. Ich glaube, er hat nur ein einziges Dossier eingesehen, ohne groß zu zögern. Wie Sie sehen, sind die Kästen nach Jahren geordnet.«

»Wissen Sie, welchen er durchgesehen hat?« fragte Marc. »Sind Sie bei ihm geblieben?«

»Nein. Er war sehr darauf bedacht, allein zu sein. Ich

bin einmal zu ihm gegangen, um ihm Kaffee zu bringen. Ich glaube, er hat sich den Kasten von 1982 angesehen, bin aber nicht sicher. Ich laß Sie jetzt allein, Sie haben keine Zeit zu verlieren.«

»Noch eine Frage«, sagte Marc. »Wie nimmt Ihre Frau die ganze Sache auf?«

Simeonidis verzog mehrdeutig das Gesicht.

»Jacqueline hat nicht geweint. Sie ist nicht boshaft, aber sehr entschieden und immer bemüht, einer Sache ›die Stirn zu bieten‹, wie sie sagt. Für meine Frau ist ›die Stirn bieten‹ ein höchstes Qualitätsmerkmal. Das ist bei ihr so zur Gewohnheit geworden, daß man nichts dagegen machen kann. Vor allem schützt sie ihren Sohn.«

»Was gibt es über ihn zu sagen?«

»Über Julien? Er ist zu nicht sehr viel imstande. Ein Mord übersteigt bei weitem seine Fähigkeiten. Vor allem, weil Sophia ihm geholfen hat, als er nicht mehr weiterwußte. Sie hat ihm hier und da ein paar Statistenrollen besorgt. Er war nicht in der Lage, mehr daraus zu machen. Im Gegensatz zu seiner Mutter hat er Sophia ein bißchen beweint. Er hat sie früher gern gemocht. In seinem Jugendzimmer hat er Fotos von ihr aufgehängt. Früher hat er auch ihre Schallplatten gehört. Jetzt nicht mehr.«

Simeonidis wurde müde.

»Ich lasse Sie jetzt allein«, wiederholte er. »Für mich ist eine Siesta vor dem Abendessen keine Schande. Diese Schwäche gefällt meiner Frau übrigens. Machen Sie sich an die Arbeit, Sie haben nicht viel Zeit. Vielleicht findet der Bulle am Ende doch noch irgendein Mittel, um die Benutzung meines Archivs zu verbieten.«

Simeonidis ging, und man hörte, wie er am Ende des Ganges eine Tür öffnete.

»Was hältst du von ihm?« fragte Marc.

»Eine schöne Stimme, die er seiner Tochter vererbt hat. Eine Kämpfernatur, autoritär, intelligent, unterhaltsam und gefährlich.«

»Und seine Frau?«
»Eine Idiotin«, anwortete Lucien.
»Du sortierst schnell aus.«
»Idioten können morden, das ist kein Widerspruch. Vor allem diejenigen, die wie sie eine stupide, vordergründige Tapferkeit an den Tag legen. Ich habe zugehört, wie sie mit dem Bullen geredet hat. Sie verfügt über keinerlei Fähigkeit zu Nuancen und ist befriedigt über ihre Leistungen. Selbstzufriedene Idioten können morden.«

Marc nickte, während er im Raum umherging. Er blieb vor dem Karton des Jahrgangs 1982 stehen, sah ihn an, ohne ihn zu berühren, und fuhr mit der Inspizierung der Regale fort. Lucien kramte in seiner Tasche.

»Hol den 82er Karton raus«, sagte er. »Der Alte hat recht: Wir haben vielleicht nicht viel Zeit, bevor das Gesetz sein Fallgitter vor uns herunterläßt.«

»Dompierre hat nicht den 82er durchgesehen. Entweder hat der Alte sich getäuscht, oder er hat gelogen. Es war der von 1978.«

»Ist da kein Staub mehr davor?« fragte Lucien.

»Genau«, erwiderte Marc. »Von den anderen ist seit langem keiner mehr herausgezogen worden. Die Bullen haben noch keine Zeit gehabt, ihre Nase da reinzustecken.«

Er zog den Karton von 1978 heraus und breitete den Inhalt säuberlich auf dem Tisch aus. Lucien blätterte ihn rasch durch.

»Es geht um eine einzige Oper«, sagte er. »*Elektra* in Toulouse. Uns sagt das nichts. Aber Dompierre hat offenbar etwas im Zusammenhang mit dieser Inszenierung gesucht.«

»Also los«, sagte Marc, leicht entmutigt von der Masse an alten Zeitungsausschnitten, hier und da hinzugefügten handschriftlichen Kommentaren, vermutlich von Simeonidis, Fotos und Interviews. Die Zeitungsausschnitte waren säuberlich mit Büroklammern zusammengeheftet.

»Such nach Büroklammern, die verschoben sind«, sagte Lucien. »Der Raum ist nicht ganz trocken, sie müssen eine Rostspur oder einen kleinen Abdruck hinterlassen haben. So kriegen wir raus, für welche Artikel Dompierre sich in diesem Wust interessiert hat.«

»Das mache ich gerade«, bemerkte Marc. »Es sind begeisterte Kritiken. Sophia kam gut an. Sie hat uns gesagt, sie sei mittelmäßig gewesen, aber sie war wesentlich besser als das. Mathias hat recht. Was machst du denn? Komm her und hilf mir.«

Lucien war gerade dabei, verschiedenes Zeug wieder in seiner Tasche zu verstauen.

»Da haben wir's«, sagte Marc plötzlich lauter. »Fünf Packen, deren Klammern vor kurzem abgezogen wurden.«

Marc nahm drei davon, Lucien zwei. Sie lasen eine ganze Zeit lang. Die Artikel waren lang.

»Hast du gesagt, die Artikel seien begeistert?« fragte Lucien. »Der hier jedenfalls geht gar nicht sanft mit Sophia um.«

»Der hier auch nicht«, sagte Marc. »Er schlägt ordentlich zu. Das wird ihr nicht gefallen haben. Dem alten Simeonidis auch nicht. ›Armer Irrer‹ hat er an den Rand geschrieben. Und wer ist der arme Irre?«

Marc suchte nach dem Namen.

»Lucien«, sagte er, »der ›arme Irre‹ heißt Daniel Dompierre. Gibt dir das zu denken?«

Lucien nahm Marc den Artikel aus der Hand.

»Dann ist unser Dompierre, der Tote, vielleicht mit ihm verwandt? Ein Neffe, ein Cousin, ein Sohn? Vielleicht hat er deshalb etwas gewußt, was mit dieser Inszenierung zusammenhängt?«

»Sicher irgend etwas in der Art. Da beginnt sich was abzuzeichnen. Und wie heißt dein Kritiker, der Sophia verreißt?«

»René de Frémonville. Kenn ich nicht. Na ja, ich kenne mich mit Musik sowieso nicht aus. Warte, das ist ja komisch.«

Mit verändertem Gesichtsausdruck begann Lucien wieder zu lesen. Marc hoffte.

»Und?« fragte Marc.

»Reg dich nicht auf, das hat nichts mit Sophia zu tun. Es steht auf der Rückseite des Ausschnitts. Der Anfang eines anderen Artikels, ebenfalls von Frémonville, aber über ein Theaterstück: ein völliger Reinfall, ein schlichtes und wirres Machwerk über das Innenleben eines Typen in einem Schützengraben 1917. Ein fast zweistündiger Monolog, ziemlich unerträglich, wie es scheint. Leider fehlt das Ende des Artikels.«

»Du wirst doch nicht schon wieder damit anfangen. Das ist jetzt egal, Lucien, völlig egal! Wir sind doch nicht deswegen nach Dourdan gekommen, verdammt!«

»Sei still. Frémonville schreibt in einem Nebensatz, daß er noch Kriegstagebücher von seinem Vater besitzt und daß der Autor des Stückes gut daran getan hätte, solche Dokumente einzusehen, bevor er sich was ausdenkt übers Militär. Stell dir das mal vor! Kriegstagebücher! Originale, nicht nachträglich geschriebene! Von August 1914 bis Oktober 1918! Sieben Hefte! Kannst du dir das vorstellen? Eine vollständige Serie! Hoffen wir, daß der Vater Bauer war, hoffen wir's! Das wäre eine Goldgrube, Marc, eine Seltenheit! Mein Gott, mach, daß der Vater von Frémonville Bauer war! Verdammt, es war wirklich eine gute Idee, dich zu begleiten!«

Vor lauter Glück und Hoffnung war Lucien aufgesprungen und ging in dem kleinen, düsteren Raum auf und ab, wobei er immer wieder den verstümmelten alten Zeitungsausschnitt las. Wütend machte Marc sich auf neue daran, die Unterlagen durchzublättern, die Dompierre eingesehen hatte. Neben den Artikeln, die Sophia schlecht gesonnen waren, gab es noch drei andere Packen mit anekdotenhaften Beiträgen, bei denen es um einen ernsten Vorfall ging, der mehrere Tage lang die Aufführungen von *Elektra* beeinträchtigt hatte.

»Hör zu«, sagte Marc.

Aber es war nichts zu machen. Lucien war abwesend,

unerreichbar, völlig absorbiert von der Entdeckung seiner Goldgrube und somit unfähig, sich für irgend etwas anderes zu interessieren. Obwohl er doch anfangs durchaus guten Willen gezeigt hatte. Wirklich Pech mit diesen Kriegstagebüchern. Schweigend las Marc weiter. Sophia Simeonidis war am Abend des 17. Juni 1978 anderthalb Stunden vor der Vorstellung in ihrer Garderobe überfallen worden, der Täter hatte versucht, sie zu vergewaltigen. Ihrer Aussage zufolge sei der Angreifer plötzlich geflohen, als er ein Geräusch gehört habe. Sie konnte keine Auskunft über ihn geben. Er hatte einen dunklen Blouson und eine blaue Strumpfmaske getragen und sie mit Fausthieben traktiert, um sie zu Boden zu zwingen. Dann hatte er die Strumpfmaske abgestreift, aber sie war bereits zu benommen gewesen, um ihn zu erkennen, und er hatte das Licht ausgemacht. Voller blauer Flecken, die zum Glück nicht weiter ernst waren, und mit einem Schock war Sophia Simeonidis zur Untersuchung ins Krankenhaus gebracht worden. Trotzdem hatte sie es abgelehnt, Anzeige zu erstatten, und so waren auch keine Ermittlungen aufgenommen worden. Die Journalisten waren auf Spekulationen angewiesen und vermuteten, der Überfall sei die Tat eines Statisten gewesen, da das Theater zu dieser Uhrzeit für die Öffentlichkeit noch geschlossen war. Eine mögliche Schuld eines der fünf Sänger der Truppe war schnell ausgeschlossen worden: zwei von ihnen waren berühmte Sänger, und alle hatten erklärt, erst später ins Theater gekommen zu sein, was die Pförtner, alte Männer, die ebenfalls nicht in Frage kamen, bestätigt hatten. Zwischen den Zeilen war zu lesen, daß die sexuellen Neigungen der fünf männlichen Sänger sie noch eindeutiger von jedem Verdacht freisprachen als ihr Ansehen oder der Zeitpunkt ihres Eintreffens. Was die zahlreichen Statisten anging, so erlaubte die ungenaue Beschreibung der Sängerin keinerlei bestimmten Verdacht. Jedoch, so führte einer der Journalisten aus, seien zwei Statisten bei der Aufführung am folgenden Tag nicht wieder erschienen. Der Journalist räumte allerdings ein, daß dies ein recht gewöhnlicher Vorgang in der Welt der Statisten sei. Meist waren es junge Leute, die häufig pro Aufführung bezahlt wurden, immer auf dem Sprung waren und immer bereit, eine Vorstellung wegen vielversprechender Werbeaufnahmen sausen zu lassen. Er räumte auch ein, daß es ebensogut einer der Männer vom technischen Personal gewesen sein könne.

Ein großes Spektrum möglicher Täter. Mit gerunzelter Stirn wandte sich Marc wieder den Kritiken von Daniel Dompierre und René de Frémonville zu. Es waren reine Musikkritiken, sie ließen sich nicht über die Umstände des Überfalls aus und vermerkten nur, daß für Sophia Simeonidis drei Tage lang ihre Zweitbesetzung, Nathalie Domesco, einspringen mußte, deren ›abscheuliche Nachahmung‹ der *Elektra* den Rest gegeben habe, einer *Elektra*, die auch Sophia Simeonidis' Rückkehr nicht mehr habe retten können: Nachdem sie aus dem Krankenhaus zurückgekommen sei, habe die Sängerin von neuem ihre Unfähigkeit bewiesen, diese Rolle für großen dramatischen Sopran zu singen. Die Kritiken endeten damit, daß der Schock, den die Sängerin erlitten habe, nicht die Unzulänglichkeit ihrer Stimmlage entschuldigen könne und daß sie einen bedauerlichen Irrtum begangen habe mit dieser *Elektra*, die weit über ihren stimmlichen Fähigkeiten liege.

Das erboste Marc. Sicher, Sophia hatte ihnen selbst gesagt, daß sie nicht »*die* Simeonidis« gewesen sei. Sicher, Sophia hätte sich vielleicht nicht an *Elektra* wagen sollen. Vielleicht. Er kannte sich da nicht aus, genausowenig wie Lucien. Aber dieser vernichtende Dünkel der beiden Kritiker brachte ihn auf. Nein, das verdiente Sophia nicht.

Marc griff nach anderen Kartons mit anderen Opern. Darin ebenfalls begeisterte, einfach schmeichelhafte oder zufriedene Kritiken, immer jedoch auch beißende Vorwürfe seitens der Kritiker Dompierre und de Frémonville, selbst da, wo Sophia sich strikt auf ihr Fach, den lyrischen Sopran, beschränkte. Ganz entschieden mochten diese beiden Sophia nicht, und zwar von Anfang an. Marc stellte die Kartons zurück, stützte den Kopf auf die Hände und dachte nach. Es war schon fast dunkel, und Lucien hatte zwei kleine Lampen angemacht.

Sophia war überfallen worden ... Sophia hatte keine Anzeige erstattet. Noch einmal sah er in das *Elektra*-Dossier und überflog rasch die anderen Artikel, die sich mit der Oper beschäftigten und alle ungefähr dasselbe sagten: schlechte Regie, schwaches Bühnenbild, ein Überfall auf Sophia Simeonidis, die erwartete Rückkehr der Sängerin – allerdings mit dem Unterschied, daß diese Kritiken Sophias Versuch, einmal einen dramatischen Sopran zu singen, durchaus schätzten, anstatt ihn niederzumachen wie Dompierre und Frémonville. Er konnte nicht einschätzen, was von diesem Jahrgang 1978 wirklich wichtig war. Dazu hätte er die Möglichkeit haben müssen, alles im einzelnen lesen und wiederlesen zu können. Vergleiche anzustellen, herauszufinden, was die Ausschnitte, die Christophe Dompierre sich vorgenommen hatte, von den anderen unterschied. Er hätte die Artikel abschreiben müssen, zumindest jene, die der Tote gelesen hatte. Das bedeutete Arbeit, viele Stunden Arbeit.

In diesem Augenblick betrat Simeonidis den Raum.

»Sie müssen sich beeilen«, sagte er. »Die Polizei sucht eine Möglichkeit, die Einsicht in meine Archive zu verhindern. Die Polizisten haben keine Zeit, sich jetzt drum zu kümmern, und fürchten wohl, der Mörder könne sie überholen. Ich habe nach meiner Siesta gehört, wie der Dummkopf unten telefonierte. Er will den Raum versiegeln lassen. Das scheint auch zu klappen.«

»Seien Sie unbesorgt«, erwiderte Lucien. »Wir sind in einer halben Stunde fertig.«

»Ausgezeichnet«, sagte Simeonidis. »Sie kommen ja rasch voran.«

»Apropos«, sagte Marc. »Hat Ihr Stiefsohn auch in *Elektra* mitgespielt?«

»In Toulouse? Ganz sicher«, meinte Simeonidis. »Zwischen 1973 und 1978 hat er bei allen Aufführungen mitgewirkt. Erst danach hat er alles aufgegeben. Aber suchen Sie nicht in seiner Richtung, Sie vertrödeln nur Ihre Zeit.«

»Hat Sophia Ihnen von dem Überfall während der *Elektra*-Aufführungen erzählt?«

»Sophia haßte es, wenn darüber gesprochen wurde«, sagte Simeonidis nach kurzem Schweigen.

Nachdem der alte Grieche wieder gegangen war, warf Marc einen Blick auf Lucien, der in einen durchgesessenen Sessel gesunken war, die Beine ausstreckte und seinen Zeitungsausschnitt hin und her drehte.

»In einer halben Stunde, sagst du?« rief Marc. »Du tust keinen Strich, träumst von deinen Kriegstagebüchern, hier gibt's haufenweise Sachen abzuschreiben, und dann beschließt du, dich in einer halben Stunde zu verdrücken?«

Ohne sich zu rühren, zeigte Lucien mit dem Finger auf seine Tasche.

»Da drin habe ich zweieinhalb Kilo Notebook, neun Kilo Scanner, Parfum, eine Unterhose, eine lange Kordel, einen Schlafsack, eine Zahnbürste und eine Scheibe Brot. Jetzt verstehst du, warum ich am Bahnhof ein Taxi nehmen wollte. Such du mir nur deine Dokumente raus, ich lese alles ein, was du haben willst, und wir nehmen es mit in die Baracke. So.«

»Wie bist du darauf gekommen?«

»Nach dem, was Dompierre zugestoßen ist, war vorauszusehen, daß die Bullen versuchen würden, etwas aus den Archiven zu kopieren. Die Manöver des Gegners vorauszusehen ist das A und O des Krieges, mein Lieber. Die amtliche Anordnung kommt sicher bald, aber wir sind schneller. Beeil dich.«

»Entschuldigung«, sagte Marc. »Ich rege mich im Augenblick ständig auf. Du übrigens auch.«

»Nein. Ich wettere nur, in die eine oder in die andere Richtung. Das ist ein ziemlicher Unterschied.«

»Sind das deine Geräte?« fragte Marc. »Das kostet doch 'ne Stange Geld.«

»Die hab ich von der Uni geliehen, ich muß sie in vier Monaten zurückgeben. Nur die Kabel gehören mir.«

Er lachte und schloß die Geräte an.

Je mehr Unterlagen kopiert waren, desto wohler wurde Marc. Vielleicht war nicht viel aus ihnen herauszuholen, aber die Vorstellung, sie im Schutz seines mittelalterlichen zweiten Stocks in aller Ruhe durchsehen zu können, erleichterte ihn sehr. Das meiste aus dem Karton kam in den Scanner.

»Fotos«, sagte Lucien und winkte mit einer Hand.

»Glaubst du?«

»Sicher. Bring die Fotos.«

»Es sind nur Fotos von Sophia.«

»Kein Gruppenfoto beim Applaus, beim gemeinsamen Essen nach der Generalprobe oder sowas?«

»Nur Sophia, sage ich.«

»Dann laß es sein.«

Lucien wickelte seine Geräte in einen alten Schlafsack, verschnürte alles und befestigte eine lange Kordel daran. Dann öffnete er leise das Fenster und ließ das empfindliche Paket vorsichtig hinunter.

»Es gibt kein Zimmer ohne Öffnung«, sagte er. »Und unterhalb einer Öffnung gibt es einen Boden, wie auch immer er aussieht. Hier ist es ein kleiner Hof mit Mülltonnen, das ist mir lieber als die Straße. Ich bin soweit.«

»Es kommt jemand«, sagte Marc.

Lucien ließ die Kordel los und schloß geräuschlos das Fenster. Er setzte sich wieder in den alten Sessel und nahm seine unbekümmerte Haltung ein.

Mit dem befriedigten Gesichtsausdruck eines Menschen, der gerade ein Rebhuhn in vollem Flug erlegt hat, trat der Bulle ein.

»Es ergeht absolutes Verbot, irgend etwas zu kopieren oder auch nur einzusehen«, sagte der Mann. »Eine neue Anordnung. Nehmen Sie Ihre Sachen, und verlassen Sie den Raum.«

Marc und Lucien schimpften, gehorchten aber und folgten dem Bullen. Als sie in das Wohnzimmer kamen, hatte Madame Simeonidis den Tisch für fünf Personen gedeckt. Fünf, dachte Marc, das bedeutete, daß sicher auch der Sohn mitessen würde. Den Sohn mußte man sich ansehen. Sie nahmen dankend an. Der junge Bulle durchsuchte sie, bevor sie Platz nahmen, und leerte den Inhalt ihrer Taschen, die er schließlich ausschüttelte und in alle Richtungen drehte und wendete.

»In Ordnung«, sagte er. »Sie können alles wieder einpacken.«

Er verließ das Zimmer und postierte sich in der Diele.

»Wenn ich Sie wäre«, bemerkte Lucien, »würde ich mich eher vor die Tür des Archivs stellen, bis wir weg sind. Wir könnten ja noch mal hochgehen. Das wäre riskant, Gendarm.«

Mürrisch stieg der Bulle die Treppe hinauf und setzte sich mitten in den Archivraum. Lucien bat Simeonidis, ihm den Zugang zu dem kleinen Hof mit den Mülltonnen zu zeigen, und ging hinaus, um sein Paket zu holen, das er in den Tiefen seiner Tasche verstaute. Er dachte, in letzter Zeit hatte er es häufig mit Mülltonnen zu tun.

»Seien Sie unbesorgt«, sagte er dann zu Simeonidis. »All Ihre Originale sind da oben geblieben. Ich gebe Ihnen mein Wort.«

Der Sohn kam etwas zu spät zu Tisch. Langsamen Schrittes, etwa vierzig Jahre alt, schwerfällig – den Drang, unentbehrlich und dynamisch zu erscheinen, hatte seine Mutter ihm nicht vererbt. Freundlich, aber etwas kläglich und zurückhaltend lächelte er den beiden Gästen zu, und Marc empfand Bedauern. Dieser Typ, der als unfähig und entschlußlos galt, der zwischen seiner energischen Mutter und seinem patriarchalischen Stiefvater eingezwängt war, tat ihm leid. Marc war schnell von jemandem eingenommen, der ihn freundlich anlächelte. Und außerdem hatte Julien über Sophias Tod geweint. Er war nicht häßlich, hatte aber ein aufgedunsenes Gesicht. Marc wäre es lieber gewesen,

Abneigung zu empfinden oder Feindschaft, na ja, irgend etwas Überzeugenderes, um einen Mörder in ihm sehen zu können. Aber da er noch nie einen Mörder gesehen hatte, sagte er sich, daß ein von seiner Mutter erdrücktes, freundlich lächelndes, weiches Wesen auch gut einer sein könnte. Jemanden ein bißchen zu beweinen mußte ja nichts heißen.

Die Mutter hätte es genauso sein können. Jacqueline Simeonidis lief hin und her und legte mehr Geschäftigkeit an den Tag, als Servieren und Abräumen eigentlich erforderten, war redseliger, als das Gespräch nötig machte, sie war einfach anstrengend. Marc musterte den Dutt in ihrem Nacken, der säuberlich geknotet war, ihre kräftigen Hände, ihre falsche Stimme und Betriebsamkeit, ihre blödsinnige Zielstrebigkeit, mit der sie jedem seine Portion gedünsteten Chicorée mit Schinken servierte, und dachte, daß diese Frau vermutlich alles versuchen würde, um ihre Macht oder ihr Vermögen zu vergrößern und den finanziellen Zusammenbruch ihres trägen Sohnes zu verhindern. Sie hatte Simeonidis geheiratet. Aus Liebe? Weil er der Vater einer bereits berühmten Sängerin war? Weil das Julien die Türen zum Theater öffnete? Ja, er wie sie hatten Gründe, zu töten, und vielleicht auch die Veranlagung. Der Alte natürlich nicht. Marc sah ihm zu, wie er mit kräftigen Gesten seinen Chicorée schnitt. Sein autoritärer Zug hätte einen perfekten Tyrannen aus ihm gemacht, wenn Jacqueline sich nicht zu verteidigen gewußt hätte. Aber das offenkundige Leid des griechischen Vaters schloß jeden wie auch immer gearteten Verdacht aus. Darüber waren sich alle einig.

Marc war gedünsteter Chicorée mit Schinken ein Greuel – außer wenn er wirklich gut zubereitet war, was eine große Ausnahme ist. Er sah, wie Lucien sich vollstopfte, während er mit dieser bitteren und wässrigen Masse kämpfte, die ihn anekelte. Lucien hatte das Gespräch in die Hand genommen, das um das Thema Griechenland zu Beginn des Jahrhunderts kreiste. Simeonidis antwortete ihm mit kurzen Sätzen, und Jacqueline verwendete ihre ganze Energie darauf, ihr lebhaftes Interesse für alles zu bekunden.

Marc und Lucien erwischten den Zug um 22 Uhr 27. Der alte Simeonidis brachte sie im Auto zum Bahnhof, er fuhr entschlossen und zügig.

»Halten Sie mich auf dem laufenden«, sagte er, als er ihnen die Hand schüttelte. »Was ist in Ihrem Paket, junger Mann?«

»Computer und alles, was so dazugehört«, erwiderte Lucien lächelnd.

»Gut«, sagte der Alte.

»Übrigens hat Dompierre den 78er Karton durchsucht, nicht den von 1982«, bemerkte Marc. »Nur damit Sie es wissen. Vielleicht finden Sie ja noch Sachen darin, die uns entgangen sind.«

Marc beobachtete die Reaktion des Alten. Das war verletzend, ein Vater bringt seine Tochter nicht um, wenn man mal von Agamemnon absah. Simeonidis antwortete nicht.

»Halten Sie mich auf dem laufenden«, wiederholte er.

Während der einstündigen Zugfahrt sprachen Lucien und Marc kein einziges Wort. Marc, weil er nächtliche Zugfahrten mochte, Lucien, weil er an die Kriegstagebücher von Frémonville dem Älteren dachte und daran, wie er an sie herankommen könnte.

30

Als sie gegen Mitternacht in die Baracke zurückkehrten, trafen Marc und Lucien auf Vandoosler, der sie im Refektorium erwartete. Marc war müde und nicht mehr in der Lage, die gesammelten Informationen zu sortieren; er hoffte, daß der Pate ihn nicht allzu lange in Anspruch nehmen würde. Denn es war klar, daß Vandoosler einen Bericht erwartete. Lucien dagegen schien in Bestform zu sein. Er hatte sich vorsichtig seiner zwölf Kilo schweren Tasche entledigt und sich etwas zu trinken eingeschenkt. Er fragte, wo die Telefonbücher seien.

»Im Keller«, antwortete Marc. »Paß aber auf, sie stützen die Werkbank.«

Aus dem Keller hörte man einen großen Lärm, und Lucien kam strahlend mit einem Telefonbuch unter dem Arm zurück.

»Tut mir leid«, sagte er, »es ist alles zusammengestürzt.«

Er ließ sich mit seinem Glas am Ende des großen Tisches nieder und begann das Telefonbuch durchzublättern.

»René de Frémonvilles dürfte es eigentlich nicht dutzendweise geben«, sagte er. »Mit etwas Glück wohnt er in Paris. Für einen Theater- und Opernkritiker schiene mir das sinnvoll.«

»Was sucht ihr?« fragte Vandoosler.

»*Er* sucht«, antwortete Marc. »Nicht ich. Er will einen Kritiker ausfindig machen, dessen Vater sein gesamtes Kriegserleben in kleinen Heften notiert hat. Das hat ihn völlig gepackt. Er betet zu allen Göttern der Gegenwart und der Vergangenheit, daß der Vater nur ja ein Bauer gewesen sein möge. Es scheint, das ist viel seltener. Er hat die ganze Fahrt über gebetet.«

»Kann er damit nicht warten?« fragte Vandoosler.

»Du weißt genau, daß Lucien mit dem Ersten Weltkrieg nicht warten kann. Er steckt so tief drin, daß man sich fragen kann, ob er eigentlich weiß, daß er zu Ende ist. In diesem Zustand ist er seit heute nachmittag. Ich halte seinen verdammten Krieg nicht mehr aus. Ihn interessieren ausschließlich Exzesse. Hörst du, Lucien? Das ist keine Geschichte mehr, was du da betreibst!«

»Teurer Freund«, erwiderte Lucien, ohne den Kopf zu heben, während er mit dem Finger eine Spalte des Telefonbuchs entlangfuhr, »die Erforschung der Exzesse offenbart einem das Wesentliche, das gewöhnlich verborgen ist.«

Marc, der ein gewissenhafter Mensch war, dachte ernsthaft über den Satz nach. Er erschütterte ihn. Er fragte sich, in welchem Maße seine Neigung, eher über den mittelalterlichen Alltag zu forschen als über dessen einzelne Höhepunkte, ihn vom Wesentlichen entfernen mochte, das gewöhnlich verborgen war. Bis dahin hatte er immer geglaubt, die kleinen Dinge würden sich nur in den großen und die großen in den kleinen offenbaren, in der Geschichte wie im Leben. Er begann gerade, die religiösen Krisen und die furchtbaren Epidemien unter einem anderen Blickwinkel zu betrachten, als der Pate ihn unterbrach.

»Deine historischen Träumereien können ebenfalls warten. Habt ihr was herausgefunden, ja oder nein?«

Marc schreckte auf. In wenigen Sekunden überwand er neun Jahrhunderte und setzte sich mit von der Reise leicht schwindeligem Blick Vandoosler gegenüber.

»Alexandra?« fragte er mit etwas ausdrucksloser Stimme. »Wie war das Verhör?«

»Wie jedes Verhör einer Frau, die in der Mordnacht nicht zu Hause war.«

»Hat Leguennec das herausgekriegt?«

»Ja. Das rote Auto stand am Morgen nicht am selben Platz. Alexandra hat ihre erste Aussage widerrufen müssen, sie ist kräftig angeschrien worden und hat gestanden, von Viertel nach elf bis drei Uhr morgens weggewesen zu sein. Eine kleine Fahrt mit dem Auto. Mehr als drei Stunden, das ist ein ganz schönes Stück, nicht wahr?«

»Schlecht«, sagte Marc. »Und wohin ging die kleine Fahrt?«

»Sie sagt, Richtung Arras. Auf der Autobahn. Sie schwört, nicht in die Rue de la Prévoyance gefahren zu sein. Aber da sie schon einmal gelogen hat ... Sie haben die Mordzeit eingrenzen können. Zwischen halb eins und zwei. Also mitten drin.«

»Schlecht«, wiederholte Marc.

»Sehr schlecht. Leguennec muß nicht mehr groß getreten werden, um seine Ermittlung abzuschließen und dem Untersuchungsrichter seinen Antrag vorzulegen.«

»Tritt ihn bloß nicht.«

»Das brauchst du mir nicht zu sagen. Ich halte ihn auf, so gut ich kann. Aber es wird langsam schwierig. Also, hast du was gefunden?«

»Alles ist in Luciens Rechner«, sagte Marc und wies mit einer Kopfbewegung auf die Tasche. »Er hat einen ganzen Haufen Unterlagen eingescannt.«

»Geschickt«, bemerkte Vandoosler. »Was für Unterlagen?«

»Dompierre hatte sich den Karton angesehen, in dem sich das Material über die *Elektra*-Inszenierung von 1978 befindet. Ich erklär's dir kurz. Es gibt da ein paar interessante Dinge.«

»Das wär's«, unterbrach sie Lucien und schlug geräuschvoll das Telefonbuch zu. »R. de Frémonville hab ich im Kasten. Er hat keine Geheimnummer. Ein Schritt in Richtung Sieg.«

Marc nahm seinen Bericht wieder auf, der länger dauerte als vorgesehen, weil Vandoosler ihn unaufhörlich unterbrach. Lucien hatte ein zweites Glas geleert und war schlafen gegangen.

»Es geht also als erstes darum, herauszufinden, ob Christophe Dompierre wirklich mit dem Kritiker Daniel Dompierre verwandt ist und wie nahe«, faßte Marc zusammen. »Das ist deine nächste Aufgabe. Wenn dem wirklich so ist, könnte man vermuten, daß der Kritiker auf irgendeine Schweinerei im Zusammenhang mit dieser Oper gestoßen ist und die Sache in der Familie erzählt hat. Was für eine Schweinerei? Das einzig Auffallende ist dieser Überfall auf Sophia. Man müßte die Namen der beiden Statisten herausfinden, die am nächsten Tag nicht wieder erschienen sind. Das ist fast unmöglich. Da Sophia sich damals geweigert hat, Anzeige zu erstatten, hat es keine Ermittlung gegeben.«

»Merkwürdig. Solche Weigerungen haben fast immer denselben Grund: Das Opfer kennt den Täter – Ehemann, Cousin, Freund – und will keinen Skandal.«

»Was hätte Relivaux davon, seine eigene Frau in ihrer Garderobe zu überfallen?«

Vandoosler zuckte mit den Schultern.

»Wir wissen praktisch gar nichts«, sagte er. »Folglich können wir alles vermuten. Relivaux, Stelyos ...«

»Das Theater war für das Publikum geschlossen.«

»Sophia konnte hereinlassen, wen sie wollte. Und dann gibt es doch noch diesen Julien. Er war Statist bei der Inszenierung, oder? Wie heißt er mit Nachnamen?«

»Moreaux. Julien Moreaux. Er sieht aus wie ein altes Schaf. Selbst fünfzehn Jahre jünger kann ich ihn mir nicht als Wolf vorstellen.«

»Du hast keine Ahnung von Schafen. Du hast mir selbst gesagt, daß dieser Julien Sophia seit fünf Jahren auf ihren Tourneen begleitete.«

»Sophia versuchte, ihn unterzubringen. Immerhin ist er der Stiefsohn ihres Vaters. Vielleicht hat sie ihn liebgewonnen.«

»Eher er sie. Du hast gesagt, er hätte Fotos von ihr an den Wänden seines Zimmers aufgehängt. Sophia war fünfunddreißig, sie war schön, sie war berühmt. Genug, um einen fünfundzwanzigjährigen jungen Mann mehr als nur zu verwirren. Unterdrückte, frustrierte Leidenschaft. Eines Tages dringt er in ihre Garderobe ein... Warum nicht?«

»Und Sophia soll die Geschichte mit der Strumpfmaske erfunden haben?«

»Nicht unbedingt. Dieser Julien könnte seinen Trieben ja durchaus maskiert nachgegeben haben. Dagegen ist es sehr gut möglich, daß Sophia, die von der Verehrung des Jungen wußte, keinen Zweifel über die Identität des Angreifers hatte, Maske hin, Maske her. Ermittlungen hätten da einen ziemlichen Skandal hervorgerufen. Da war es besser, die Sache auf sich beruhen zu lassen und nicht mehr darüber zu reden. Und Julien hat die Komparserie nach diesem Tag verlassen.«

»Ja«, sagte Marc. »Schon gut möglich. Es erklärt aber nicht im geringsten den Mord an Sophia.«

»Er kann fünfzehn Jahre später rückfällig geworden sein. Diesmal ist es vielleicht schiefgegangen. Und der Besuch von Dompierre hat ihn in Panik versetzt. Er ist ihm zuvorgekommen.«

»Das erklärt noch nicht den Baum.«

»Immer noch dieser Baum?«

Marc stand vor dem Kamin, die Hand auf den Kaminsims gestützt, und sah in die erlöschende Glut.

»Es gibt da etwas, was ich nicht verstehe«, sagte er. »Daß Christophe Dompierre die Artikel von Daniel Dompierre, vermutlich seinem Vater, nachgelesen hat, begreife ich. Aber warum die von Frémonville? Ihre einzige Gemeinsamkeit besteht darin, daß sie Sophias Leistung herabwürdigen.«

»Dompierre und Frémonville haben sich sicherlich gut gekannt, waren vielleicht sogar eng befreundet. Das würde erklären, wieso ihre musikalischen Ansichten übereinstimmen.«

»Ich würde gerne wissen, was sie gegen Sophia aufgebracht haben mag.«

Marc ging zu einem der großen Fenster und sah in die Nacht hinaus.

»Was beobachtest du?«

»Ich versuche zu erkennen, ob das Auto von Lex heute abend da ist.«

»Keine Gefahr«, bemerkte Vandoosler. »Sie wird sich nicht rühren.«

»Hast du sie davon überzeugen können?«

»Ich habe es nicht versucht. Ich habe eine Kralle an einem Reifen befestigt.« Vandoosler lächelte.

»Eine Kralle? Sowas hast du?«

»Aber ja. Morgen in aller Frühe nehme ich sie wieder weg. Lex wird nichts davon erfahren – außer natürlich, sie versucht wegzufahren.«

»Du bist wirklich durch und durch Bulle. Wenn du gestern daran gedacht hättest, wäre sie außer Verdacht. Du kommst ein bißchen langsam in die Gänge.«

»Ich habe dran gedacht«, bemerkte Vandoosler. »Aber ich habe nichts unternommen.«

Marc wandte sich um, und der Pate hielt ihn mit einer Handbewegung zurück, bevor er heftig werden konnte.

»Reg dich nicht auf, Marc. Ich habe schon mal gesagt, daß es mitunter gut ist, die Leine schießen zu lassen. Sonst erstarrt das Ganze, man erfährt nichts, und das Boot kentert.«

Er deutete lächelnd auf das an den Balken genagelte Fünf-Francs-Stück. Sorgenvoll sah Marc zu, wie er hinausging, und hörte, wie er die Treppen zum vierten Stock erklomm. Er verstand nicht immer, was der Pate im Schilde führte, vor allem war er nicht sicher, ob sie wirklich dasselbe jagten. Er nahm die Kaminschaufel und häufte einen ordentlichen kleinen Aschehaufen auf die Glut. So deckt man sie zu, und trotzdem glüht es darunter weiter. Was man sehr gut sieht, wenn man das Licht ausmacht. Das tat Marc, der auf einem Stuhl saß und in der Dunkelheit auf die rotglimmenden Holzstücke starrte. Auf diese Weise schlief er ein. Um vier Uhr morgens ging er durchgefroren und wie gerädert in sein Zimmer. Er hatte nicht den Elan, sich auszuziehen. Gegen sieben hörte er, wie Vandoosler hinunterging. Ach, ja. Die Kralle. Schlaftrunken schaltete er den Rechner ein, den Lucien in seinem Arbeitszimmer aufgestellt hatte.

31

Als Marc gegen elf den Rechner ausschaltete, war niemand mehr in der Baracke. Vandoosler der Ältere war gegangen, um Informationen einzuholen, Mathias war verschwunden, und Lucien hatte die Spur der sieben Kriegstagebücher aufgenommen. Vier Stunden lang hatte Marc sich alle Zeitungsausschnitte auf den Bildschirm geholt, hatte alle Artikel gelesen und wieder gelesen, hatte sich ihren Wortlaut und alle Einzelheiten eingeprägt und sie auf Übereinstimmungen und Unterschiede untersucht.

Die Junisonne hielt sich, und zum ersten Mal kam ihm die Idee, eine Schale Kaffee mit nach draußen zu nehmen und sich ins Gras zu setzen, wo die frische Luft des Vormittags ihm hoffentlich seine Kopfschmerzen vertreiben würde. Der Garten war sich selbst überlassen und völlig verwildert. Marc trampelte einen Quadratmeter Gras nieder, fand ein Holzbrett und setzte sich auf dem Brett in die Sonne. Er wußte nicht weiter. Er kannte die Unterlagen jetzt auswendig. Sein Gedächtnis arbeitete vorzüglich und behielt alles, dieses stumpfsinnige Ding, einschließlich sämtlicher Belanglosigkeiten und Erinnerungen an Verzweiflung und Hoffnungslosigkeit. Marc verschränkte die Beine und saß wie ein Fakir im Schneidersitz auf seinem Brett. Der Besuch in Dourdan hatte nicht viel gebracht. Dompierre hatte seine Geschichte mit in den Tod genommen, ihm fiel beim besten Willen kein Weg ein, um herauszufinden, wie sie gelautet haben könnte. Man wußte ja nicht einmal, ob sie interessant gewesen wäre.

Alexandra ging mit einer Einkaufstasche auf der Straße vorbei, und Marc winkte ihr zu. Er versuchte, sie sich als Mörderin vorzustellen, und das tat ihm weh. Wo hatte sie sich nur über drei Stunden mit ihrem Auto herumgetrieben?

Marc fühlte sich nutzlos, ohnmächtig und unproduktiv. Irgendwas übersah er. Seitdem Lucien diesen Satz über das Wesentliche gesagt hatte, das sich bei der Suche nach den Exzessen offenbarte, fühlte er sich nicht mehr wohl. Das irritierte ihn. Diese Irritation betraf sowohl die Art und Weise seiner Forschungen über das Mittelalter als auch die Art und Weise, in der er über diese Angelegenheit nachdachte. Aber bald war er diese kraftlosen, verschwommenen Gedanken leid, er gab sein Brett auf und erhob sich, während er einen Blick auf die Westfront warf. Komisch, wie diese Manie von Lucien sich in ihren Köpfen breitgemacht hatte. Niemand wäre auf die Idee gekommen, dieses Haus noch anders zu nennen als ›die Westfront‹. Relivaux war ganz offenbar noch nicht wieder aufgetaucht, der Pate hätte es ihm gesagt. Ob die Bullen seinen Zeitplan in Toulon hatten überprüfen können?

Marc stellte seine Schale auf das Brett und verließ leise den Garten. Von der Straße aus nahm er die Westfront unter die Lupe. Die Putzfrau schien nur dienstags und freitags zu kommen. Was war heute für ein Tag? Donnerstag. Im Haus schien sich nichts zu rühren. Er musterte das gepflegte hohe Gittertor, das nicht verrostet war wie ihres und dessen spitze Stäbe sehr imponierend aussahen. Die Aufgabe bestand nur darin, sich über das Tor zu schwingen, ohne von einem Passanten gesehen zu werden, und sich dabei hoffentlich nicht selbst aufzuspießen. Marc beobachtete kurz die kleine, menschenleere Straße. Er mochte diese Straße. Dann holte er die hohe Mülltonne und kletterte darauf, wie Lucien es neulich nachts getan hatte. Er umklammerte die

Stangen und schaffte es nach mehreren vergeblichen Versuchen, sich bis zur Oberkante des Tores hochzuziehen, die er ohne Riß in der Hose überwand.

Seine Geschicklichkeit bereitete ihm Vergnügen. Während er sich auf die andere Seite hinunterließ, dachte er, daß er wirklich einen guten Sammler (nicht Jäger) abgegeben hätte – voller Kraft und Feingefühl. Begeistert richtete er seine silbernen Ringe, die beim Aufstieg etwas verrutscht waren, und wandte sich mit vorsichtigen Schritten der jungen Buche zu. Warum? Warum sich soviel Mühe machen, um diesen verdammten stummen Baum zu besuchen? Es gab keinen Grund, außer daß er es sich geschworen hatte und die Schnauze voll davon hatte, in einer Geschichte zu versinken, in der Alexandras Rettung jeden Tag zweifelhafter wurde. Dieses blöde, stolze Mädchen packte alles falsch an.

Marc legte erst die eine Hand an den frischen Stamm, dann die andere. Der Baum war noch jung genug, um ihn mit den Fingern umschließen zu können. Er verspürte fast Lust, ihn zu erwürgen, ihm den Hals zuzudrücken, bis der Baum zwischen zwei röchelnden Luftzügen endlich erzählen würde, weshalb er in den Garten gekommen war. Entmutigt ließ er die Arme fallen. Einen Baum erwürgt man nicht. Ein Baum, sowas redet nicht, ein Baum ist stumm, schlimmer als ein Karpfen, der gibt wenigstens Luftbläschen von sich. Der Baum macht nur Blätter, Holz, Wurzeln. O. k., er produziert auch Sauerstoff, und das ist ziemlich praktisch. Aber davon abgesehen nichts. Stumm. Stumm wie Mathias, der versuchte, seine Feuersteine und seine Knochen zum Reden zu bringen: ein stummer Typ, der sich mit stummen Dingen unterhielt. Das paßte. Mathias beteuerte, er könne sie verstehen, es reiche aus, ihre Sprache zu kennen und ihnen zuzuhören. Marc, der nur das Geschwätz der Texte mochte, der eigenen und der fremden, konnte diese Art der stummen Zwiesprache nicht verstehen. Und trotzdem fand Mathias am Ende immer wieder etwas heraus, das war nicht zu leugnen.

Er setzte sich neben dem Baum auf die Erde. Das Gras drumherum war noch nicht vollständig nachgewachsen, seitdem man ihn zweimal ausgegraben hatte. Es war ein leichter Flaum von dünngesätem Gras, über das er mit dem Handballen fuhr. Bald würde es dichter und höher sein, dann würde man nichts mehr sehen. Man würde den Baum und seine Erde vergessen. Unzufrieden mit sich rupfte Marc büschelweise das neue Gras aus. Irgend etwas stimmte nicht. Die Erde war dunkel und fett, fast schwarz. Er erinnerte sich gut an die beiden Tage, als sie diesen sinnlosen Graben ausgehoben und wieder zugeschüttet hatten. Er sah Mathias vor sich, der bis zu den Oberschenkeln im Graben steckte und sagte, es reiche jetzt, sie würden aufhören, die tieferen Schichten seien völlig unversehrt. Er sah Mathias' bloße Füße in seinen mit Erde bedeckten Sandalen. Aber es war eine schlammige, gelbbraune, leichte Erde. Die Erde, die noch in dem Pfeifenkopf der weißen Pfeife steckte, die er aufgelesen hatte. »18. Jahrhundert«, hatte er gemurmelt. Eine helle, krümelige Erde. Und als sie den Graben wieder zugeschüttet hatten, hatten sie die Humusschicht mit der hellen Erde vermischt. Sie war hell, überhaupt nicht so wie die hier, die er gerade in seinen Händen knetete. Jetzt schon neuer Humus? Marc kratzte etwas tiefer. Immer noch schwarze Erde. Er ging um den Baum herum und untersuchte den Boden im gesamten Umkreis. Kein Zweifel, jemand hatte sich hier zu schaffen gemacht. Die Erdschichten waren andere als die, die sie zurückgelassen hatten. Aber die Bullen hatten ja nach ihnen noch einmal gegraben. Vielleicht waren sie tiefer vorgedrungen, hatten eine tieferliegende schwarze Erdschicht angeschnitten. So mußte es sein. Sie hatten die unversehrten Schichten nicht erkannt und waren weit in einen schwarzen Boden vorgestoßen, den sie an der Oberfläche verteilt hatten, als sie das Loch wieder zuschütteten. Es gab keine andere Erklärung. Die Sache hatte keine Bedeutung.

Marc blieb ein Weilchen dort sitzen und fuhr mit den Fingern durch die Erde. Er las eine kleine Steingutscherbe auf, die ihm eher aus dem 16. als aus dem 18. Jahrhundert zu stammen schien. Aber er kannte sich damit nicht so gut aus und stopfte sie in seine Tasche. Er stand auf, gab dem Baumstamm einen Klaps, um ihm zu sagen, daß er jetzt gehen würde, und machte sich wieder an die Überwindung des Tors. Er berührte gerade mit den Füßen die Mülltonne, als er den Paten kommen sah.

»Sehr unauffällig«, bemerkte Vandoosler.

»Na und?« erwiderte Marc und wischte sich die Hände an der Hose ab. »Ich habe nur nach dem Baum gesehen.«

»Und was hat er dir gesagt?«

»Daß Leguennecs Bullen sehr viel tiefer gegraben haben als wir, bis ins 16. Jahrhundert. Mathias hat nicht ganz unrecht, die Erde kann reden. Und du?«

»Komm von der Mülltonne runter, dann muß ich nicht so schreien. Christophe Dompierre war wirklich der Sohn des Kritikers Daniel Dompierre. Das wäre schon mal geklärt. Was Leguennec angeht, so hat er angefangen, die Archive bei Simeonidis durchzuarbeiten, aber er schwimmt im Augenblick genauso wie wir. Seine einzige Genugtuung besteht im Moment darin, daß die achtzehn vermißten Schiffe in der Bretagne alle wieder im Hafen sind.«

Als sie den Garten durchquerten, nahm Marc seine Kaffeeschale mit. Es war noch ein kleiner Schluck kalter Kaffee darin, den er trank.

»Es ist fast Mittag«, sagte er. »Ich mach mich sauber und geh ins *Tonneau* essen.«

»Das ist Luxus«, bemerkte Vandoosler.

»Ja, aber heute ist Donnerstag. Zu Ehren von Sophia.«

»Bist du sicher, daß es nicht wegen Alexandra ist? Oder wegen dem Kalbsgeschnetzelten?«

»Das habe ich nicht gesagt. Magst du mitkommen?«

Alexandra saß an ihrem gewohnten Tisch und mühte sich damit ab, ihren trotzigen Sohn zum Essen zu überreden. Marc fuhr Cyrille mit der Hand durchs Haar und ließ ihn mit seinen Ringen spielen. Cyrille mochte die Ringe des heiligen Markus. Marc hatte ihm gesagt, daß er die Ringe von einem Zauberer bekommen hätte und daß sie ein Geheimnis besäßen, daß er aber nie herausgefunden habe, welches. Der Zauberer sei in der Pause verschwunden, ohne es ihm zu sagen. Cyrille hatte sie gerieben, gedreht, hatte draufgepustet, aber nichts war passiert. Marc ging Mathias begrüßen, der hinter der Theke festgewachsen zu sein schien.

»Was ist los?« fragte Marc. »Du wirkst wie versteinert.«

»Ich bin nicht versteinert, ich bin hier eingeklemmt. Ich habe mich in aller Eile umgezogen und habe alles angezogen, Hemd, Weste, Fliege, aber die Schuhe vergessen. Juliette sagt, ich könnte nicht in Sandalen bedienen. Komisch, was das angeht, ist sie sehr genau.«

»Ich verstehe sie«, sagte Marc. »Ich hol dir deine Schuhe. Mach mir inzwischen ein Kalbsgeschnetzeltes.«

Fünf Minuten später kam Marc mit den Schuhen und der Pfeife aus weißem Ton zurück.

»Erinnerst du dich an die Pfeife und an diese Erde?« fragte er Mathias.

»Natürlich.«

»Heute vormittag habe ich dem Baum Guten Tag gesagt. Die Erde an der Oberfläche ist nicht mehr dieselbe. Sie ist schwarz und tonig.«

»So wie unter deinen Fingernägeln?«

»Genau so.«

»Das bedeutet, daß die Bullen tiefer gegraben haben als wir.«

»Ja. Das habe ich mir auch gedacht.«

Marc verstaute den Pfeifenkopf in seiner Tasche und stieß dabei mit den Fingern auf die Steingutscherbe. Marc führte eine Reihe nutzloser Dinge mit sich, die er von einer Tasche in die nächste leerte und von denen er sich dann nicht mehr trennen konnte. Seine Taschen spielten mit ihm dasselbe Spiel wie sein Gedächtnis, sie ließen ihn selten in Ruhe.

Nachdem Mathias seine Schuhe angezogen hatte, setzte er Marc und Vandoosler zu Alexandra an den Tisch, die nichts dagegen hatte. Weil sie selbst nicht davon sprach, vermied Marc es, sie nach dem Verhör zu fragen, das sie am Tag zuvor über sich hatte ergehen lassen müssen. Alexandra fragte nach Neuigkeiten aus Dourdan und wie es ihrem Großvater ginge. Marc sah den Paten an, der unmerklich nickte. Marc ärgerte sich darüber, daß er erst den Paten um Einwilligung bat, bevor er mit Lex redete, und merkte, daß der Zweifel in ihm schon viel tiefer saß, als er für möglich gehalten hätte. Er schilderte ihr ausführlich den Inhalt des 1978er Kartons, wobei er nicht mehr wußte, ob er es ehrlich meinte oder ob er »die Leine schießen« ließ, um ihre Reaktionen zu beobachten. Aber Alexandra war ziemlich erschöpft und reagierte nicht einmal mehr. Sie sagte nur, daß sie ihren Großvater am kommenden Wochenende besuchen würde.

»Ich rate Ihnen im Augenblick davon ab«, bemerkte Vandoosler.

Alexandra runzelte die Stirn und streckte ihr Kinn vor.

»Ist es schon so weit? Wollen die mich anklagen?« fragte sie leise, um Cyrille nicht zu beunruhigen.

»Sagen wir, Leguennec ist schlecht auf Sie zu sprechen. Bewegen Sie sich nicht weg von hier. Gartenhaus, Schule, *Tonneau*, Park und nichts weiter.«

Alexandra verzog das Gesicht. Marc dachte sich, daß sie es nicht schätzte, wenn man ihr Vorschriften erteilte, und er mußte kurz an ihren Großvater denken. Sie war in der Lage, das Gegenteil von dem zu tun, wozu Vandoosler sie aufforderte, nur weil es ihr Spaß machte, nicht zu gehorchen.

Juliette kam, um den Tisch abzuräumen, und Marc umarmte sie. Er erzählte ihr in wenigen Worten von Dourdan. Er hatte den 78er Karton allmählich satt, der die Dinge nur komplizierter gemacht hatte, ohne eine einzige Frage zu klären. Alexandra zog Cyrille seine Jacke an, um ihn wieder in die Schule zu bringen, als

Lucien völlig außer Atem das *Tonneau* betrat und die Tür zuknallte. Er nahm Alexandras Platz ein, schien nicht einmal zu bemerken, daß sie ging, und bestellte bei Mathias ein riesiges Glas Wein.

»Mach dir keine Sorgen«, sagte Marc zu Juliette. »Das ist der Krieg 14–18, der ihn so verändert. Das geht vorbei, kommt wieder, geht wieder vorbei. Alles eine Frage der Gewohnheit.«

»Blödmann«, keuchte Lucien.

An Luciens Ton erkannte Marc, daß er sich täuschte. Es war nicht der Erste Weltkrieg. Auf Luciens Gesicht lag nicht der glückliche Ausdruck, den die Entdeckung der Kriegstagebücher eines Bauernsoldaten hervorgerufen hätte. Er schien unbedingt etwas loswerden zu wollen und war schweißgebadet. Seine Krawatte hing schief, und zwei rote Flecken standen ihm auf der Stirn. Noch immer außer Atem, warf Lucien einen Blick auf die Gäste, die im *Tonneau* aßen, und forderte Vandoosler und Marc mit einer Handbewegung auf, näher zu rücken.

»Heute morgen«, begann Lucien atemlos, »habe ich bei René de Frémonville angerufen. Er hat eine neue Nummer, deswegen bin ich direkt zu ihm gegangen.«

Lucien nahm einen tiefen Schluck Rotwein, bevor er fortfuhr.

»Seine Frau war da. R. de Frémonville ist eine Frau: Rachel, eine siebzigjährige Dame. Ich habe gefragt, ob ich ihren Mann sprechen könne. Was für ein Fettnapf. Halt dich fest, Marc, Frémonville ist bereits eine Ewigkeit tot.«

»Na und?« fragte Marc.

»Er ist ermordet worden, mein Lieber. Baff, zwei Kugeln ins Hirn, an einem Septemberabend des Jahres 1979. Es kommt noch besser: er war nicht allein. Er war mit seinem alten Kumpel Daniel Dompierre zusammen. Baff, ebenfalls zwei Kugeln. Abgeknallt, die beiden Kritiker.«

»Scheiße«, sagte Marc.

»Das kannst du laut sagen, denn meine Tagebücher

sind bei dem darauffolgenden Umzug verschwunden. Der Frau von Frémonville waren sie ziemlich egal. Sie hat keine Ahnung mehr, wo sie hin sein könnten.«

»War dein Soldat nun Bauer oder nicht?« fragte Marc. Lucien sah ihn erstaunt an.

»Interessiert dich das auf einmal?«

»Nein. Aber du hast mich angesteckt.«

»Na bitte«, sagte Lucien und wurde wieder lebendig. »Ja, er war Bauer! Siehst du? Ist das nicht ein Wunder? Wenn bloß ...«

»Laß jetzt deine Tagebücher«, befahl Vandoosler. »Erzähl weiter. Es muß doch Ermittlungen gegeben haben, oder?«

»Natürlich«, antwortete Lucien. »Das war am schwersten rauszukriegen. Rachel de Frémonville ist ausgewichen und wollte nicht darüber reden. Aber ich war sehr geschickt und überzeugend. Frémonville versorgte die Pariser Theaterszene mit Kokain. Sein Kumpel Dompierre zweifellos auch. Die Bullen haben bei Frémonville unter dem Parkett eine Ladung gefunden, da, wo die beiden Kritiker erschossen wurden. Die Ermittler schlossen auf eine Abrechnung unter rivalisierenden Dealern. Was Frémonville anging, war die Sache offenkundig, die Beweise gegen Dompierre waren jedoch ziemlich kümmerlich. Bei ihm haben die Bullen nur ein paar Tütchen Koks hinter einer Kaminplatte gefunden.«

Lucien leerte sein Glas und bestellte bei Mathias ein weiteres. Statt dessen brachte ihm Mathias ein Kalbsgeschnetzeltes.

»Iß«, sagte er.

Lucien sah Mathias' entschlossenes Gesicht und machte sich an sein Essen.

»Rachel hat mir gesagt, daß der Sohn von Dompierre, das heißt Christophe, sich damals geweigert habe, so etwas von seinem Vater zu glauben. Mutter und Sohn haben sich heftig engagiert, aber es hat nichts genützt. Doppelmord, abgeheftet in der Kategorie Drogenhandel. Den Mörder haben sie nie gefaßt.«

Lucien beruhigte sich allmählich. Sein Atem wurde regelmäßiger. Vandoosler hatte wieder seinen Bullenausdruck angenommen, angriffslustige Nase, die Augen tief hinter den Brauen. Er zerquetschte die Brotstücke, die Mathias in einem Körbchen gebracht hatte.

»Jedenfalls hat das nichts mit unserer Sache zu tun«, sagte Marc, der versuchte, in aller Schnelle seine Gedanken zu ordnen. »Die beiden Typen sind mehr als ein Jahr nach der *Elektra*-Aufführung umgelegt worden. Außerdem war es eine Drogengeschichte. Ich vermute, die Bullen wußten, womit sie es zu tun hatten.«

»Spiel hier nicht den Trottel, Marc«, unterbrach ihn Lucien ungeduldig. »Der junge Christophe Dompierre hat nicht daran geglaubt. Blindheit eines liebenden Sohnes? Vielleicht. Aber als Sophia fünfzehn Jahre später getötet wird, taucht er wieder auf und verfolgt eine neue Spur. Erinnerst du dich, was er dir gesagt hat? Von seiner ›elenden kleinen Überzeugung‹?«

»Wenn er sich vor fünfzehn Jahren getäuscht hat«, erwiderte Marc, »dann kann er sich doch genauso vor drei Tagen getäuscht haben.«

»Aber er ist umgebracht worden«, bemerkte Vandoosler. »Man bringt niemanden um, der sich täuscht. Man bringt jemanden um, der etwas findet.«

Lucien nickte und wischte seinen Teller mit einer weiten Geste aus. Marc seufzte. Er hatte den Eindruck, in letzter Zeit etwas langsam im Denken geworden zu sein, und das machte ihm Sorgen.

»Dompierre hat etwas gefunden«, sagte Lucien leise. »Er hatte also auch schon vor fünfzehn Jahren recht.«

»Was gefunden?«

»Daß ein Statist Sophia überfallen hatte. Und wenn du meine Meinung wissen willst: Sein Vater wußte, wer es war, und hat es ihm gesagt. Vielleicht war er ihm begegnet, als der mit der Strumpfmaske in der Hand aus ihrer Garderobe rannte. Was dazu führte, daß der Statist am nächsten Tag nicht wieder erschien. Er hatte Angst, erkannt zu werden. Das war vermutlich alles, was

Christophe wußte: daß sein Vater den Angreifer von Sophia kannte. Und außerdem handelte Frémonville mit Koks, nicht aber Daniel Dompierre. Drei Tütchen hinter einer Kaminplatte – das ist ein bißchen dick aufgetragen, oder? Der Sohn hat das den Bullen auch erzählt. Aber die alte Geschichte aus dem Theater, die über ein Jahr her war, hat die Bullen nicht interessiert. Das Rauschgiftdezernat führte die Ermittlungen, und da war der Überfall auf Sophia Simeonidis ohne jede Bedeutung. Also hat der Sohn von Dompierre die Sache auf sich beruhen lassen. Aber als nun Sophia umgebracht wurde, hat er sich erneut darangemacht. Die Sache ging weiter. Er hatte immer gedacht, daß sein Vater und Frémonville nicht wegen des Kokains umgebracht wurden, sondern weil sie zufällig erneut den Weg des Angreifers und Vergewaltigers gekreuzt haben. Und der hat sie niedergeknallt, um sie zum Schweigen zu bringen. Das muß verdammt wichtig für ihn gewesen sein.«

»Deine Geschichte ist nicht stimmig«, sagte Marc. »Warum hat der Typ sie dann nicht gleich umgelegt?«

»Weil er sicher einen Künstlernamen hatte. Wenn du Roger Boudin heißt, dann tust du gut daran, deinen Namen in Frank Delner oder so etwas zu ändern, in irgendwas halt, was in den Ohren eines Regisseurs nach was klingt. Der Typ versteckt sich also hinter seinem Pseudonym und hat Ruhe. Wer sollte erraten, daß Frank Delner eigentlich Roger Boudin ist?«

»Gut, und dann, verdammt?«

»Du bist nervös heute, Marc. Also, stell dir vor, dieser Typ läuft ein Jahr später Dompierre wieder über den Weg, diesmal unter seinem richtigen Namen. Jetzt hat er keine Wahl mehr. Er knallt ihn ab, ihn und seinen Freund, der bestimmt auch Bescheid wußte. Er weiß, daß Frémonville ein Dealer ist, das kommt ihm gelegen. Er versteckt drei Tütchen Koks bei Dompierre, die Bullen schlucken das Ganze, und die Sache landet bei der Drogenfahndung.«

»Und warum soll dein Boudin-Delner vierzehn Jahre später plötzlich Sophia umbringen, obwohl sie ihn nicht identifiziert hat?«

Lucien wirkte wieder wie im Fieber und fing an, in einer Plastiktüte zu kramen, die er auf den Stuhl gelegt hatte.

»Keine Bewegung, Alter, keine Bewegung.«

Er wühlte einen Augenblick in einem Haufen von Papieren und zog eine Rolle heraus, die von einem Gummi zusammengehalten wurde. Vandoosler sah ihm sichtlich bewundernd zu. Der Zufall hatte Lucien geholfen, aber Lucien hatte diesen Zufall außerordentlich fest an seine Harpune genommen.

»Nach all dem«, sagte Lucien, »war ich erst mal aus der Fassung. Die Dame Rachel übrigens auch. So in ihren Erinnerungen zu wühlen hat sie ziemlich bewegt. Sie wußte nichts von dem Mord an Christophe Dompierre, und du kannst dir denken, daß ich auch nichts davon gesagt habe. Gegen zehn haben wir uns einen kleinen Kaffee gemacht, um uns wieder zu stärken. Alles schön und gut, aber ich habe immer noch an meine Tagebücher gedacht. Das ist menschlich, verstehst du.«

»Ich verstehe«, erwiderte Marc.

»Rachel de Frémonville hat sich große Mühe gegeben, aber es war umsonst, die Tagebücher waren verloren. Als sie ihren Kaffee trank, stieß sie plötzlich einen kleinen Schrei aus. Weißt du, so einen zauberhaften kleinen Schrei, wie in einem alten Film. Ihr war gerade eingefallen, daß ihr Mann, der sehr an diesen sieben Heften hing, so umsichtig gewesen war, sie von seinem Pressefotografen abfotografieren zu lassen. Das Papier der Hefte war schlecht und fing an, fleckig zu werden und sich aufzulösen. Sie hat mir gesagt, daß der Fotograf vielleicht noch Abzüge oder die Negative der Fotos haben könnte, mit denen er sich soviel Mühe gegeben hatte. Die Tagebücher waren mit Bleistift geschrieben und nicht leicht aufzunehmen. Sie hat mir die Adresse von dem Fotografen gegeben – zum Glück in Paris –, und ich bin direkt zu ihm hin. Er war da und stand gerade im Labor. Er ist erst Anfang Fünfzig und arbeitet noch immer als Fotograf. Halt dich fest, Alter: Er hat die Negative von den fotografierten Tagebüchern noch und macht mir Abzüge! Wirklich!«

»Phantastisch«, bemerkte Marc verdrossen. »Ich habe mit dir über den Mord an Sophia geredet, nicht über deine Hefte.«

Lucien wandte sich zu Vandoosler und deutete auf Marc.

»Er ist wirklich nervös, was? Ungeduldig?«

»Als er klein war«, begann Vandoosler, »und ihm sein Ball vom Balkon runter in den Hof fiel, stampfte er mit Tränen in den Augen herum, bis ich ihm den Ball wiedergeholt habe. Es gab dann nur noch den Ball und nichts anderes mehr. Was bin ich rauf- und runtergelaufen. Und nur wegen kleiner lächerlicher Schaumgummibälle.«

Lucien lachte. Er sah wieder zufrieden aus, aber sein braunes Haar war immer noch schweißnaß. Marc lächelte ebenfalls. Die Sache mit den Schaumgummibällen hatte er völlig vergessen.

»Ich erzähl weiter«, sagte Lucien wieder flüsternd. »Hast du verstanden, daß der Fotograf Frémonville bei seinen Reportagen begleitete? Daß er die Fotos von den Aufführungen machte? Ich habe mir gedacht, daß er vielleicht Abzüge behalten hat. Er wußte von dem Mord an Sophia, aber nicht von dem an Christophe Dompierre. Ich habe ihm kurz davon erzählt, und die Angelegenheit schien ihm ernst genug, um seine *Elektra*-Mappe herauszusuchen. Und hier hab ich's!« sagte Lucien und wedelte mit der Rolle vor Marcs Augen. »Fotos. Und nicht nur von Sophia. Szenenfotos und Bilder von der ganzen Truppe.«

»Zeig!« sagte Marc.

»Geduld.«

Langsam öffnete er die Rolle und zog vorsichtig einen Abzug heraus, den er auf den Tisch legte.

»Das ganze Ensemble am Premierenabend beim Schlußapplaus«, sagte er und stellte Gläser auf die vier Ecken des Bildes. »Alle sind drauf. Sophia in der Mitte, rechts und links von ihr der Tenor und der Bariton. Natürlich haben sie ihre Kostüme an und sind geschminkt. Aber erkennst du niemanden wieder? Und Sie, Kommissar, erkennen Sie niemanden?«

Marc und Vandoosler beugten sich nacheinander über das Foto. Kleine, aber deutlich erkennbare geschminkte Gesichter. Ein guter Abzug. Marc, der seit einer ganzen Weile spürte, wie er im Vergleich zu Luciens funkelnden Gedankenflügen geistig erlahmte, fühlte, wie ihn alle Kräfte verließen. Verwirrt und ganz aus der Fassung gebracht, untersuchte er die kleinen weißen Gesichter, ohne daß irgendeines ihm etwas gesagt hätte. Doch, das da, das war Julien Moreaux, noch sehr jung und sehr schmal.

»Natürlich«, erwiderte Lucien. »Das ist ja nicht erstaunlich. Mach weiter.«

Fast gedemütigt schüttelte Marc den Kopf. Nein, er erkannte niemanden. Vandoosler war ebenfalls verstimmt und verzog das Gesicht. Trotzdem zeigte er schließlich mit dem Finger auf ein Gesicht.

»Der da«, sagte er leise. »Aber ich kann ihn nicht einordnen.«

Lucien nickte.

»Ganz genau«, sagte er. »Und ich kann ihn einordnen.«

Er warf erst einen raschen Blick in Richtung Bar, dann ins Restaurant und beugte sich schließlich ganz dicht zu Marc und Vandoosler.

»Georges Gosselin, der Bruder von Juliette«, flüsterte er.

Vandoosler ballte die Fäuste.

»Kümmer du dich um die Rechnung, heiliger Markus«, sagte er knapp. »Wir verziehen uns sofort in die Baracke. Sag dem heiligen Matthäus, er soll zu uns kommen, sobald er mit seiner Arbeit fertig ist.«

32

Mathias fuhr sich durch sein widerspenstiges blondes Haar und verstrubbelte es noch stärker, als eigentlich möglich war. Die anderen hatten ihn gerade informiert, und er war wie betäubt. Er hatte nicht einmal seine Kellnerkleidung abgelegt. Lucien, der der Ansicht war, das Seine getan zu haben – und zwar brillant –, hatte beschlossen, die Sache nun seinen Partnern zu überlassen und sich mit etwas anderem zu beschäftigen. Er hatte beschlossen, bis zu seiner Verabredung mit dem Fotografen um sechs Uhr, bei der er die Abzüge des ersten Hefts bekommen sollte, den großen Holztisch im Refektorium zu wachsen. Dieser Tisch gehörte ihm, er hatte ihn ins Haus gebracht und erwartete, daß er nicht von Primitiven wie Mathias oder Nachlässigen wie Marc versaut würde. Er wachste ihn also gründlich ein, wobei er abwechselnd die Ellbogen von Vandoosler, Marc und Mathias anhob, um mit einem dicken Lappen darunter durchzufahren. Niemand protestierte, weil ihnen klar war, daß das sinnlos gewesen wäre. Abgesehen von dem Geräusch des reibenden Lappen auf dem Holz herrschte Stille im Refektorium, jeder war damit beschäftigt, die jüngsten Ereignisse in seinem Kopf zu sortieren und darüber nachzudenken.

»Wenn ich recht verstehe«, sagte Mathias schließlich, »dann soll Georges Gosselin Sophia vor fünfzehn Jahren in ihrer Garderobe überfallen und versucht haben, sie zu vergewaltigen. Dann hat er sich aus dem Staub gemacht, und dabei hat Daniel Dompierre ihn gesehen. Sophia hat nichts gesagt, weil sie dachte, es war Julien, richtig? Mehr als ein Jahr später begegnet Dompierre Gosselin und erkennt ihn, Gosselin erschießt ihn deshalb samt seinem Freund Frémonville. Mir scheint es schlimmer, zwei Typen umzubringen, als wegen Körperverletzung und Vergewaltigung angeklagt zu werden. Dieser Doppelmord ist doch bescheuert und absolut maßlos.«

»In deinen Augen«, bemerkte Vandoosler. »Aber für einen schwachen und heuchlerischen Kerl kann die Aussicht auf Knast wegen Körperverletzung und Vergewaltigung unerträglich sein. Verlust seiner Ehrbarkeit, seiner Arbeit, seiner Ruhe. Vielleicht hat er es auch nicht ertragen, daß man ihn als das ansah, was er war, ein Rohling und Vergewaltiger? Dann kam's zum Rette-sich-wer-kann, er geriet in Panik und hat die beiden umgebracht.«

»Seit wann wohnt er hier in der Rue Chasle?« fragte Marc. »Weiß man das?«

»Es müssen zehn Jahre sein, glaube ich«, erwiderte Marc. »Seitdem der Großvater mit den Rüben ihnen seine Kohle hinterlassen hat. Jedenfalls hat Juliette das *Tonneau* seit etwa zehn Jahren. Ich vermute, daß sie das Haus zur gleichen Zeit gekauft haben.«

»Das heißt also fünf Jahre nach *Elektra* und dem Überfall«, sagte Marc. »Und vier Jahre nach der Ermordung der beiden Kritiker. Warum sollte er nach all dieser Zeit in die Nähe von Sophia gezogen sein? *Warum* zieht er in ihre Nähe?«

»Eine fixe Idee, vermute ich«, sagte Vandoosler. »Eine fixe Idee. Zu der Frau zurückkehren, die er schlagen und vergewaltigen wollte. Zum Objekt seiner Begierde, nenn es, wie du willst. Zurückkehren, überwachen, ausspähen. Zehn Jahre spähen, wilde und geheime Gedanken. Und sie dann eines Tages umbringen. Oder es von neuem versuchen und sie dann umbringen. Ein Kranker hinter der Fassade eines ganz unauffälligen und gutmütigen Menschen.«

»Gibt's sowas?« fragte Mathias.

»Aber ja«, antwortete Vandoosler. »Ich habe mindestens fünf Typen dieses Kalibers geschnappt. Der langsame Mörder, der auf seinen Frustrationen herumkaut, den Trieb immer unterdrückt und äußerlich ganz ruhig bleibt.«

»Entschuldigung«, sagte Lucien und hob Mathias' breite Arme hoch.

Lucien war jetzt sehr damit beschäftigt, den Tisch mit einer Bürste zu polieren, und beteiligte sich nicht am Gespräch. Marc dachte, daß er diesen Menschen ganz entschieden nie verstehen würde. Sie waren alle sehr beunruhigt, der Mörder befand sich nur ein paar Schritte von ihnen entfernt, und Lucien dachte an nichts anderes als daran, seinen Holztisch zu wienern. Wo ohne ihn doch ihre ganzen Nachforschungen ins Stocken gekommen wären. Es war fast sein Verdienst, und ihm war das schnurz.

»Jetzt verstehe ich das«, sagte Mathias.

»Was?« fragte Marc.

»Nichts. Die Wärme. Jetzt verstehe ich das.«

»Was sollen wir tun?« fragte Marc den Paten. »Leguennec informieren? Wenn's da wieder Probleme gibt und wir ihm nichts gesagt haben, dann sind wir diesmal dran wegen Mittäterschaft.«

»Und Behinderung der polizeilichen Ermittlungen«, fügte Vandoosler seufzend hinzu. »Wir werden Leguennec in Kenntnis setzen, aber nicht sofort. Bei der Sache irritiert mich noch eins. Mir fehlt noch ein Detail. Heiliger Matthäus, bist du so gut und holst mir Juliette? Auch wenn sie schon für heute abend in der Küche steht, sag ihr, sie soll hier aufkreuzen. Es ist dringend. Und was euch angeht«, sagte er und wurde lauter, »kein Wort davon zu irgend jemandem, verstanden? Nicht einmal zu Alexandra. Wenn auch nur ein Fetzen von all dem bis zu Gosselin dringt, dann geb ich nicht mehr viel auf euch. Also Maul halten bis auf Widerruf.«

Vandoosler brach ab und packte Lucien am Arm, der von der Bürste zum weichen Lappen übergegangen war und das Holz in weiten Bewegungen polierte, mit den Augen dicht über der Oberfläche, um zu sehen, ob es auch richtig glänzte.

»Hörst du, heiliger Lukas?« fragte Vandoosler. »Das gilt für dich genauso. Kein Wort! Du hast deinem Fotografen doch hoffentlich nichts gesagt?«

»Aber nein«, antwortete Lucien. »Ich bin doch nicht bescheuert. Ich kümmere mich um meinen Tisch, aber ich höre trotzdem, was gesagt wird.«

»Wie gut für dich«, sagte Vandoosler. »Manchmal könnte man wirklich denken, du seist zur Hälfte ein Genie, zur anderen Hälfte ein kompletter Idiot. Das ist anstrengend, glaub mir.«

Mathias zog sich um, bevor er Juliette holte. Marc musterte schweigend den Tisch. Es stimmte, daß er jetzt wirklich schön glänzte. Er fuhr mit dem Finger darüber.

»Schön glatt, nicht?« sagte Lucien.

Marc schüttelte den Kopf. Er hatte jetzt wirklich keine Lust, darüber zu reden. Er fragte sich, was Vandoosler mit Juliette vorhatte und wie sie reagieren würde. Der Pate konnte mit Leichtigkeit Schaden anrichten, das wußte er gut genug. Nußschalen zerquetschte er immer mit den bloßen Händen und weigerte sich, den Nußknacker zu benutzen. Selbst wenn die Nüsse frisch waren, was wesentlich schwieriger war. Aber das hatte hiermit nichts zu tun.

Mathias kam mit Juliette zurück und schien sie auf der Bank abzusetzen. Juliette wirkte nervös. Zum erstenmal ließ der alte Kommissar sie auf so förmliche Weise herbestellen. Sie sah die drei Evangelisten um den Tisch versammelt, die Augen auf sie gerichtet, und dadurch fühlte sie sich nicht gerade wohler. Nur der Anblick von Lucien, der sorgfältig einen Wachslappen zusammenlegte, entspannte sie ein wenig.

Vandoosler zündete sich eine der unförmigen Zigaretten an, die immer einzeln irgendwo in seinen Taschen herumlagen, ohne Schachtel, warum auch immer.

»Hat Marc dir von Dourdan erzählt?« fragte Vandoosler und fixierte Juliette. »Von der *Elektra*-Inszenierung 1978 in Toulouse, dem Überfall auf Sophia?«

»Ja«, antwortete Juliette. »Er hat gesagt, das hätte die Sache komplizierter gemacht, ohne daß sich irgendeine Frage geklärt hätte.«

»Nun, es klärt sich gerade. Heiliger Lukas, gib mir das Foto.«

Lucien brummelte vor sich hin, kramte in seiner Tasche und streckte dem Kommissar das Foto hin. Vandoosler legte es Juliette direkt vor die Augen.

»Der vierte von links in der fünften Reihe – sagt dir der was?«

Marc verkrampfte sich. Nie hätte er sich so verhalten. Juliette sah sich mit ausweichendem Blick das Foto an.

»Nein«, sagte sie. »Warum sollte der mir etwas sagen? Es ist eine Oper mit Sophia, oder? Ich habe in meinem Leben keine einzige ihrer Opern gesehen.«

»Das ist dein kleiner Bruder«, sagte Vandoosler. »Das weißt du genausogut wie wir.«

Das Ding mit der Nuß, dachte Marc. Mit einer Hand. Er sah, wie Juliette die Tränen in die Augen stiegen.

»Gut«, sagte sie, und ihre Stimme und ihre Hände zitterten. »Das ist Georges. Und weiter? Was ist daran verwerflich?«

»Es ist dermaßen verwerflich, daß Leguennec in einer Stunde hier ist und ihn vorläufig festnimmt, wenn ich ihn anrufe. Also erzähl, Juliette. Du weißt, daß es besser ist. Das hilft vielleicht, voreilige Schlüsse zu vermeiden.«

Juliette wischte sich über die Augen, atmete tief durch und schwieg. Mathias näherte sich ihr wie neulich im *Tonneau* bei der Geschichte mit Alexandra, legte ihr die Hand auf die Schulter und sagte ihr etwas ins Ohr. Und wie neulich entschied sich Juliette zu reden. Marc schwor sich, Mathias eines Tages zu fragen, welches Sesamöffne-dich er benutzte. Das konnte in allen Bereichen nützlich sein.

»Es ist nichts Schlechtes dabei«, wiederholte Juliette.

»Als ich nach Paris gekommen bin, ist Georges mir gefolgt. Er ist mir immer gefolgt. Ich habe angefangen, putzen zu gehen, er hat nichts angefangen. Er wollte zum Theater. Vielleicht finden Sie das lächerlich, aber er war ein ziemlich hübscher Junge und war in der Theatergruppe seiner Schule erfolgreich gewesen.«

»Und mit Mädchen?« fragte Vandoosler.

»Weniger«, sagte Juliette. »Er hat sich überall ein bißchen umgehört und Statistenrollen und auch mal eine kleine Nebenrolle gefunden. Er sagte, man müsse eben klein anfangen. Geld für eine Schauspielschule hatten wir jedenfalls nicht. Wenn man einmal in dem Milieu drin ist, weiß man recht schnell, wie der Hase läuft. Georges hat sich gar nicht schlecht angestellt. Er ist ein paarmal in Opern genommen worden, in denen Sophia die Hauptrolle sang.«

»Kannte er Julien Moreaux, den Stiefsohn von Simeonidis?«

»Ja, zwangsläufig. Er suchte sogar den Kontakt zu ihm, weil er hoffte, das würde ihn weiterbringen. 1978 hatte Georges seine letzte Rolle. Vier Jahre hat er das gemacht, und es ist schließlich nichts dabei herausgekommen. Er war entmutigt. Durch einen Freund in einer der Truppen, ich weiß nicht mehr in welcher, hat er dann eine Stelle als Bote in einem Verlag gefunden. Da ist er geblieben und später Vertreter geworden. Das ist alles.«

»Das ist nicht alles«, sagte Vandoosler. »Warum ist er in die Rue Chasle gezogen? Sag mir nicht, das sei ein wunderbarer Zufall, das werde ich dir nicht glauben.«

»Wenn Sie denken, daß Georges irgendwas mit dem Überfall auf Sophia zu tun hat, dann täuschen Sie sich gründlich«, rief Juliette erregt. »Die Sache hatte ihn angewidert, aufgewühlt, daran erinnere ich mich noch sehr gut. Georges ist ein sanftmütiger, ängstlicher Mensch. Im Dorf früher habe ich ihn immer drängen müssen, damit er mit den Mädchen redet.«

»Aufgewühlt? Wieso aufgewühlt?«

Juliette seufzte, sie überwand sich nur zögernd.

»Sag es mir, bevor Leguennec es aus dir herauspreßt«, sagte Vandoosler leise. »Den Bullen können wir dann einzelne Stücke vorsetzen. Aber sag mir alles, danach suchen wir aus.«

Juliette warf Mathias einen Blick zu.

»O. k.«, sagte sie. »Georges war verrückt nach Sophia. Er hat nie davon gesprochen, aber ich bin nicht so blöd, daß ich es nicht gemerkt hätte. Das war klar wie Kloßbrühe. Er hätte jede besser bezahlte Nebenrolle abgelehnt, nur um Sophias Saison nicht zu verpassen. Er war verrückt nach ihr, wirklich verrückt. Eines Abends habe ich ihn soweit gekriegt, daß er es mir erzählt hat.«

»Und Sophia?« fragte Marc.

»Sophia? Sie war verheiratet, glücklich und meilenweit davon entfernt, auch nur zu ahnen, daß Georges ihr zu Füßen lag. Und selbst wenn sie es gewußt hätte, glaube ich nicht, daß sie Georges hätte lieben können, so schwerfällig, bärbeißig und gehemmt, wie er war. Er hatte nicht viel Erfolg, oh, nein. Ich weiß nicht, wie er es geschafft hat, aber keine Frau hat bemerkt, daß er eigentlich ziemlich hübsch war. Er lief immer mit gesenktem Kopf herum. Jedenfalls war Sophia in Pierre verliebt, und das war sie noch kurz vor ihrem Tod, was auch immer sie gesagt haben mag.«

»Was hat er getan?« fragte Vandoosler.

»Georges? Überhaupt nichts«, antwortete Juliette. »Was hätte er tun sollen? Er hat schweigend gelitten, wie man so sagt, das ist alles.«

»Und das Haus?«

Juliette verzog ihr Gesicht.

»Als er mit den Statistenrollen aufgehört hat, habe ich mir gedacht, daß er diese Sängerin jetzt vergessen und andere Frauen kennenlernen würde. Ich war erleichtert. Aber ich hatte mich getäuscht. Er kaufte ihre Platten, er ging in die Oper, um sie bei ihren Auftritten zu sehen, selbst in der Provinz. Ich kann nicht gerade behaupten, daß mich das gefreut hätte.«

»Warum?«

»Es hat ihn traurig gemacht und zu nichts geführt. Dann ist Großvater eines Tages krank geworden. Ein paar Monate später ist er gestorben, und wir haben geerbt. Georges ist mit gesenktem Kopf zu mir gekommen. Er hat mir gesagt, daß seit drei Monaten ein Haus zu verkaufen sei – mitten in Paris und mit Garten. Er käme bei seinen Mopedfahrten häufig daran vorbei. Mich hat der Garten gereizt. Wenn man auf dem Land großgeworden ist, dann fällt es einem schwer, auf Gras und Bäume zu verzichten. Wir haben uns das Haus zusammen angesehen und uns entschieden. Ich war hin und weg, vor allem, weil ich ganz in der Nähe Räume entdeckt hatte, in denen ich ein Restaurant aufmachen konnte. Hin und weg ... bis zu dem Tag, als ich den Namen unserer Nachbarin erfuhr.«

Juliette bat Vandoosler um eine Zigarette. Sie rauchte fast nie. Ihr Gesicht war müde und traurig. Mathias brachte ihr ein großes Glas Sirup.

»Natürlich habe ich Georges zur Rede gestellt«, fuhr Juliette fort. »Wir haben uns angeschrien. Ich wollte alles wieder verkaufen. Aber es war nicht möglich. Mit all den Arbeiten im Haus und im *Tonneau*, mit denen wir schon begonnen hatten, gab es kein Zurück mehr. Er hat mir geschworen, er würde sie nicht mehr lieben, na ja, *fast* nicht mehr, er wolle sie bloß ab und zu sehen, vielleicht ihr Freund werden. Ich habe nachgegeben. Ich hatte keine andere Wahl. Er hat mir das Versprechen abgenommen, niemandem etwas davon zu erzählen und es vor allem Sophia nicht zu sagen.«

»Hatte er Angst?«

»Er hat sich geschämt. Er wollte nicht, daß Sophia herausfindet, daß er sie bis hierher verfolgt hat, oder daß das ganze Viertel davon erfährt und sich das Maul darüber zerreißt. Das ist verständlich. Für den Fall, daß uns jemand fragen würde, haben wir beschlossen, zu sagen, daß *ich* das Haus gefunden hätte. Niemand hat uns übrigens danach gefragt. Als Sophia Georges wiedererkannte, haben wir erstaunt getan, haben sehr darüber gelacht und gesagt, daß das ja ein unglaublicher Zufall sei.«

»Uns hat sie das geglaubt?« fragte Vandoosler.

»Ich denke schon«, erwiderte Juliette. »Sophia schien nie an irgend etwas gezweifelt zu haben. Als ich sie zum ersten Mal sah, konnte ich Georges verstehen. Sie war wunderbar. Man konnte ihrem Charme nicht widerstehen. Anfangs war sie nicht oft da, sie war viel auf Tournee. Aber ich habe versucht, sie möglichst häufig zu sehen, sie ins Restaurant zu locken.«

»Warum?« fragte Marc.

»Im Grunde habe ich gehofft, Georges helfen zu können, indem ich nach und nach ein bißchen für ihn zu werben begann. Ich wollte ein bißchen die Kupplerin spielen. Das war vielleicht nicht sehr edel, aber er ist schließlich mein Bruder. Es hat nicht geklappt. Sophia grüßte Georges freundlich, wenn sie ihm begegnete, und dabei blieb es. Schließlich hat er sich damit abgefunden. Alles in allem war seine Idee mit dem Haus gar nicht so dumm. Ich für meinen Teil habe mich auf diese Weise mit der Zeit mit Sophia angefreundet.«

Juliette trank ihren Sirup aus und sah sie nacheinander an. Schweigende, besorgte Gesichter. Mathias bewegte seine Zehen in den Sandalen.

»Sag, Juliette«, fragte Vandoosler, »weißt du, ob dein Bruder am Donnerstag, dem 3. Juni, hiergewesen ist oder ob er verreist war?«

»Am 3. Juni? An dem Tag, als Sophias Leiche gefunden wurde? Was hat das für eine Bedeutung?«

»Keine. Ich würde es nur gerne wissen.«

Juliette zuckte mit den Schultern und griff nach ihrer Tasche. Sie holte einen kleinen Kalender heraus.

»Ich notiere mir all seine Reisen«, sagte sie. »Damit ich weiß, wann er nach Hause kommt, um ihm sein Essen zu machen. Er ist am 3. morgens losgefahren und am nächsten Tag zum Mittagessen zurückgewesen. Er war in Caen.«

»Und in der Nacht vom 2. auf den 3. war er hier?«

»Ja«, antwortete sie. »Das wissen Sie so gut wie ich. Ich habe Ihnen jetzt die ganze Geschichte erzählt. Sie werden daraus doch kein Drama machen, oder? Es ist einfach nur die unglückliche Liebesgeschichte eines jungen Mannes, die ein bißchen zu lange gedauert hat. Mehr ist darüber nicht zu sagen. Und mit dem Überfall hatte er nicht das geringste zu tun. Schließlich war er ja nicht der einzige Mann in der Truppe!«

»Aber er war der einzige, der sich noch Jahre später an ihre Fersen heftete«, sagte Vandoosler. »Und ich weiß nicht, wie Leguennec das finden wird.«

Juliette stand plötzlich auf.

»Er hat doch unter einem Künstlernamen gearbeitet!« rief sie. »Wenn Sie Leguennec davon nichts sagen, kann er gar nicht herauskriegen, daß Georges in dem Jahr dabei war.«

»Die Bullen finden immer eine Möglichkeit«, entgegnete Vandoosler. »Leguennec wird die Liste aller Statisten durchackern.«

»Er kann ihn nicht finden!« schrie Juliette. »Und Georges hat nichts getan!«

»Ist er nach dem Überfall wieder auf die Bühne zurückgekehrt?« fragte Vandoosler.

Juliette wurde unsicher.

»Ich kann mich nicht mehr erinnern«, sagte sie.

Vandoosler erhob sich ebenfalls. Marc blickte angestrengt auf seine Knie, Mathias drückte sich in eine der Fensternischen. Lucien war verschwunden, ohne daß es einer gemerkt hätte. Auf zu seinen Tagebüchern.

»Du kannst dich sehr gut erinnern«, erklärte Vandoosler. »Du weißt, daß er nicht wieder zurückgekehrt ist. Er ist nach Paris gekommen und wird dir erzählt haben, daß ihn der Vorfall zu sehr aufgewühlt hat, nicht wahr?«

Juliette blickte entsetzt hoch. Sie konnte sich erinnern. Sie rannte hinaus und schlug die Tür hinter sich zu.

»Sie wird zusammenbrechen«, bemerkte Vandoosler.

Marc biß die Zähne zusammen. Georges war ein Mörder, er hatte vier Menschen umgebracht, und Vandoosler war ein Rohling und ein Dreckskerl.

»Erzählst du Leguennec davon?« stieß er leise zwischen den Zähnen hervor.

»Es muß sein. Bis heute abend.«

Er steckte das Foto in die Tasche und ging.

Marc spürte, daß er nicht den Mut hatte, dem Paten heute abend gegenüberzusitzen. Die Verhaftung von Georges Gosselin rettete Alexandra. Aber er verreckte fast vor Scham. Scheiße, man knackt keine Nüsse mit bloßen Händen.

Drei Stunden später erschien Leguennec mit zwei von seinen Leuten bei Juliette, um Gosselin in Gewahrsam zu nehmen. Aber der Mann war geflüchtet, und Juliette wußte nicht wohin.

33

Mathias schlief schlecht. Um sieben Uhr morgens schlüpfte er in Pulli und Hose und verließ geräuschlos das Haus, um bei Juliette zu klopfen. Die Tür stand weit offen. Er fand sie zusammengesunken auf einem Stuhl, während drei Bullen das Haus auf den Kopf stellten in der Hoffnung, Georges Gosselin irgendwo versteckt zu finden. Andere taten dasselbe im *Tonneau*. Keller, Küche, nichts wurde verschont. Mathias blieb mit hängenden Armen stehen und besah sich das unvorstellbare Chaos, das die Bullen in einer Stunde angerichtet hatten. Leguennec kam gegen acht Uhr und gab Befehl, das Haus in der Normandie zu durchsuchen.

»Sollen wir dir beim Aufräumen helfen?« fragte Mathias, als die Bullen weg waren.

Juliette schüttelte den Kopf.

»Nein«, antwortete sie. »Ich will die anderen nicht mehr sehen. Sie haben Georges an Leguennec verraten.«

Mathias preßte seine Hände aneinander.

»Du hast heute frei, das Restaurant bleibt geschlossen«, sagte Juliette.

»Dann kann ich aufräumen?«

»Du? Ja«, sagte sie. »Hilf mir.«

Beim Aufräumen versuchte Mathias, mit Juliette zu reden, ihr die Dinge zu erklären, sie vorzubereiten, sie zu beruhigen. Das schien sie ein bißchen zu besänftigen.

»Schau mal«, sagte sie. »Leguennec nimmt Vandoosler mit. Was wird der Alte ihm noch alles sagen?«

»Mach dir keine Sorgen. Er wird das Richtige sagen, wie immer.«

Von seinem Fenster aus sah Marc, wie Vandoosler mit Leguennec wegfuhr. Er hatte es vermieden, ihm heute morgen über den Weg zu laufen. Mathias war sicher bei Juliette und redete mit ihr, suchte nach den richtigen Worten. Er ging hoch zu Lucien, der intensiv damit beschäftigt war, die Seiten des Kriegstagebuchs Nr. 1, September 1914 bis Februar 1915, abzuschreiben, und ihm ein Zeichen gab, leise zu sein. Lucien hatte beschlossen, einen weiteren Tag freizumachen, da er dachte, daß eine Grippe von zwei Tagen wenig glaubwürdig wäre. Als Marc sah, wie Lucien mit dem ihm eigenen meisterlichen Desinteresse gegenüber der Außenwelt in seine Arbeit versunken war, sagte er sich, daß Arbeit wahrscheinlich auch für ihn selbst das beste sei, was man in dieser Situation tun konnte. Der Krieg war zu Ende. Also würde er sich wieder vor den Pflug seines Mittelalters spannen, auch wenn niemand ihn darum gebeten hatte. Er würde für nichts und niemanden arbeiten und wieder bei seinen Feudalherren und Leibeigenen sein. Marc ging hinunter und machte sich wenig überzeugt an die Arbeit. Gosselin würde so oder so bald gefaßt werden. Es würde einen Prozeß geben, und das war's dann. Alexandra hätte nichts mehr zu befürchten und würde ihm weiter von der Straße aus kurz zuwinken. Ja, lieber wieder das 11. Jahrhundert, als darauf zu warten.

Leguennec wartete, bis sie hinter geschlossener Tür in seinem Büro waren, um loszuwettern.

»Na prima«, brüllte er. »Bist du stolz auf deine Arbeit?«

»Laß das«, sagte Vandoosler. »Du hast doch deinen Schuldigen, oder?«

»Ich hätte ihn, wenn du ihm nicht ermöglicht hättest, zu fliehen! Du bist korrupt, Vandoosler, durch und durch korrupt!«

»Sagen wir, ich habe ihm drei Stunden Zeit gelassen.

Das ist das mindeste, was man einem Mann geben muß.«

Leguennec schlug mit den Handflächen auf seinen Schreibtisch.

»Warum, verdammmt noch mal?« schrie er. »Bedeutet dir der Typ etwa irgendwas? Warum hast du das gemacht?«

»Um zu sehen, was passiert«, antwortete Vandoosler unbekümmert. »Man darf Entwicklungen nie blockieren. Das ist immer dein Fehler gewesen.«

»Weißt du, daß dich dein kleines Manöver teuer zu stehen kommen kann?«

»Ich weiß. Aber du wirst nichts gegen mich unternehmen.«

»Das glaubst du?«

»Ja, das glaube ich. Weil du nämlich einen großen Fehler begehen würdest, das sage ich dir.«

»Du bist nicht gerade der Richtige, um von Fehlern zu reden, findest du nicht?«

»Und du? Ohne Marc hättest du nie die Verbindung zwischen dem Tod von Sophia und dem von Christophe Dompierre hergestellt. Und ohne Lucien hättest du die Sache nie mit der Ermordung der beiden Kritiker zusammengebracht und nie den Statisten Georges Gosselin identifiziert.«

»Und ohne dich würde er jetzt in diesem Büro sitzen!«

»Genau. Wie wäre es, wenn wir einstweilen Karten spielen würden?« schlug Vandoosler vor.

Ein junger Polizeibeamter stürzte herein.

»Könntest du vielleicht klopfen?« schnauzte Leguennec ihn an.

»Keine Zeit«, brachte der junge Mann entschuldigend vor. »Da ist ein Typ, der Sie dringend sprechen möchte. Wegen dem Fall Simeonidis-Dompierre.«

»Der Fall ist abgeschlossen! Schmeiß ihn raus!«

»Frag doch erst mal, wer der Typ ist«, wandte Vandoosler ein.

»Wer ist der Typ?«

»Ein Mensch, der zur gleichen Zeit wie Christophe Dompierre im Hotel du Danube gewohnt hat. Der, der morgens mit dem Auto weggefahren ist, ohne die Leiche daneben zu bemerken.«

»Laß ihn rein«, sagte Vandoosler leise.

Leguennec machte eine Handbewegung, und der junge Polizist rief etwas in den Gang.

»Wir spielen später Karten«, sagte Leguennec.

Der Mann trat ein und setzte sich, noch bevor Leguennec ihn dazu aufforderte. Er war sehr erregt.

»Worum geht es?« fragte Leguennec. »Machen Sie schnell. Mir ist gerade jemand abgehauen. Name, Beruf?«

»Eric Masson, Abteilungsleiter bei der SODECO Grenoble.«

»Scheißegal«, erwiderte Leguennec. »Warum sind Sie hier?«

»Ich war im Hotel du Danube«, sagte Masson. »Der Laden sieht nach nichts aus, aber ich wohne da immer. Es ist ganz in der Nähe der SODECO Paris.«

»Scheißegal«, wiederholte Leguennec.

Vandoosler machte ihm ein Zeichen, sich ein bißchen zu mäßigen, und Leguennec setzte sich, bot Masson eine Zigarette an und nahm selbst eine.

»Ich höre«, sagte er etwas ruhiger.

»Ich war in der Nacht dort, als Monsieur Dompierre ermordet wurde. Das Schlimme ist, daß ich am Morgen mein Auto genommen habe, ohne irgendwas zu bemerken, obwohl die Leiche doch direkt danebenlag, wie man mir später erklärt hat.«

»Ja, und weiter?«

»Das war also Mittwoch morgen. Ich bin direkt zur SODECO gefahren und habe meinen Wagen in der Tiefgarage abgestellt.«

»Auch scheißegal«, sagte Leguennec.

»Aber nein, das ist überhaupt nicht egal«, eiferte sich Masson plötzlich. »Ich erzähle Ihnen diese Details, weil sie von äußerster Wichtigkeit sind!«

»Entschuldigung«, sagte Leguennec. »Ich bin etwas nervös. Also?«

»Am nächsten Tag, am Donnerstag, habe ich es genauso gemacht. Ich war bei einer dreitägigen Fortbildung. Mein Auto in die Tiefgarage gestellt und abends nach dem Essen mit anderen Seminarteilnehmern wieder ins Hotel. Ich muß noch sagen, daß mein Auto schwarz ist. Ein Renault 19 mit weit heruntergezogener Karosserie.«

Vandoosler gab Leguennec erneut ein Zeichen, bevor dieser sagen konnte, das sei ihm scheißegal.

»Die Fortbildung war gestern abend zu Ende. Heute morgen mußte ich nur noch das Hotel bezahlen und dann in aller Ruhe wieder nach Grenoble fahren. Ich habe das Auto geholt und bei der nächsten Tankstelle angehalten, um vollzutanken. Es war eine Tankstelle, wo die Zapfsäulen draußen stehen.«

»So bleib doch ruhig, mein Gott«, zischte Vandoosler Leguennec an.

»Dabei bin ich dann zum ersten Mal seit Mittwoch morgen bei Tageslicht um das Auto herumgegangen, um den Tankdeckel zu öffnen. Der Tankdeckel sitzt auf der rechten Seite, wie bei allen Autos. Und da hab ich's gesehen.«

»Was gesehen?« fragte Leguennec plötzlich aufmerksam.

»Die Inschrift. Auf der staubigen Beifahrertür hat jemand was mit der Hand hingekritzelt. Erst habe ich gedacht, es wäre ein Kind gewesen. Aber die machen das doch sonst auf der Windschutzscheibe und schreiben ›Ferkel‹ oder sowas. Also habe ich mich runtergebeugt und gelesen. Mein Auto ist schwarz und wird immer schnell schmierig und dreckig, und die Schrift war sehr deutlich zu lesen, wie auf einer Tafel. Da habe ich kapiert. Das war dieser Dompierre, der das auf mein Auto geschrieben hat, bevor er gestorben ist. Er war nicht sofort tot, nicht wahr?«

Leguennec hatte sich mit angehaltenem Atem vorgebeugt.

»Nein«, sagte er. »Er ist erst einige Minuten später gestorben.«

»Dann hatte er die Zeit und die Kraft, einen Arm auszustrecken, als er auf der Erde lag, und zu schreiben. Den Namen seines Mörders auf mein Auto zu schreiben. Zum Glück hat es seitdem nicht geregnet.«

Zwei Minuten später rief Leguennec den Fotografen des Kommissariats und stürzte auf die Straße, auf der Masson seinen schwarzen, dreckigen Renault geparkt hatte.

»Beinahe hätte ich ihn noch in die Waschanlage gefahren«, rief Masson, der hinter ihm herlief. »Das Leben ist unglaublich, nicht?«

»Sie sind wohl nicht ganz bei Trost, so ein Beweisstück auf der Straße stehenzulassen! Jeder Idiot könnte da versehentlich drüberwischen!«

»Stellen Sie sich vor, man hat mir nicht erlaubt, ihn im Hof Ihres Kommissariats abzustellen. Vorschrift, haben sie gesagt.«

Die drei Männer hatten sich vor die rechte vordere Tür gekniet. Der Fotograf bat sie, zu Seite zu treten, damit er seine Arbeit machen könne.

»Ein Abzug«, sagte Vandoosler zu Leguennec. »Ich will sobald wie möglich einen Abzug.«

»Wieso das?«

»Du bist nicht der einzige, der an dem Fall sitzt, und das weißt du sehr gut.«

»Allerdings. Du kriegst deinen Abzug. Komm in einer Stunde wieder.«

Gegen zwei ließ sich Vandoosler mit dem Taxi vor der Baracke absetzen. Das war teuer, aber die Minuten zählten auch. Er betrat eilends das leere Refektorium und packte den Besenstiel, der immer noch nicht abgepolstert war. Er schlug siebenmal dröhnend gegen die Decke. Sieben Schläge bedeuteten ›Abstieg aller Evangelisten‹. Mit einem Schlag rief man den heiligen Matthäus, mit zwei Schlägen den heiligen Markus, mit drei den heiligen Lukas und mit vier ihn selbst. Mit sieben alle. Das System hatte Vandoosler aufgestellt, weil es alle leid waren, die Treppen umsonst runter- und wieder raufzusteigen.

Mathias, der nach Hause gekommen war, nachdem er in Ruhe bei Juliette zu Mittag gegessen hatte, hörte die sieben Schläge und gab sie an Marc weiter, bevor er hinunterging. Marc gab sie an Lucien weiter, der sich von seiner Lektüre losriß und dabei vor sich hin brummelte: »Truppenverlagerung an die vorderste Front. Erfüllung der Mission.«

Eine Minute später waren sie alle im Refektorium. Das System mit dem Besen war tatsächlich wirkungsvoll, wenn man mal davon absah, daß es die Decke beschädigte und nicht erlaubte, nach außen zu kommunizieren, wie beispielsweise das Telefon.

»Und?« fragte Marc. »Hat man Gosselin geschnappt, oder hat er sich vorher erschossen?«

Vandoosler stürzte ein großes Glas Wasser hinunter, bevor er redete.

»Stellt euch einen Typen vor, der gerade mit mehreren Stichen niedergestochen worden ist und der weiß, daß er sterben wird. Wenn er noch die Kraft und die Möglichkeit hat, eine Nachricht zu hinterlassen, was schreibt er dann?«

»Den Namen des Mörders«, antwortete Lucien.

»Alle einverstanden?« fragte Vandoosler.

»Das ist doch klar«, sagte Marc.

Mathias nickte.

»Gut«, sagte Vandoosler. »Ich denke dasselbe. Und ich habe mehrere solcher Fälle in meiner Laufbahn erlebt. Das Opfer schreibt immer den Namen seines Mörders, wenn es noch kann – und wenn es ihn kennt. Immer.«

Mit ernstem Gesicht zog Vandoosler den Umschlag mit dem Foto des schwarzen Autos aus seiner Tasche.

»Christophe Dompierre«, fuhr er fort, »hat einen Namen auf die staubige Tür eines Autos geschrieben, bevor er gestorben ist. Dieser Name ist drei Tage lang in Paris spazierengefahren. Erst jetzt hat der Besitzer der Karre die Inschrift entdeckt.«

»›Georges Gosselin‹«, sagte Lucien.

»Nein«, ewiderte Vandoosler. »Dompierre hat etwas anderes geschrieben: ›Sophia Simeonidis‹.«

Vandoosler warf das Foto auf den Tisch und ließ sich auf einen Stuhl fallen.

»Die lebende Tote«, murmelte er.

Stumm näherten sich die drei Männer dem Foto, um es anzusehen. Keiner von ihnen wagte es zu berühren, als ob sie Angst davor hätten. Dompierres Schriftzug war schwach und unregelmäßig, um so mehr, als er den Arm hatte heben müssen, um die Tür zu erreichen. Aber es war kein Zweifel möglich. In mehreren Anläufen, wie um seine letzten Kräfte zusammenzunehmen, hatte er »Sofia Simeonidis« geschrieben. Das »a« von Sofia war ein bißchen abgerutscht und die Schreibung ebenfalls. Er hatte »Sofia« geschrieben anstelle von »Sophia«. Marc erinnerte sich, daß Dompierre von »Madame Simeonidis« gesprochen hatte. Ihr Vorname schien ihm nicht vertraut.

Niedergeschmettert setzten sich alle schweigend hin, in gehörigem Abstand von dem Foto, auf dem in Schwarz-Weiß diese schreckliche Anklage ausgebreitet stand. Sophia Simeonidis lebte. Sophia Simeonidis hatte Dompierre ermordet. Mathias erschauerte. An diesem Freitag nachmittag brachen zum ersten Mal Unbehagen und Angst über das Refektorium herein. Durch die Fenster schien die Sonne, aber Marc hatte kalte Finger und ein Kribbeln in den Beinen. Sophia lebte, Sophia plante ihren vermeintlichen Tod, verbrannte eine andere an ihrer Stelle, ließ ihren Basaltstein als Zeugen, Sophia die Schöne, die in der Nacht in Paris umherstreifte, in der Rue Chasle. Ganz in ihrer Nähe. Die lebende Tote.

»Und was ist dann mit Gosselin?« fragte Marc mit leiser Stimme.

»Er war es nicht«, antwortete Vandoosler im selben Ton. »Ich wußte es schon gestern.«

»Du hast es gewußt?«

»Erinnerst du dich an die beiden Haare von Sophia, die Leguennec am Freitag, dem 4., im Kofferraum von Lex' Auto gefunden hat?«

»Natürlich«, antwortete Marc.

»Die Haare waren am Abend davor noch nicht drin. Als wir am Donnerstag vom Brand in Maisons-Alfort erfahren haben, habe ich die Nacht abgewartet und den Kofferraum des Autos von oben bis unten abgesaugt. Ich habe aus meiner Dienstzeit noch einen praktischen kleinen Kasten mit allerlei nützlichen Dingen. Darunter auch einen Batteriestaubsauger und schöne saubere Beutel. In dem Kofferraum war nichts, kein Haar, kein Stück Fingernagel, kein Fetzen Kleidung, nichts. Nur Sand und Staub.«

Sprachlos starrten die drei Männer Vandoosler an. Marc erinnerte sich. Es war die Nacht, in der er auf der siebten Stufe gesessen und Plattentektonik betrieben hatte. Der Pate, der mit einer Plastiktüte herunterkam, um draußen zu pinkeln.

»Das stimmt«, sagte Marc. »Ich hatte geglaubt, du würdest pinkeln gehen.«

»Ich habe auch gepinkelt«, erwiderte Vandoosler.

»Ach so«, sagte Marc.

»Daher hat es mich ziemlich amüsiert, als Leguennec am nächsten Morgen das Auto beschlagnahmen ließ und zwei Haare darin gefunden hat. Damit hatte ich den Beweis, daß Alexandra mit dem Mord nichts zu tun hatte. Und den Beweis, daß nach mir jemand da war und in der Nacht die Beweisstücke in das Auto befördert hat, um die Kleine reinzureiten. Das konnte nicht Gosselin sein, weil Juliette versichert, daß er erst am Freitag zum Mittagessen aus Caen zurückgekommen ist. Das stimmt auch, ich habe es überprüfen lassen.«

»Aber verdammt noch mal, warum hast du nichts gesagt?«

»Weil das, was ich getan habe, nicht legal war und ich Leguennecs Vertrauen behalten mußte. Und auch, weil ich es vorgezogen habe, den Mörder – wer immer es auch ist – in dem Glauben zu lassen, daß seine Pläne aufgehen würden. Ihn scheinbar laufen zu lassen, die Leine schießen zu lassen und zu sehen, wo das Tier, frei und seiner selbst sicher, wieder auftauchen würde.«

»Warum hat Leguennec das Auto nicht schon Donnerstag beschlagnahmt?«

»Er hat Zeit verloren. Aber erinnere dich: Man war sich erst ziemlich spät an diesem Tag sicher, daß es sich um Sophias Leiche handelte. Der erste Verdacht richtete sich auf Relivaux. Man kann nicht am ersten Tag einer Ermittlung alles beschlagnahmen, alles einfrieren, alles überwachen. Aber Leguennec hat gespürt, daß er nicht schnell genug war. Er ist nicht dumm. Deshalb hat er Alexandra nicht beschuldigt. Er war sich mit diesen Haaren nicht sicher.«

»Und Gosselin?« fragte Lucien. »Warum haben Sie Leguennec aufgefordert, ihn in Gewahrsam zu nehmen, wenn Sie überzeugt waren, daß er unschuldig ist?«

»Aus demselben Grund. Die Handlung sich entwickeln lassen, die Ereignisse aufeinander folgen, sich überstürzen lassen. Und sehen, wie der Mörder sich verhält. Man muß Mördern freie Hand lassen, damit sie einen Fehler begehen können. Du hast vielleicht gemerkt, daß ich Gosselin mit Juliettes Hilfe habe fliehen lassen. Ich wollte nicht, daß man ihm wegen dieser alten Überfallgeschichte Ärger macht.«

»Das war *er*?«

»Ganz sicher. Das hat man Juliettes Augen angesehen. Aber für die Morde ist er nicht verantwortlich. Ach, übrigens, heiliger Matthäus, du kannst Juliette sagen, daß sie ihren Bruder benachrichtigen kann.«

»Glauben Sie, daß sie weiß, wo er ist?«

»Natürlich weiß sie es. Sicher an der Côte d'Azur. Nizza, Toulon, Marseille, irgendwo in der Gegend. Bereit, beim ersten Zeichen mit falschen Papieren auf die andere Seite des Mittelmeers zu verschwinden. Du kannst ihr auch das mit Sophia Simeonidis sagen. Aber alle müssen aufpassen. Sie lebt noch und ist irgendwo. Wo? Ich habe nicht die leiseste Ahnung.«

Mathias löste seinen Blick von dem dunklen Foto, das auf dem blanken Holztisch lag, und ging leise.

Marc war benommen und fühlte sich schwach. Sophia tot. Sophia lebendig.

»›Auf, ihr Toten!‹« murmelte Lucien.

»Dann hat Sophia die beiden Kritiker umgebracht?« fragte Marc langsam. »Weil sie nicht von ihr abließen und dabei waren, ihr die Karriere zu zerstören? Aber sowas ist doch nicht möglich!«

»Bei Sängerinnen ist alles möglich«, bemerkte Lucien.

»Sie soll also alle beide umgebracht haben ... Und später sollte das jemand herausgefunden ... und sie wäre lieber verschwunden als vor Gericht gezerrt zu werden?«

»Nicht unbedingt *jemand*«, sagte Vandoosler. »Es kann auch der Baum gewesen sein. Sie war eine Mörderin, gleichzeitig aber abergläubisch und ängstlich und lebte vielleicht in der Zwangsvorstellung, daß ihre Tat eines Tages entdeckt würde. Als der Baum auf mysteriöse Weise in ihrem Garten auftauchte, hat das vielleicht ausgereicht, sie in Panik zu versetzen. Sie wird darin eine Drohung, den Beginn einer Erpressung gesehen haben. Sie hat euch darunter graben lassen. Aber der Baum hat nichts und niemanden verborgen. Er war nur da, um ihr etwas zu sagen. Vielleicht hat sie einen Brief bekommen? Wir werden es nie erfahren. Jedenfalls hat sie beschlossen zu verschwinden.«

»Sie brauchte doch nur verschwunden zu bleiben! Sie hätte doch niemanden an ihrer Stelle verbrennen müssen!«

»Genau das hatte sie auch vor. Alle glauben zu machen, sie sei mit Stelyos verschwunden. Aber während sie ganz mit ihrer Flucht beschäftigt war, hat sie die Ankunft von Alexandra vergessen. Sie hat zu spät daran gedacht, und dann fiel ihr ein, daß ihre Nichte es nicht hinnehmen würde, daß ihre Tante verschwindet, ohne zumindest auf sie zu warten; sie hat gewußt, daß Ermittlungen aufgenommen würden. Sie mußte für eine Leiche sorgen, um Ruhe zu haben.«

»Und Dompierre? Wie soll sie erfahren haben, daß ihr auch Dompierre auf den Fersen war?«

»Sie muß sich zu der Zeit in ihrem Haus in Dourdan versteckt haben. In Dourdan hat sie gesehen, wie Dompierre zu ihrem Vater kam. Sie ist ihm gefolgt und hat ihn umgebracht. Er aber hat ihren Namen aufgeschrieben.«

Plötzlich begann Marc zu schreien. Er hatte Angst, ihm war heiß, er zitterte.

»Nein!« schrie er. »Nein! Nicht Sophia! Nicht sie! Sie war so schön! Entsetzlich, das ist entsetzlich!«

»Der Historiker darf sich vor nichts verschließen«, sagte Lucien.

Aber Marc war schon draußen; während er Lucien noch zuschrie, er könne ihn mit seiner Historie am Arsch lecken, hielt er sich die Ohren zu und rannte auf die Straße.

»Ein Empfindsamer«, sagte Vandoosler.

Lucien ging wieder in sein Zimmer hinauf. Vergessen. Arbeiten.

Vandoosler blieb mit dem Foto allein. Ein Schmerz hämmerte in seiner Stirn. Leguennec war jetzt wahrscheinlich gerade dabei, die Straßen zu durchkämmen, in denen sich die Clochards trafen. Um eine Frau zu suchen, die seit dem 2. Juni verschwunden war. Als er sich von ihm verabschiedet hatte, hatte sich unter dem Pont d'Austerlitz bereits eine Spur abgezeichnet: Eine Pennerin namens Louise, ein alter Stammgast, eine, die sich dort niedergelassen hatte und durch keine Drohung zu bewegen war, ihren mit alten Kartons verstärkten Brückenbogen aufzugeben, Louise, bekannt für ihre Schimpfkanonaden in der Gare de Lyon, war offenbar seit über einer Woche nicht mehr an ihrem Platz gewesen. Möglich, daß die schöne Sophia sie mitgenommen und verbrannt hatte.

Ja, ein Schmerz hämmerte in seiner Stirn.

34

Marc rannte durch die Straßen, bis er nicht mehr konnte, bis ihm die Lungen brannten. Er war außer Atem, der Rücken seines Hemdes klatschnaß, und keuchend setzte er sich auf den ersten steinernen Poller, den er fand. Hunde hatten daraufgepißt. Ihm war das egal. Seinen brummenden Kopf in die Hände gepreßt, dachte er nach. Ihm war schlecht, und er war vollkommen durcheinander. Er mußte versuchen, wieder zur Ruhe zu kommen, um denken zu können. Nicht mit den Füßen stampfen wie bei den Schaumstoffbällen. Nicht wieder Plattentektonik betreiben. Hier auf diesem verpißten Poller würde er nicht nachdenken können. Er sollte gehen, langsam weitergehen. Aber zunächst mußte er wieder zu Atem kommen. Er sah um sich, um festzustellen, wo er überhaupt war. Auf der Avenue d'Italie. So weit war er gerannt? Er stand vorsichtig auf, wischte sich die Stirn und ging auf die Metrostation zu. Maison Blanche. Weißes Haus. Weiß. Das erinnerte ihn an etwas. Ach, ja, der weiße Wal. Moby Dick. Das angenagelte Fünf-Francs-Stück. So war der Pate, er wollte spielen, und alles versank schließlich im Grauen. Die Avenue d'Italie wieder hinaufgehen. Mit langsamen, gleichmäßigen Schritten gehen. Sich an die Vorstellung gewöhnen. Warum wollte er nicht, daß Sophia das alles getan hatte? Weil er ihr eines Morgens vor dem Tor begegnet war? Und doch war da die Anklage von Christophe Dompierre, eine Anklage, die einem in die

Augen sprang. Christophe. Marc erstarrte. Ging weiter. Blieb stehen. Trank einen Kaffee. Ging wieder weiter.

Erst gegen neun Uhr abends kehrte er mit leerem Magen und schwerem Kopf in die Baracke zurück. Er betrat das Refektorium, um sich ein Stück Brot abzuschneiden. Leguennec saß dort und unterhielt sich mit dem Paten. Jeder von ihnen hatte ein Blatt Spielkarten in der Hand.

»Raymond von der Gare d'Austerlitz«, berichtete Leguennec gerade, »ein alter Clochard und Kumpel von Louise, sagt, daß vor mindestens einer Woche, auf jeden Fall war es ein Mittwoch, eine schöne Frau zu ihr gekommen sei. Mittwoch, da ist Raymond sich sicher. Die Frau war gut angezogen, und während sie redete, hat sie ihre Hand an den Hals gelegt. Ich spiele Pik.«

»Hat sie der alten Louise ein Geschäft vorgeschlagen?« fragte Vandoosler, während er drei Karten ablegte, davon zwei offen.

»Ganz genau. Raymond weiß nicht, worum es ging, aber Louise hat von einer Verabredung gesprochen und war ›mordsmäßig happy‹. Von wegen Geschäft ... Sich in einer alten Karre in Maisons-Alfort verbrennen zu lassen ... Arme Louise. Du sagst an.«

»Ohne Kreuz. Ich passe. Was hat der Gerichtsmediziner gesagt?«

»Louise paßt ihm schon besser, wegen der Zähne. Er hatte gedacht, daß die das Feuer eigentlich hätten überstehen müssen. Aber verstehst du, die gute Louise hatte nur noch drei im Mund. Das erklärt die Sache. Vielleicht hat Sophia sie deswegen ausgesucht. Ich nehme dein Herz und harpuniere auf Karo-Bube.«

Marc steckte das Brot ein und packte zwei Äpfel in die andere Tasche. Er fragte sich, was die beiden Bullen gerade für ein seltsames Spiel spielten. Es war ihm egal. Er mußte wieder laufen. Er war noch nicht fertig mit Laufen. Und noch nicht fertig, sich an die Vorstellung zu gewöhnen. Er verließ das Haus und ging an der Westfront vorbei in die andere Richtung der Rue Chasle. Bald würde es dunkel werden.

Er lief noch gute zwei Stunden. Den ersten Apfelgriebs ließ er auf dem Rand der Fontaine Saint-Michel, den zweiten auf dem Sockel des Löwen von Belfort. Er hatte große Mühe, den Löwen zu erreichen und sich auf seinen Sockel zu schwingen. Es gibt ein kleines Gedicht, das erzählt, wie der Löwe von Belfort nachts in aller Ruhe durch Paris läuft. Da konnte man wenigstens sicher sein, daß es dummes Zeug war. Als Marc wieder auf die Erde sprang, ging es ihm deutlich besser. Er kam mit noch immer schmerzendem, aber schon leichterem Kopf in die Rue Chasle zurück. Er hatte die Vorstellung akzeptiert. Er hatte verstanden. Alles kam ins Lot. Er wußte, wo Sophia war. Er hatte seine Zeit gebraucht.

Ruhigen Schritts betrat er das dunkle Refektorium. Halb zwölf, alle schliefen. Er machte Licht, füllte den Wasserkessel. Das schreckliche Foto auf dem Holztisch war verschwunden. Dort lag nur ein kleiner Zettel. Eine Nachricht von Mathias: »Juliette glaubt herausgefunden zu haben, wo sie sich versteckt hält. Ich fahre mit ihr nach Dourdan. Ich habe Angst, daß sie ihr hilft abzuhauen. Ich rufe bei Alexandra an, wenn es was Neues gibt. Steinzeitliche Grüße, Mathias.«

Marc ließ jäh den Wasserkessel los.

»Was für ein Idiot!« murmelte er. »Was für ein Idiot!«

In großen Sprüngen hastete er in den dritten Stock hinauf.

»Zieh dich an, Lucien!« rief er und schüttelte ihn.

Lucien öffnete die Augen und wollte etwas sagen.

»Nein, keine Fragen, kein Kommentar. Ich brauche dich. Mach schnell!«

Genausoschnell rannte er in den vierten Stock, wo er Vandoosler schüttelte.

»Sie haut ab!« rief Marc außer Atem. »Schnell, Juliette und Mathias sind weggefahren! Dieser Blödmann weiß nicht, in welcher Gefahr er steckt. Ich fahre mit

Lucien. Hol du Leguennec aus dem Bett. Komm mit seinen Leuten nach Dourdan, Allée des Grands Ifs Nummer 12.«

Marc stürmte hinaus. Er hatte verkrampfte Beinmuskeln, weil er heute soviel gelaufen war. Lucien tappte schlaftrunken die Treppe hinunter, zog seine Schuhe an und hielt seine Krawatte in der Hand.

»Wir treffen uns bei Relivaux«, rief Marc ihm im Vorbeilaufen zu.

Er stürzte die Treppe hinunter, rannte durch den Garten und fing vor Relivaux' Haus an zu brüllen.

Mißtrauisch erschien Relivaux am Fenster. Er war erst seit kurzem wieder zurück, und die Entdeckung der Inschrift auf dem schwarzen Auto hatte ihn ziemlich fertiggemacht, wie es hieß.

»Geben Sie mir Ihre Autoschlüssel!« schrie Marc. »Es geht um Leben und Tod!«

Relivaux dachte nicht lange nach. Ein paar Sekunden später fing Marc die Schlüssel im Flug auf der anderen Seite des Tores auf.

Man konnte über Relivaux denken, was man wollte, aber er war ein verdammt guter Werfer.

»Danke!« brüllte Marc.

Er ließ den Motor an, fuhr los und öffnete die Tür, um Lucien im Vorbeifahren aufzulesen. Lucien band seine Krawatte um, legte eine flache kleine Flasche auf seinen Schoß, schob den Sitz nach hinten und machte es sich bequem.

»Was ist das für eine Flasche?« fragte Marc.

»Rum zum Backen. Für alle Fälle.«

»Wo hast du den her?«

»Der gehört mir. Ich hab ihn gekauft, um Kuchen zu backen.«

Marc zuckte mit den Schultern. Typisch Lucien.

Er biß die Zähne zusammen und fuhr schnell. Paris, Mitternacht, sogar sehr schnell. Es war Freitag nacht, es herrschte viel Verkehr, und Marc gab hektisch Gas, überholte, fuhr über rote Ampeln. Erst als sie Paris verlassen hatten und auf die leere Nationalstraße gekommen waren, fühlte er sich in der Lage zu reden.

»Für wen hält sich Mathias?« rief er. »Glaubt er, daß er es mit einer Frau aufnehmen kann, die schon haufenweise Leute abgemurkst hat? Das ist ihm wohl nicht klar. Das hier ist ein größeres Kaliber als ein Auerochse!«

Lucien antwortete nicht, und Marc warf ihm einen kurzen Blick zu. Der Idiot schlief – tief und fest.

»Lucien!« rief Marc. »Auf!«

Nichts zu machen. Wenn dieser Mensch einmal beschlossen hatte zu schlafen, konnte man ihn nicht ohne seine Zustimmung davon abbringen. Genau wie beim Thema WK I. Marc fuhr noch schneller.

Halb zwei bremste er vor der Allée des Grands Ifs 12. Das große Holztor von Sophias Haus war verschlossen. Marc zog Lucien aus dem Auto und richtete ihn auf.

»Auf!« wiederholte Marc.

»Schrei doch nicht so«, erwiderte Lucien. »Ich bin wach. Ich bin immer wach, wenn ich weiß, daß ich unentbehrlich werde.«

»Beeil dich«, rief Marc. »Hilf mir über das Tor wie neulich.«

»Zieh deine Latschen aus.«

»Sonst noch was? Vielleicht kommen wir schon zu spät! Verschränk die Hände, Schuhe hin, Schuhe her!«

Marc stützte sich mit einem Fuß auf Luciens Hände und zog sich auf die Mauer hinauf. Es war nicht ganz einfach, hinüberzuklettern.

»Jetzt du«, sagte Marc und streckte Lucien den Arm hin. »Hol die kleine Mülltonne, kletter drauf und nimm meine Hand.«

Lucien kam hoch und saß rittlings neben Marc auf der Mauer. Der Himmel war bewölkt, es war vollkommen dunkel.

Lucien sprang hinunter, Marc hinter ihm.

Als er auf der anderen Seite gelandet war, versuchte Marc sich in der Dunkelheit zu orientieren. Er dachte an den Brunnen. Daran dachte er schon eine ganze Weile.

Der Brunnen. Wasser. Mathias. Der Brunnen, Hochburg der ländlichen Kriminalität im Mittelalter. Wo war dieser verdammte Brunnen? Da hinten, die helle Masse. Marc rannte dorthin, Lucien hinter ihm her. Er hörte nichts, keinerlei Geräusch außer seinen und Luciens Schritten. Panik ergriff ihn. Eilends räumte er die schweren Bretter beiseite, die die Öffnung bedeckten. Scheiße, er hatte keine Taschenlampe mitgenommen. Na ja, er hatte ja eh seit langem keine Taschenlampe mehr. Sagen wir, seit zwei Jahren. Er beugte sich über den Brunnenrand und rief nach Mathias.

Kein Ton. Warum konzentrierte er sich so hartnäckig auf den Brunnen? Warum nicht auf das Haus oder das kleine Gehölz? Nein, es war der Brunnen, er war sich sicher. Der Brunnen war eine einfache, saubere Sache, mittelalterlich und ohne Spuren. Er hob den schweren Zinkeimer auf und ließ ihn ganz langsam in den Brunnen hinab. Als er spürte, wie er tief unten die Wasseroberfläche berührte, klemmte er die Kette ein und kletterte über den Brunnenrand.

»Achte drauf, daß die Kette blockiert bleibt«, sagte er zu Lucien. »Bleib hier bei dem verdammten Brunnen. Und paß bloß auf dich auf. Mach keinen Lärm, schreck sie nicht auf. Vier, fünf oder sechs Leichen, das ist ihr inzwischen egal. Gib mir dein Rumfläschchen.«

Marc machte sich an den Abstieg. Er hatte eine Scheißangst. Der Brunnen war eng, schwarz, glitschig und eisig wie jeder Brunnen, aber die Kette hielt. Er hatte den Eindruck, sechs bis sieben Meter hinuntergeklettert zu sein, als er den Eimer berührte und seine Knöchel in das eiskalte Wasser tauchten. Er ließ sich bis über die Knie ins Wasser hinunter und hatte das Gefühl, als würde seine Haut durch die Kälte aufplatzen. Mit den Füßen spürte er jetzt die Masse eines Körpers und hätte beinahe laut aufgeschrien.

Er rief ihn an, aber Mathias antwortete nicht. Marcs Augen hatten sich an die Dunkelheit gewöhnt. Er ließ sich noch bis zur Taille ins Wasser hinunter. Mit einer

Hand tastete er den Jäger und Sammler ab, der sich wie ein Kretin in die Tiefe des Brunnens hatte werfen lassen. Kopf und Knie ragten aus dem Wasser. Mathias war es gelungen, seine langen Beine gegen die runde Brunnenwand zu stemmen. Was für ein Glück, daß er in einen so engen Brunnen geworfen worden war. Er hatte es geschafft, sich zu verkeilen. Aber wie lange lag er schon in dem eiskalten Wasser? Wie lange rutschte er schon Zentimeter für Zentimeter tiefer und mußte dieses dunkle Wasser schlucken?

Er konnte Mathias, unbeweglich wie er war, nicht allein hinaufziehen. Der Jäger mußte zumindest die Energie aufbringen, sich festzuhalten.

Marc wickelte die Kette um seinen rechten Arm, verkeilte seine Beine um den Eimer, verstärkte seinen Griff und begann, Mathias hochzuziehen. Mathias war so groß und so schwer. Marc mühte sich ab. Nach und nach kam Mathias aus dem Wasser, und nach einer viertelstündigen Anstrengung lag sein Oberkörper auf dem Eimer. Marc stützte ihn mit einem Bein, das er gegen die Wand stemmte, und schaffte es, mit seiner linken Hand an die Rumflasche zu kommen, die er sich in die Jacke gestopft hatte. Wenn Mathias noch halbwegs lebendig war, würde er dieses Kuchenzeugs hassen. Mehr recht als schlecht schüttete er Mathias etwas davon in den Mund. Es lief überall heraus, aber Mathias reagierte. Nicht eine Sekunde hatte Marc die Vorstellung zugelassen, daß Mathias sterben könnte. Nicht der Jäger und Sammler. Marc verabreichte ihm ungeschickt ein paar Ohrfeigen und schüttete ihm erneut Rum in den Mund. Mathias brummte. Er tauchte aus dem Wasser auf.

»Hörst du mich? Ich bin's, Marc.«

»Wo sind wir?« fragte Mathias mit sehr dumpfer Stimme. »Mir ist kalt. Ich sterbe.«

»Wir sind im Brunnen. Wo sollten wir sonst sein?«

»Sie hat mich reingeworfen«, stöhnte Mathias. »Niedergeschlagen und reingeworfen. Ich hab sie nicht kommen sehen.«

»Ich weiß«, sagte Marc. »Lucien wird uns hochziehen. Er ist da oben.«

»Sie wird ihn massakrieren«, sagte Mathias stockend.

»Mach dir um ihn keine Sorgen. An der Front ist er super. Los, trink!«

»Was ist das für eine Scheiße?«

Mathias Stimme war fast nicht zu hören.

»Das ist Rum zum Backen, gehört Lucien. Wärmt dich das?«

»Trink lieber auch was davon. Das Wasser lähmt.«

Marc trank ein paar Schlucke. Die Kette, die er um den Arm geschlungen hatte, schürfte ihm die Haut auf und brannte.

Mathias hatte die Augen wieder geschlossen. Er atmete, mehr war nicht zu sagen. Marc pfiff, und Luciens Kopf erschien in dem kleinen, etwas helleren Kreis über ihnen.

»Zieh langsam die Kette hoch!« rief Marc. »Und laß sie nicht wieder runter! Keinen Rückstoß, sonst laß ich ihn fallen!«

Seine Stimme hallte wider und betäubte ihn. Vielleicht waren auch seine Ohren gefühllos geworden.

Er hörte metallische Geräusche. Lucien löste den Knoten und hielt die Spannung, damit Marc nicht wieder hinunterrutschte. Lucien war gut, sehr gut. Und langsam bewegte sich die Kette nach oben.

»Weiter, Lucien, Stück für Stück!« rief Marc. »Er ist schwer wie ein Auerochse!«

»Ist er ertrunken?«

»Nein! Roll auf, Soldat!«

»Du hast gut reden!«

Marc packte Mathias an der Hose. Mathias trug statt eines Gürtels eine dicke Schnur, die sich gut greifen und festhalten ließ. Das war das einzig Gute, was Marc in diesem Augenblick an dieser rustikalen Kordel fand, mit der sich Mathias gürtete. Der Kopf des Sammlers und Jägers stieß leicht gegen die Brunnenwand, aber Marc sah, wie der Brunnenrand näher kam. Lucien zog Mathias heraus und legte ihn auf den Boden. Marc kletterte über den Rand und ließ sich ins Gras fallen. Er verzog das Gesicht und wickelte die Kette von seinem Arm. Er blutete.

»Da, wickle meine Jacke drum«, sagte Lucien.

»Hast du nichts gehört?«

»Niemanden. Dein Onkel kommt.«

»Der hat ja ganz schön lange gebraucht. Gib Mathias ein paar Ohrfeigen und reib ihn ab. Ich glaube, er ist gerade wieder abgetaucht.«

Leguennec kam als erster angerannt und kniete sich zu Mathias. *Er* hatte eine Taschenlampe.

Marc erhob sich, hielt sich den Arm, der sich anfühlte wie ein formloser Klumpen, und ging zu den sechs Polizisten.

»Ich bin sicher, daß sie sich in dem kleinen Gehölz versteckt hat«, sagte er.

Zehn Minuten später fand man Juliette. Zwei Männer brachten sie und hielten sie am Arm. Sie wirkte erschöpft und war voller Schrammen und blauer Flecke.

»Sie hat...«, keuchte Juliette, »ich bin weggerannt...«

Marc stürzte sich auf sie und packte sie an der Schulter.

»Halt's Maul!« brüllte er und schüttelte sie. »Halt's Maul!«

»Sollen wir einschreiten?« fragte Leguennec Vandoosler.

»Nein«, erwiderte Vandoosler leise. »Keine Gefahr, laß ihn machen. Das ist sein Ding, seine Entdeckung. Ich hatte sowas geahnt, aber...«

»Du hättest mir was sagen sollen, Vandoosler.«

»Ich war mir noch nicht sicher. Die Mediävisten haben so ihre Kniffe, wirklich. Wenn Marc einmal anfängt, klar zu denken, dann schießt er direkt aufs Ziel zu ... Er sammelt Gutes wie Schlechtes ungeordnet auf – und mit einem Schlag richtet er sich plötzlich auf's Ziel aus.«

Leguennec sah zu Marc hinüber, der Juliette immer noch schüttelte. In der Dunkelheit wirkte sein Gesicht weiß und starr. Er schüttelte sie mit der Hand, an der die Ringe glänzten, mit einer großen Hand, die sich um Juliettes Schulter geschlossen hatte und sehr gefährlich aussah.

»Und wenn er ausrastet?«

»Er rastet nicht aus.«

Leguennec gab seinen Männern trotzdem ein Zeichen, und sie stellten sich im Kreis um Marc und Juliette.

»Ich geh zurück und kümmere mich um Mathias«, sagte er. »Er hat das alles nur um Haaresbreite überlebt.«

Vandoosler erinnerte sich, daß Leguennec zu seiner Zeit als Fischer auch bei der Seerettung gewesen war. Wasser, es ist doch immer wieder Wasser.

Marc hatte Juliette losgelassen und starrte sie an. Sie war häßlich, sie war schön. Ihm war schlecht. Vielleicht der Rum? Sie machte nicht die kleinste Bewegung. Marc zitterte. Seine durchweichten Sachen klebten ihm am Körper, er fror durch und durch. Langsam suchten seine Augen unter den dichtgedrängt stehenden Männern in der Dunkelheit nach Leguennec. Er sah ihn etwas weiter entfernt bei Mathias.

»Inspektor«, flüsterte er, »ordnen Sie an, daß unter dem Baum gesucht wird. Ich glaube, da liegt sie.«

»Unter dem Baum?« fragte Leguennec. »Da haben wir doch schon gegraben.«

»Genau deswegen«, erklärte Marc. »Die Stelle, die schon untersucht worden ist, die Stelle, an der nie mehr gesucht werden wird ... Dort liegt Sophia.«

Jetzt schlotterte Marc so richtig. Er fand die kleine Rumflasche und trank das letzte Viertel. Er spürte, wie sein Kopf anfing, sich zu drehen, er hätte sich gewünscht, daß Mathias Feuer für ihn machen würde, aber Mathias lag auf der Erde, er hätte sich auch gerne hingelegt, vielleicht auch gerne ein Weilchen gebrüllt. Er wischte sich mit dem durchnäßten Ärmel seines linken Arms, der noch funktionierte, die Stirn ab. Der andere Arm hing leblos herunter, und Blut rann über seine Hand.

Er hob seinen Blick. Sie fixierte ihn noch immer. Von ihrem ganzen zusammengebrochenen Werk blieb ihr nur noch dieser starre Körper und der bittere Widerstand ihres Blicks.

Betäubt setzte sich Marc ins Gras. Nein, er wollte sie nicht mehr ansehen. Er bereute es sogar, sie so oft gesehen zu haben.

Leguennec richtete Mathias auf. Er setzte ihn hin.

»Marc...«, sagte Mathias.

Diese tonlose Stimme rüttelte Marc auf. Wenn Mathias mehr Kraft gehabt hätte, hätte er gesagt: »Rede, Marc.« Ganz sicher hätte der Jäger und Sammler das gesagt. Marc klapperte mit den Zähnen, und seine Worte kamen in abgehackten Stücken.

»Dompierre«, sagte er. »Dompierre hieß Christophe.«

Mit gesenktem Kopf und gekreuzten Beinen saß er auf dem Boden und riß das Gras um sich herum büschelweise aus. Genau wie neben der Buche. Er riß es aus und warf es von sich.

»Er hat Sofia mit einem *f* geschrieben, nicht mit *p* und *h*«, fuhr er stoßartig fort. »Aber ein Typ, der Christophe heißt, *o, p, h, e*, irrt sich nicht bei der Schreibweise von Sophia, nein, denn das sind dieselben Silben, dieselben Vokale, dieselben Konsonanten, und selbst wenn du gerade verreckst, weißt du, wenn du Christophe heißt, daß man Sophia nicht mit einem *f* schreibt, das weißt du, und darin hätte er sich nie getäuscht, genausowenig wie er seinen eigenen Vornamen mit einem *f* geschrieben hätte, nein, er hat nicht *Sofia* geschrieben, er hat nicht *Sofia* geschrieben...«

Marc erschauerte. Er spürte, wie der Pate ihm seine Jacke und dann sein durchnäßtes Hemd auszog. Er hatte nicht die Kraft, ihm dabei zu helfen. Er riß mit seiner linken Hand weiter Gras aus. Jetzt wurde er in eine rauhe Decke gewickelt, eine Decke aus dem Wagen der Bullen. Mathias hatte dieselbe. Sie kratzte. Aber war warm. Er entspannte sich ein bißchen, mummelte sich hinein, und sein Unterkiefer zitterte etwas weniger. Instinktiv hielt er den Blick auf das Gras gerichtet, um das Risiko nicht eingehen zu müssen, sie zu sehen.

»Weiter«, sagte die dumpfe Stimme von Mathias.

Allmählich kam er wieder zu sich. Er konnte besser reden, ruhiger, und gleichzeitig denken, die Dinge rekonstruieren. Er konnte reden, aber diesen Vornamen nicht mehr aussprechen.

»Ich habe kapiert, daß Christophe nie *Sofia Simeonidis* geschrieben hätte ...«, sagte er zu den Grasbüscheln. »Was also dann, zum Teufel? Das *a* von Sofia war ziemlich undeutlich, der Bogen des *f* war nicht geschlossen, es erinnerte an ein großes *S*, und in Wirklichkeit hatte er geschrieben *Sosie Simeonidis*: Sosie, die Doppelgängerin, das Double, die Zweitbesetzung ... Ja, er wollte auf die Zweitbesetzung von Sophia Simeonidis hinweisen ... Sein Vater hatte in seinem Artikel etwas Merkwürdiges geschrieben ... so was in der Art wie ›Sophia Simeonidis mußte drei Tage lang durch ihre Zweitbesetzung Nathalie Domesco vertreten werden, deren abscheuliche Nachahmung Elektra schließlich den Rest gab ...‹ Nachahmung ... Ein komisches Wort, ein komischer Ausdruck, so als ob die Zweitbesetzung sie nicht nur vertreten, sondern auch imitiert hätte, als ob sie Sophia nachgemacht hätte, mit schwarzgefärbtem, kurzgeschnittenem Haar, roten Lippen und dem Schal um den Hals, ja, so hat sie das gemacht ... und ›Sosie‹ war der Spitzname, den Dompierre und Frémonville der Zweitbesetzung gegeben haben, ganz sicher, um sie lächerlich zu machen, weil sie viel zu dick aufgetragen hat ... und Christophe wußte das, er kannte den Spitznamen und hat es kapiert, aber es war zu spät, und als ich es kapiert habe, war es fast zu spät ...«

Marc wandte den Blick zu Mathias, der zwischen Leguennec und einem anderen Polizisten auf dem Boden saß. Er sah auch Lucien, der sich hinter den Jäger und Sammler gestellt hatte, ganz dicht hinter ihn, wie um ihm eine Rückenlehne zu bieten, Lucien mit seiner zerfetzten Krawatte, seinem vom Brunnenrand versauten Hemd, seinem Kindergesicht, mit offenem Mund und gerunzelter Stirn. Eine dichtgedrängte Gruppe von vier schweigenden Männern, deren Konturen sich im Lichtkegel von Leguennecs Lampe klar in der Nacht abzeichneten. Mathias schien benommen, aber er hörte zu. Marc mußte reden.

»Wird er's packen?« fragte er.

»Ja«, antwortete Leguennec. »Er fängt an, die Füße in seinen Sandalen zu bewegen.«

»Dann packt er's. Mathias, warst du heute vormittag bei ihr?«

»Ja«, sagte Mathias.

»Hast du mit ihr gesprochen?«, fragte Marc.

»Ja. Ich habe die Wärme auf der Straße gespürt, als Lucien besoffen war und wir ihn reingetragen haben. Ich war nackt, und mir war nicht kalt, es war lau im Rücken. Ich habe erst später wieder daran gedacht. Ein Automotor... Ich habe die Wärme ihres Autos gespürt, vor ihrem Haus. Ich habe es verstanden, als Gosselin beschuldigt wurde, und dann geglaubt, er hätte in der Mordnacht das Auto seiner Schwester genommen.«

»In dem Moment warst du erledigt. Denn als Gosselin aus dem Spiel war, hättest du früher oder später eine andere Erklärung für deine ›Wärme‹ finden müssen. Und es gab nur eine einzige andere Erklärung... Aber als ich heute abend in die Baracke zurückgekommen bin, wußte ich alles über sie, ich wußte warum, ich wußte alles.«

Marc verstreute die herausgerissenen Grasbüschel um sich herum. Er verwüstete sein kleines Stückchen Erde.

»Christophe Dompierre hatte *Sosie* geschrieben... Georges hatte Sophia in ihrer Garderobe überfallen, und irgend jemandem hatte das genutzt... Wem? Natürlich ihrer Zweitbesetzung, der ›Sosie‹, die sie auf der Bühne ersetzen würde... Ich habe mich erinnert... der Musikunterricht... *sie* war das, sie war lange Zeit Ersatzsängerin ... unter dem Namen Nathalie Domesco. Nur ihr Bruder wußte Bescheid, ihre Eltern glaubten, sie würde als Putzfrau arbeiten ... vielleicht eine Meinungsverschiedenheit, vielleicht ein Bruch mit ihnen ... Ich habe mich erinnert ... Mathias, ja, Mathias, der in der Nacht, als Dompierre ermordet wurde, nicht gefroren hatte, Mathias, der vor ihrem Gartentor, vor ihrem Auto stand ... ich habe mich erinnert ... die Bullen, wie sie den Graben wieder zugeschüttet haben ... wir haben sie von meinem Fenster aus genau beobachtet, sie standen nur bis zu den Oberschenkeln im Graben ... sie hatten also nicht tiefer gegraben als wir ... jemand anderes hatte *nach* ihnen gegraben, weiter gegraben, bis in die schwarze, fette Schicht ... Und da, ja, da habe ich genug gewußt, um auf ihre Geschichte zu stoßen, wie Ahab auf seinen Mörderwal ... Und genau wie er kannte ich ihre Route ... und wußte, wo sie vorbeiziehen würde ...«

Juliette beobachtete die Männer, die im Halbkreis um sie standen. Sie warf ihren Kopf nach hinten und bespuckte Marc. Marc senkte den Kopf. Die beherzte Juliette mit den glatten weißen Schultern, dem bezaubernden Körper und dem liebenswürdigen Lächeln. Dieser helle Körper in der Nacht, der weich und rundlich war, der schwer war und der spuckte. Juliette, die er auf die Stirn geküßt hatte, der weiße Wal, der Mörderwal.

Juliette spuckte auch die beiden Bullen an, die rechts und links von ihr standen, dann hörte man nur noch ihren pfeifenden Atem. Dann ein kurzes, höhnisches Kichern und von neuem ihren Atem. Marc dachte sich, daß sie den Blick geradewegs auf ihn gerichtet hatte. Er dachte an das *Tonneau*. Sie hatten sich dort wohl gefühlt ... der Rauch, das Bier an der Theke, das Klirren der Tassen. Das Kalbsgeschnetzelte. Sophia, die am ersten Abend für sie allein gesungen hatte.

Gras ausreißen. Jetzt häufte er das Gras zu einem kleinen Haufen auf seiner linken Seite.

»Sie hat die Buche gepflanzt«, fuhr er fort. »Sie wußte,

daß der Baum Sophia beunruhigen würde, daß sie darüber reden würde ... Wen würde das nicht beunruhigen? Sie hat die Karte von ›Stelyos‹ abgeschickt, hat Sophia an jenem Mittwoch abend auf dem Weg zum Bahnhof abgefangen und unter wer weiß welchem Vorwand in dieses gottverdammte *Tonneau* gelockt ... Ist mir scheißegal, ich will es nicht wissen, ich will es nicht hören! Vielleicht hat sie gesagt, sie hätte Nachricht von Stelyos ... sie hat sie dorthin gelockt, hat sie im Keller umgebracht, sie wie einen Braten zusammengebunden, hat sie nachts in die Normandie geschafft und dort in die alte Gefriertruhe im Keller gestopft, ich bin mir sicher ...«

Mathias preßte seine Handflächen zusammen. Mein Gott, er hatte diese Frau in der Enge des Restaurants so sehr begehrt, wenn die Nacht hereingebrochen war, wenn der letzte Gast gegangen war, und noch heute vormittag, als er sie flüchtig berührt hatte, während er ihr beim Aufräumen half. Hundertmal hatte er mit ihr schlafen wollen. Im Keller, in der Küche, auf der Straße. Seine enge Kellnerkleidung runterreißen. Er fragte sich heute abend, welche dunkle Ahnung ihn immer hatte zurückschrecken lassen. Er fragte sich, warum Juliette sich nie für irgendeinen Mann zu interessieren schien.

Ein heiseres Geräusch ließ ihn zusammenfahren.

»Sie soll schweigen!« brüllte Marc, ohne die Augen vom Gras abzuwenden. Dann kam er wieder zu Atem. In Reichweite seiner linken Hand gab es nicht mehr viel Gras. Er wechselte die Position. Einen neuen Haufen aufwerfen.

»Als Sophia dann verschwunden war«, fuhr er mit einer eigenartigen Stimme fort, »fing man an, sich Sorgen zu machen, sie als erste, wie eine treue Freundin. Es war unvermeidlich, daß die Bullen unter dem Baum graben würden, und sie haben es gemacht, und sie haben nichts gefunden, und sie haben das Loch wieder zugeschüttet ... Und schließlich glaubten alle, daß Sophia mit ihrem Stelyos abgehauen wäre. Da ... da war der

Platz dann bereit ... Jetzt konnte sie Sophia dort begraben, wo niemand, nicht einmal die Bullen, sie jemals mehr suchen würde, weil dort ja schon gesucht worden war! *Unter dem Baum* ... Und außerdem würde sowieso niemand Sophia suchen, man glaubte ja, sie habe sich auf einer Insel versteckt. Ihre Leiche war von einer unberührbaren Buche versiegelt und würde nie auftauchen ... Aber sie mußte sie dort erst noch in aller Ruhe begraben können, ohne gestört zu werden, ohne Nachbarn, ohne uns ...«

Marc hielt erneut inne. Es war so kompliziert zu erklären. Er hatte den Eindruck, daß es ihm schwerfiel, die Dinge in der richtigen Reihenfolge zu sagen. Die richtige Reihenfolge würde später drankommen.

»Sie hat uns alle in die Normandie eingeladen. Nachts hat sie das Auto genommen, ihr gefrorenes Paket eingepackt und ist in die Rue Chasle zurückgefahren. Relivaux war nicht da, und wir haben wie die Idioten friedlich bei ihr geschlafen, hundert Kilometer entfernt! Sie hat ihre widerliche Arbeit gemacht und sie unter der Buche begraben. Sie ist stark. Am frühen Morgen ist sie leise, ganz leise zurückgekommen ...«

Gut. Er hatte den schwersten Augenblick hinter sich. Der Augenblick, in dem Sophia unter dem Baum begraben wurde. Er brauchte jetzt nicht mehr überall Gras auszureißen. Es würde jetzt aufhören. Und außerdem war es auch noch Sophias Gras.

Er stand auf und ging mit gemessenen Schritten auf und ab, während er mit dem linken Arm seine Decke an sich preßte. Lucien fand, er sah aus wie ein südamerikanischer Indio, einfach so, mit seinem dichten schwarzen Haar, das vom Wasser verklebt war, eingewickelt in seine Decke. Er ging hin und her, ohne sich ihr zu nähern und ohne sie beim Umdrehen anzusehen.

»Es wird ihr nicht gefallen haben, als sie dann gesehen hat, wie die Nichte mit dem Kleinen auftauchte, das hatte sie nicht vorausgesehen. Alexandra war mit Sophia verabredet und nahm das Verschwinden ihrer Tante nicht hin. Alexandra war halsstarrig, die Ermittlungen begannen, Sophia wurde erneut gesucht. Unmöglich und viel zu riskant, sich noch einmal an der Leiche unter dem Baum zu schaffen zu machen. Es mußte eine Leiche her, um die Suche zu beenden, bevor die Bullen in der ganzen Umgebung schnüffelten. Sie hat die arme Louise an der Gare d' Austerlitz gesucht, hat sie nach Maisons-Alfort geschleppt und verbrannt!«

Marc hatte wieder zu brüllen begonnen. Er strengte sich an, langsam zu atmen, aus dem Bauch, und fuhr dann fort.

»Natürlich hatte sie noch das Gepäck, das Sophia bei sich trug. Sie hat Louise die Goldringe angesteckt, hat die Handtasche danebengelegt und alles angezündet... Ein großes Feuer! Kein möglicher Hinweis auf Louises Identität durfte das Feuer überstehen, und es durfte auch nichts auf den Zeitpunkt des Todes hindeuten... Ein Flammenmeer... die Feuersglut, die Hölle... Aber der Basalt, das wußte sie, würde das Feuer überstehen. Und der Basalt würde auf jeden Fall auf Sophia verweisen... der Basalt würde reden...«

Plötzlich begann Juliette zu schreien. Marc blieb stehen und hielt sich die Ohren zu, das linke mit seiner Hand, das rechte mit der Schulter. Er hörte nur Fetzen... Basalt, Sophia, Dreck, verrecken, Elektra, verrecken, singen, niemand, Elektra...

»Bringt sie zum Schweigen!« brüllte Marc. »Bringt sie zum Schweigen, bringt sie weg, ich kann sie nicht mehr hören!«

Ein Geräusch, ein erneutes Spucken, dann die Schritte der Bullen, die sich auf ein Zeichen von Leguennec mit ihr entfernten. Als Marc begriff, daß Juliette nicht mehr da war, ließ er seine Arme wieder fallen. Jetzt konnte er wieder alles ansehen, seinen Blick freimachen. Sie war nicht mehr da.

»Ja, sie war Sängerin«, sagte er. »Aber im Hintergrund, als fünftes Rad, und das hat sie nicht hinnehmen können, sie mußte auch ihre Chance haben! Tödlich eifersüchtig auf Sophia ... Also hat sie dem Glück nachgeholfen, sie hat ihren unglückseligen Bruder dazu gebracht, Sophia zu verprügeln, damit sie ihre Stelle einnehmen könnte ... ein sehr simpler Plan ...«

»Und die versuchte Vergewaltigung?« fragte Leguennec.

»Wie? Die versuchte Vergewaltigung? Aber ... das geschah ebenfalls auf Anordnung seiner Schwester, damit der Überfall glaubwürdiger wäre ... die versuchte Vergewaltigung war Quatsch ...«

Marc schwieg, ging zu Mathias, sah ihn sich gründlich an, nickte und begann wieder, mit seltsamen großen Schritten und hängendem Arm auf und ab zu gehen. Er fragte sich, ob Mathias die Decke der Bullen wohl ebenfalls kratzig fand. Sicher nicht. Mathias gehörte nicht zu denen, die unter kratzendem Stoff leiden. Er fragte sich, wieso er so reden konnte, wo ihm doch sein Kopf so weh tat, wo ihm doch so schwer ums Herz war, wieso er das alles wissen und es sagen konnte ... Wieso? Er hatte es nicht hinnehmen können, daß Sophia gemordet haben sollte, nein, das war ein falsches Ergebnis, dessen war er sich sicher gewesen, ein unmögliches Ergebnis ... die Quellen mußten noch einmal gelesen, alles mußte neu aufgerollt werden ... es konnte nicht Sophia sein ... es gab jemand anderen ... eine andere Geschichte ... Die Geschichte hatte er sich vorhin Stück für Stück erzählt ... dann wieder Stück für Stück ... die Route des Wals, sein Instinkt ... seine Sehnsüchte ... an der Fontaine Saint-Michel ... seine Routen ... seine Fanggründe ... am Löwen von Denfert-Rochereau, der nachts von seinem Sockel steigt ... der nachts umherspaziert, der seine Löwensachen macht, ohne daß irgend jemand es weiß, dieser Bronzelöwe, so wie sie, die sich morgens wieder auf ihrem Piedestal ausstreckt, die zurückkommt und die Statue spielt, ganz starr, beruhigend, über jeden Verdacht erhaben, morgens auf ihrem Sockel, morgens im *Tonneau*, an der Theke, sich selbst immer treu ... liebenswürdig ... die aber niemanden liebt, nicht einmal sich selbst, kein Grummeln im Bauch, keine Gefühle, nicht einmal für Mathias, nichts ... aber nachts ist das ganz was anderes, ja, nachts ... er kannte ihre Route, er konnte sie erzählen, er hatte sie sich bereits vollständig erzählt, und jetzt hatte er sie, klammerte sich dran wie Ahab an den Rücken seines dreckigen Pottwals, der ihm das Bein weggefressen hatte ...

»Ich würde mir gern seinen Arm ansehen«, flüsterte Leguennec.

»Laß ihn, mein Gott«, erwiderte Vandoosler.

»Sie hat drei Abende gesungen, nachdem ihr Bruder Sophia ins Krankenhaus befördert hatte ...«, sagte Marc. »Aber die Kritiker haben sie ignoriert, schlimmer noch, zwei von ihnen haben sie gründlich und definitiv niedergemacht, Dompierre und Frémonville ... Und Sophia hat sich eine andere Zweitbesetzung gesucht ... Für Nathalie Domesco war damit Schluß ... Sie mußte die Bühne verlassen, aufhören zu singen, und der Irrsinn und der Stolz und ich weiß nicht welcher Dreck noch sind geblieben. Sie lebte jetzt nur noch für das Ziel, diejenigen zu vernichten, die sie niedergemacht hatten ... so intelligent, wie sie war, so musikalisch, verrückt, schön, dämonisch ... schön auf ihrem Sockel ... wie eine Statue ... undurchdringlich ...«

»Zeigen Sie mir den Arm«, sagte Leguennec.

Marc schüttelte den Kopf.

»Sie hat ein Jahr gewartet, bis keiner mehr an *Elektra* dachte, und hat die beiden Kritiker, die sie zerstört hatten, Monate später kaltblütig abgeknallt ... Mit Sophia hat sie weitere vierzehn Jahre gewartet. Viel Zeit mußte vergehen, damit wirklich niemand mehr an die Ermordung der beiden Kritiker denken würde, damit keinerlei Verbindung mehr hergestellt werden könnte ... sie hat gewartet, vielleicht sogar mit Vergnügen ... ich habe keine Ahnung ... Aber sie ist ihr gefolgt, hat sie von dem Haus aus beobachtet, das sie ein paar Jahre später in ihrer Nachbarschaft gekauft hat ... vielleicht hat sie sogar eine Möglichkeit gefunden, den Besitzer ein bißchen zu drängen, es ihr zu verkaufen, ja, gut möglich... sie verließ sich nicht auf den Zufall. Sie hat wieder ihre natürliche helle Haarfarbe angenommen, die Frisur gewechselt, Jahre waren vergangen und Sophia hat sie nicht wiedererkannt, genausowenig wie sie Georges wiedererkannt hat... Es bestand keine Gefahr, die Sängerinnen kennen ihre Zweitbesetzungen ja kaum... Von den Statisten ganz zu schweigen...«

Leguennec hatte sich ohne zu fragen Marcs Arm genommen und tupfte Desinfektionsmittel oder etwas Ähnliches darauf, das stank. Marc ließ ihm den Arm, er fühlte ihn nicht einmal mehr.

Vandoosler beobachtete ihn. Er hätte ihn gern unterbrochen, ihm Fragen gestellt, aber er wußte, daß man Marc in diesem Augenblick nicht unterbrechen durfte. Einen Schlafwandler weckt man nicht, weil er dann herunterfällt, so heißt es. Vielleicht stimmte es, vielleicht nicht, er hatte keine Ahnung, bei Marc aber wußte er es. Man durfte Marc nicht wecken, während er mit traumwandlerischer Sicherheit forschte. Sonst fiel er. Er wußte, daß Marc sich wie ein Pfeil auf sein Ziel zubewegt hatte, seitdem er an diesem Abend die Baracke verlassen hatte, das war sicher, genau wie früher als Kind, wenn er wegrannte, weil er etwas nicht hinnehmen konnte. Daher wußte Vandoosler auch, daß Marc sehr schnell vorankommen konnte, daß er sich bis zum Zerreißen anspannen konnte, bis er fündig wurde. Vorhin war Marc noch in der Baracke vorbeigekommen und hatte Äpfel eingesteckt, daran konnte er sich gut erinnern. Ohne ein Wort zu sagen. Aber seine Intensität, seine abwesenden Augen, seine stumme Gewalt, ja, alles war dagewesen... Und wenn er nicht mit dem Kartenspiel beschäftigt gewesen wäre, hätte er sehen müssen, daß Marc dabei war, zu suchen, zu finden, sich auf sein Ziel zu stürzen... daß er dabei war, Juliettes Logik zu entschlüsseln und herauszufinden... Und jetzt erzählte er... Leguennec dachte sicherlich, Marc erzählt mit einer unglaublichen Kaltblütigkeit, aber Vandoosler wußte, daß dieses unaufhörliche, manchmal abgehackte, manchmal fließende Sprechen, das aber immer auf seiner Spur blieb wie ein Schiff mit böigem Rückenwind, bei Marc nichts mit Kaltblütigkeit zu tun hatte. Er war sich sicher, daß sein Neffe in diesem Augenblick ganz verkrampfte und schmerzhafte Beinmuskeln hatte und man seine Beine vielleicht mit heißen Handtüchern umwickeln müßte, damit sie wieder funktionierten, so wie er es häufig hatte tun müssen, als Marc klein war. Jeder konnte in diesem Moment glauben, Marc liefe ganz normal, er aber sah in der Dunkelheit der Nacht sehr gut, daß von den Oberschenkeln bis zu den Knöcheln hinab alles an Marc aus Stein war. Wenn er ihn unterbräche, würde das so bleiben, und deshalb mußte man ihn seine Sache beenden lassen, ihn in den Hafen zurückkehren lassen nach der Höllenfahrt seines Denkens. Nur so würden seine Beine wieder ihre Geschmeidigkeit zurückbekommen.

»Sie hat Georges befohlen, das Maul zu halten, er sei schließlich auch in die Sache verwickelt«, sagte Marc. »Georges hat gehorcht. Vielleicht ist er der einzige Mensch, den sie ein bißchen gemocht hat, denke ich, aber ich bin mir auch da nicht sicher. Georges hat ihr geglaubt ... Vielleicht hat sie ihm ja erzählt, daß sie bei Sophia erneut ihr Glück versuchen wollte. Er ist ein Dicker, ein Vertrauensseliger, ohne Phantasie, er hat nie auch nur im Traum daran gedacht, daß sie Sophia umbringen wollte oder daß sie die beiden Kritiker umgebracht hat ... Armer Georges ... er war nie in Sophia verliebt. Lügen ... Alles dreckige Lügen ... Das nette, einfache Leben im *Tonneau* – alles Lügen. Sie spionierte Sophia nach, um alles über sie zu erfahren, vor aller Augen ihre engste Freundin zu werden und sie dann zu töten.«

Bestimmt. Es würde leicht sein, jetzt Beweise und Zeugen dafür zu finden. Er sah zu, wie Leguennec seinen Arm mit einer Binde umwickelte. Das war nicht gerade schön anzusehen. Seine Beine taten ihm furchtbar weh, viel mehr als sein Arm. Er zwang sie zum Gehen, wie eine Maschine. Aber er war das gewöhnt, er kannte das, es war unvermeidbar.

»Und fünfzehn Jahre nach *Elektra* hat sie ihre Falle gestellt. Sophia umgebracht, Louise umgebracht, zwei Haare von Sophia in den Kofferraum von Alexandras Auto gelegt, Dompierre umgebracht. Sie hat so getan, als verschaffte sie Alexandra für die Mordnacht ein Alibi ... In Wirklichkeit hat sie gehört, wie Lucien um zwei Uhr morgens wie ein Verrückter auf seiner Mülltonne herumgeschrien hat ... Weil sie nämlich gerade vom Hotel du Danube zurückgekommen war, wo sie den armen Kerl erstochen hatte. Sie war sicher, daß ihr ›Alibi‹ für Alexandra nicht lange halten würde, daß ich ihre Lüge zwangsläufig entdecken würde ... Sie konnte also ›gestehen‹, daß Alexandra weggefahren sei, ohne den Eindruck zu erwecken, sie zu verraten ... Widerlich, einfach widerlich ...«

Marc erinnerte sich an das Gespräch an der Theke. »Das ist lieb von dir, Juliette ...« Nicht für eine Sekunde war ihm die Idee gekommen, daß Juliette sich seiner bediente, um Alexandra zu Fall zu bringen. Ja, mehr als widerlich.

»Aber dann wurde ihr Bruder verdächtigt. Es wurde eng. Sie hat dafür gesorgt, daß er flieht, damit er nicht redet, damit er keine Dummheiten macht. Und dann wurde durch einen unglaublichen Glücksfall diese Nachricht des Toten auf dem Auto entdeckt. Sie war gerettet ... Dompierre beschuldigte Sophia, die lebende Tote! Perfekt ... Aber ich habe mich nicht mit der Vorstellung abfinden können. Nicht Sophia, nein, nicht Sophia ... Das hätte auch den Baum nicht erklärt ... Nein, ich habe mich nicht damit abfinden können ...«

»Trauriger Krieg«, sagte Lucien.

Als sie gegen vier Uhr morgens zur Baracke zurückkamen, war die Buche ausgegraben, die Leiche von Sophia Simeonidis exhumiert und bereits abtransportiert worden. Diesmal hatte man die Buche nicht wieder eingepflanzt.

Die Evangelisten waren wie erschlagen und fühlten sich nicht in der Lage, schlafen zu gehen. Marc und Mathias, ihre nackten Oberkörper immer noch in die Decken gehüllt, saßen auf dem kleinen Mäuerchen. Lucien war gegenüber auf die große Mülltonne geklettert. Er hatte Geschmack daran gefunden. Vandoosler rauchte, während er langsam auf und ab ging. Die Luft war lau. Na ja, zumindest im Vergleich zum Brunnen, dachte Marc. Die Kette würde eine spiralförmige Narbe wie eine geringelte Schlange auf seinem Arm hinterlassen.

»Das wird gut zu deinen Ringen passen«, sagte Lucien.

»Es ist nicht derselbe Arm.«

Alexandra kam, um guten Abend zu sagen. Nach der Suche unter der Buche hatte sie nicht wieder einschlafen können. Und dann war Leguennec vorbeigekommen. Um ihr den Basalt zu geben. Mathias sagte ihr, ihm sei auf der Rückfahrt im Wagen der Bullen plötzlich eingefallen, wie es nach »Zeitvertreib, Treibriemen« weiterginge, er würde ihr das irgendwann mal sagen, das sei nicht so wichtig. Natürlich.

Alexandra lächelte. Marc sah sie an. Es hätte ihm sehr gefallen, wenn sie ihn lieben würde. Einfach so, plötzlich, nur um mal zu sehen.

»Sag mal«, fragte er Mathias, »was hast du ihr immer ins Ohr geflüstert, wenn du wolltest, daß sie redet?«

»Nichts... Ich habe gesagt: ›Rede, Juliette‹.«

Marc seufzte.

»Ich hab's ja befürchtet, daß es keinen Trick gibt. Das wär ja auch zu schön gewesen.«

Alexandra umarmte sie und ging. Sie wollte den Kleinen nicht allein lassen. Vandoosler verfolgte ihre lange, schmale Silhouette mit dem Blick. Drei kleine Punkte. Die Zwillinge, die Frau. Scheiße. Er senkte den Kopf und trat seine Zigarette aus.

»Du solltest schlafen gehen«, sagte Marc zu ihm.

Vandoosler entfernte sich in Richtung Baracke.

»Gehorcht dir dein Pate?« fragte Lucien.

»Keineswegs. Guck, da kommt er schon zurück.«

Vandoosler warf das durchbohrte Fünf-Francs-Stück in die Luft und fing es mit einer Hand wieder auf.

»Wir schmeißen es weg«, erklärte er. »Wir können es sowieso nicht in zwölf Teile teilen.«

»Wir sind nicht zwölf«, erwiderte Marc. »Wir sind vier.«

»Das wäre aber wirklich zu einfach«, sagte Vandoosler.

Er schleuderte seinen Arm in die Luft, und die Münze schlug ziemlich weit weg klirrend auf. Lucien hatte sich auf seine Mülltonne gestellt, um ihre Flugbahn zu verfolgen.

»Der Sold ist weg, adieu!« schrie er.